記憶的玩物

RECURSION

布萊克・克勞奇 著
顏湘如 譯

BLAKE CROUCH

各界熱評

眞是好看。比《人生複本》更精采，想像力更大，結構更複雜。有關時空穿越，重啓人生的故事，《記憶的玩物》不但超越之前的作品，而且超越的距離，後人可能都很難追趕。我相信在這本書之後，延續著作者對「時間 vs. 記憶」這種二元思路的新方向，一定有很多作者也會群起效尤，創作出更多新故事。但這本書，無疑是個新典範的開山始祖，重要性不言而喻。

——范立達，新媒體從業員

這是一部科幻小說，也是集懸疑、驚悚、末日、愛情元素於一身，野心與格局都相當大的一部娛樂作品。乍看炫技賣弄的外衣底下深藏多個議論叩問，像在雲霄飛車上開一場科技倫理研討會——聽起來很弔詭是不？就跟你讀完故事簡介的感覺相仿，但在閱畢掩卷之餘絕對能同意我的說法，並且得到大大的滿足。

——冬陽，小說評論人

你的記憶不屬於你，是你瘋了，還是世界瘋了？宛如電影般的緊湊情節中，作者架構一場奇幻詭譎的記憶實驗，既瘋狂，又扣人心弦，更深入探究人生的多種可能。

——何敬堯，《妖怪臺灣地圖》作者

當你的記憶不是你的記憶，混沌的人生會有幾個蝴蝶效應？超展開的時空之旅高潮迭起，讓人一再五味雜陳、愛恨交織、拍案叫絕，眞是近年不可多得的神作！

——黃貞祥，清華大學生命科學系助理教授/泛科學專欄作者

記憶本就是人類生命中最大的謎團之一，而這部小說更別出心裁地讓它成爲犯罪的謎團，在這場記憶支配與反支配的戰爭中，到底誰是最後的贏家？還是我們終將都成爲輸家？唯有看到最後才能知道答案。

——陳國偉，中興大學台灣文學與跨國文化所副教授

人，由何構成？獨一無二的DNA？還是活過的每一分鐘加總而成？如果記憶可扭曲、改造，一覺醒來腦中忽然多了一段回憶，於是你過去的人生被一分爲二，前路該如何進行？

最可怕的問題是：你，還是你嗎？

作者克勞奇從這個問題出發，帶領讀者進入一個科幻世界。他像是最好的極地導遊，先讓旅客看到冰山在水面上的一小部分，讓大家讚嘆其美麗，然後慢慢隨故事進程，我們看到了隱藏在水底的巨大冰山，無止境向下延展，看不到盡頭。

這是一個美麗、但在某種程度上讓人不寒而慄的故事。

據說，當你凝視深淵之際，深淵也同時凝視著你。

——懷觀，《劍魂如初》作者

如果你讀的時候什麼事都沒發生，要麼你幸運，要麼你遲鈍。

我晚上九點時突然覺得眼睛無法對焦，看不太懂字，而且是突然發生的，感覺有點像是人家說的老花，可是老花會突然嗎？有這種老化嗎？我揉揉眼睛，沒有改善，有一種異樣感，沒有異物感，但深深覺得眼前的世界不太一樣，有點像是隱形眼鏡只戴一支時，非常奇怪，我還特地跑去照鏡子，確認自己眼睛裡沒有一支隱形眼鏡。

在右邊腦子後方有一點疼痛，但比較困擾的，還是看不太懂世界，我就跑去睡覺了。但因爲我睡前得看書，所以我還是試著看，但看不太懂，是今年三十七歲的《尼羅河謀殺案》，我前天在台中的黑輪舊書攤買的，三十元。我只知道主角是白羅，昏沉中，就把檯燈關掉。

我醒來，而且很清醒，看四周，一片黑暗，沒有任何聲音，昏眩感消失，眼睛可以對焦，思想清楚無比。

我猛然想起，眼睛無法對焦前，我正在讀這本《記憶的玩物》。

於是起身，發現桌上鬧鐘是凌晨一點半，於是拿起《記憶的玩物》。讀完時，是凌晨四點。

是那種你可以一次就讀完的好書。

然後我現在，不確定我在哪一段記憶裡。但我大概知道了。其實，我們都在討論愛情。

只是愛的是家人還是自己？

你看完時，跟我講，如果你找得到我，在這段記憶裡，麻煩你。

——盧建彰，導演

穿越時空回到過去，是科幻小說的經典命題，然而如同《記憶的玩物》一般，以「記憶」構築出理論模型的，實在少之又少。此外，有別於一般以「時空旅行者」爲視角的描寫，本書著墨更多的是那些「被留置在原時間軸，人生歷史因而改變」的人，不僅爲時空的分裂、融合給出有趣的結構藍圖，在角色描寫上，也提供豐沛的情感能量。

——寵物先生，推理作家

玩轉平行時空懸疑感的大師再度出手，完全瓦解你對記憶的認知！我們經歷的分秒都在瞬間成爲記憶，當下體驗的現實不過就是記憶的最小臨界單位，修改了記憶也就修改了現實——沉浸在《記憶的玩物》的故事迷藥後，你將忍不住重新檢視腦海裡的一切是否眞實！

——黑咖啡聊美劇，影劇觀察評論人

你有刻骨銘心的記憶嗎？倘若與情人的甜蜜時光、獲獎時的歡欣鼓舞都是「假的」，又該如何是好？《記憶的玩物》以此爲主題，情節緊湊，除科幻設定引人入勝，更能帶領讀者反思「科技」與「末日」的一線之隔，叫人看得大呼過癮！

——張景超，物理補教精靈、超知識頻道經營者

克勞奇是世界級的驚悚小說家。本書讓人隨著故事燒腦心折，並在時間、失落、揪心與人性的深刻情節中，感情激動。

——葛雷．赫維茲，國際暢銷書《孤兒刺客》作者

故事中注入驚人的反思挑戰和倫理震撼，讓你不斷去想有機會的話，要怎麼扭轉過去？

——馬克．蘇利文，年度暢銷小說《紅色天空下》作者

克勞奇再度以子彈般的節奏，把故事高度提到前所未有的境界。淒絕的愛情橋段不僅讓驚險曲折的故事更形豐富，還推動我們思考哀傷與回憶的本質是如何交織糾纏，進而形塑人心。

——《科克斯書評》

逆轉與驚悚橋段洶湧而來，遠超乎我所期待的高潮，這是今年難以超越的高標好書！

——瑪麗．薩勞沙，美國獨立書店店長

第一部

時間只不過是正在創造中的記憶。

——納博科夫

巴瑞 二〇一八年十一月二日

巴瑞・薩頓驅車停到波伊大樓大門口旁的防火巷。這是一棟裝飾藝術風格的高樓，外牆燈光照得白燦燦。他從一輛福特維多利亞皇冠車上下來，匆匆橫越人行道，推動旋轉門進入大廳。

夜班警衛站在成排電梯旁，開著其中一扇門等候疾行而來的巴瑞，大理石地面回響著他的腳步聲。

「哪一樓？」巴瑞一面走進電梯一面問道。

「四十一樓。到了以後右轉，沿走廊一直走到底就是了。」

「等一下還會有警察趕來。告訴他們，等候我的指示行動。」

電梯上升速度飛快，讓人對它所在大樓的屋齡產生錯覺。過了幾秒鐘，巴瑞的耳朵才啵一聲通了。電梯門終於開啓，他經過一間法律事務所的招牌。整個樓層多半都暗了，只亮著稀疏幾盞燈。他奔過地毯，行經多間闃靜的辦公室、一間會議室、一個休息室、一間圖書室，最後來到最大間辦公室外的接待區。

在昏暗光線下，一切細節都灰暗不明。一張偌大的桃花心木辦公桌被埋在無數檔案與文件底下。一張圓桌上擺滿筆記本和一杯杯散發苦味的冷咖啡。有個附水槽的酒吧裡，滿滿都是看似昂貴的威士忌。接待室另一頭有個燈光明亮、嗡嗡作響的水族箱，裡面養了一條小鯊魚和幾條熱帶魚。

巴瑞輕步朝落地窗走去，同時將電話關靜音並脫去鞋子。他握住手把輕輕推開門，悄然走到陽台上。

上西區的摩天大樓林立於四周，在輝亮的霧氣包覆下透著神祕。市囂吵雜又接近，車輛喇叭聲迴盪於高樓之間，遠處有救護車正朝另一個悲劇現場急馳而去。波伊大樓的尖頂就在上方不到十五公尺處，有如戴了一頂以玻璃、鋼鐵與哥德式磚牆造就的王冠。

女子坐在四米半外，一個已漸毀損的滴水嘴獸旁，背對巴瑞，雙腿跨出牆緣懸空掛著。

他一步步靠近，石板地的濕氣滲透了他的襪子。只要能在不知不覺間靠得夠近，就能趁她不注意將她拖下牆來……

「我聞到你的古龍水味了。」她頭也不回地說。

他停下腳步。

這時她轉頭看他，說道：「你再往前一步，我就跳了。」

僅憑周遭的光線難以看清，但似乎是四十來歲年紀的女子，身穿暗色裙子套裝，想必已經在外面坐了好一會兒，頭髮都被霧氣浸塌了。

「你是誰？」她問道。

「巴瑞・薩頓，紐約市警局中區保安組的警探。」

「竟然派保安組的人……？」

「我剛好就在附近。妳叫什麼名字？」

「安・沃絲・彼得斯。」

「可以叫妳安嗎？」

「當然可以。」

「要不要我打電話幫妳叫誰來？」

她搖搖頭。

「我現在要走到這邊來，妳就不必一直扭著脖子看我了。」

巴瑞斜斜地移開，離她遠一些，但也同時來到陽台矮牆邊，離她的坐處約兩米半。他往牆外瞄了一眼，五臟六腑瞬間糾結。

「好啦，說吧。」她說。

「什麼意思？」

「你不是來勸我下去的嗎？儘管使出你的本領吧。」

搭電梯上來的時候，他回想自己受過的自殺防治訓練，便打定主意要說什麼，如今確實來到當下，反而沒那麼自信。此刻唯一確定的就是他兩隻腳都凍僵了。

「我知道此時此刻妳對一切都不抱希望，但這只是短暫的一刻，總會過去的。」

安盯著大樓外牆正下方的街道，距離一百二十米，兩隻手掌平貼在已受酸雨侵蝕數十年的石面上，只要輕輕一推就下去了。他猜想她心裡正一步步演繹著每個動作，悄悄接近眞正行動的念頭，一面蓄積最後那股勁道。

他發現她在打顫。

「我外套給妳穿好嗎？」他問。

「我很確定你最好別再靠近了，警官。」

「爲什麼？」

「我有ＦＭＳ。」

巴瑞強忍住掉頭就跑的衝動。他當然聽說過僞記憶症候群（False Memory Syndrome, FMS），卻從不認識或遇見過得病的人，從未與他們呼吸過同一處的空氣。現在他不太確定是否該試圖去抓她，甚至還想到別靠她這麼近。算了，管他的。假如她作勢往下跳，他還是會盡力救她，就算事後眞染上了FMS，也只能算他倒楣。當警察就得冒這種風險。

「妳得病多久了？」他問。

「大約一個月前的某天早上，我忽然發現自己不在佛蒙特州米德伯理的家裡，而是在這座城市的一棟公寓，而且頭痛欲裂，鼻血流個不停。一開始，我不知道自己身在何處。後來想起來了……我還有**這段**人生。此時此地的我單身，是投資銀行的主管，用的是婚前的姓名。可是我……」她很明顯在強壓激動的情緒。「我也記得在佛蒙特的另一個人生。那裡的我有一個九歲的兒子叫山姆，和丈夫喬·貝爾曼一起經營景觀設計事業。我叫安·貝爾曼，我們一家人說有多幸福就有多幸福。」

「那是什麼感覺？」巴瑞問道，並偷偷跨前一步。

「什麼是什麼感覺？」

「妳在佛蒙特生活的僞記憶。」

「我不只記得婚禮，還記得我們爲了蛋糕的設計吵架，連我們家裡再小的細節都記得。我記得我們的兒子，記得生產的每一刻、他的笑聲、他左頰的胎記，還有他第一天上學時不肯放我離開的情形。但是當我試著想像山姆的形貌，他卻是黑白的，眼珠沒有色彩。我告訴自己他的眼睛是藍色，但我只看見黑色。

「我對那個人生的記憶都是灰色調，就像黑白電影停格。感覺很眞實，卻是鬼魅般虛幻的記憶。」她忍不住哭了。「每個人都以為FMS只是關於人生重大時刻的假記憶，其實那些細微時刻更令人心痛得多。我不只記得我丈夫，也記得每天早上他在床上翻身面向我時，那氣息的味道。還記得每當他比我先起床去刷牙，我總是知道他會再回到床上想要溫存一番。那才是讓我難以忍受的事。那些小到不能再小的完美細節，讓我知道事情確實發生過。」

「那這邊這個人生呢？」巴瑞問道：「對妳來說難道沒有一點價值？」

「也許有些得了FMS的人喜歡當下的記憶更勝於偽記憶，但這個人生完全不是我想要的。我已經努力了漫長的四星期，再也偽裝不下去了。」淚水流過眼線，留下深深的淚痕。「我的兒子從未存在過。你懂嗎？他只是我腦子裡一枚未能引爆的美麗啞彈。」

巴瑞企圖再往前靠近一步，可惜這回被她察覺。

「別再靠近了。」

「妳並不孤單。」

「我孤單得要命。」

「我只認識妳幾分鐘，但妳要是這麼做，我還是會痛苦萬分。想想妳生命中那些愛妳的人吧，想想他們的感覺。」

「我去找過喬。」安說。

「誰？」

「我丈夫。他住在長島的一棟大宅。他一副不認得我的樣子，但我知道他認得。他過著截然不同的生活。他結婚了，不知道娶的是誰，也不知道他有沒有孩子。他一副好像**我**瘋了的樣子。」

「我很遺憾，安。」

「我太心痛了。」

「老實說，我也有過和妳一樣的心情，想要結束一切。但我現在站在這裡告訴妳，我很慶幸沒有那麼做。我很慶幸自己有勇氣挺過來。這段低潮並不是妳人生的全部，只是其中一章罷了。」

「你發生了什麼事？」

「我失去了女兒，人生也曾經讓我心碎。」

安望向亮晃晃的城市輪廓。「你有她的照片嗎？你還會跟別人提起她嗎？」

「會。」

「至少她曾經存在過。」

這點，他實在無言以對。

安再次透過雙腿之間往下看，然後踢掉一隻包鞋。

看著鞋往下掉。

隨後又讓另一隻鞋跟著墜落。

「安，拜託妳。」

「在我的前一生，那個假的人生中，喬的前妻芙蘭妮就是在這裡，就在同一個地方跳樓，那是十五年前的事。她得了憂鬱症。我知道喬很自責。我離開他長島的家之前就告訴他，今晚我要在波伊大樓跳樓，跟芙蘭妮一樣。聽起來可能很傻也很絕望，但我希望他今晚能到這裡來救我，做他沒能爲她做到的事。起初我以爲你是他，但他從不擦古龍水。」她微微一笑，若有所思，隨後加上一句：「我口渴。」

巴瑞透過落地窗瞄一眼幽暗的辦公室，看見兩名巡警站在服務台邊待命，隨後將目光轉回安身上。「那麼妳要不要從那裡下來，我們一起進去給妳倒杯水。」

「你幫我拿到這裡來好嗎？」

「我不能離開妳。」

她雙手開始顫抖，他留意到她的眼神忽然變得決絕。

她看著巴瑞說：「這不是你的錯。本來就會是這樣的結局。」

「安，不要……」

「我兒子被抹去了。」

接著她以若無其事的優雅姿態躍下牆緣，自我解脫。

海倫娜 二〇〇七年十月二十二日

清晨六點，海倫娜站在淋浴間，任由熱水嘩嘩地順著肌膚流下，想讓自己清醒過來，卻忽然有種強烈的感覺，此時此刻以前便已經歷過。這倒也不是新鮮事。自從她二十多歲起，似曾相識的感覺便一直縈繞不去。何況，淋浴的這一刻並無特別不一樣之處。她暗自納悶，不知山畔投資公司評估過她的提案了沒。已經過了一星期，該有點消息了。如果他們有興趣，至少也該找她去面談了。

她煮了一壺咖啡，做了她最常準備的早餐：黑豆、三個三分熟的荷包蛋，淋上番茄醬。然後坐在窗邊的小桌前，看著她位於聖荷西郊外住處社區上方的天空，慢慢注入天光。

已經一個多月了，她一天都沒洗衣服，臥室地板幾乎全被髒衣服淹沒。她在那堆衣服裡東翻西找，最後拖出一件T恤和一條牛仔褲，還算能穿出去見人。

刷牙的時候電話鈴響了。她啐出牙膏沫、漱漱口，在響到第四聲時接起臥室的電話。

「我女兒還好嗎？」

父親的聲音總能讓她面露微笑。

「哈囉，老爸。」

「還以爲妳出門了呢。又不想打到實驗室吵妳。」

「沒關係。有什麼事嗎？」

「只是剛好想到妳。提案有回音了嗎？」

「還沒。」

「我有很好的預感，應該就快了。」

「不知道，這裡並不好混，競爭很激烈，有很多聰明絕頂的人在找錢。」

「但是都沒有我女兒聰明啊。」

她已承受不起父親對她的信心，尤其是在這樣一個早晨，失敗的幽靈正步步進逼。她坐在又小又髒的臥室裡，屋子其他地方也空空盪盪、毫無裝飾，都已經一年多沒帶半個人來過。

「天氣怎麼樣？」她試著轉變話題。

「昨晚下了雪，這一季的第一場雪。」

「下很多嗎？」

「三、五公分厚而已。不過山頭都白了。」

她可以想像：落磯山脈的弗朗特嶺，她童年的山。

「媽好嗎？」

電話另一頭頓了一下。

「媽媽很好。」

「爸。」

「怎麼了？」

「媽好嗎？」

她聽見他緩緩吐氣。「現在狀況變差了。」

「她沒事吧？」

「沒事，她現在在樓上睡覺。」

「出什麼事了？」

「沒有。」

「告訴我。」

「昨天晚上吃過飯後，我們一如往常地玩金拉密牌。沒想到她……她竟然記不得玩法了。

她坐在餐桌前瞪著手上的牌，淚流滿面。我們已經一起玩了三十年了呀。」

她聽見他用手蓋住聽筒。

他在哭，與她相隔千里。

「爸，我這就回家。」

「不要，海倫娜。」

「你需要我幫忙。」

「這裡有很好的幫手。我們今天下午要去看醫生。妳要是想幫媽媽，就去拿到贊助，做出妳的椅子。」

她不想告訴他，椅子還要等好幾年，好幾個**光年**那麼遠。那是夢，是妄想。

她眼眶泛淚。「你知道的，我這麼做是爲了她。」

「我知道，寶貝女兒。」

兩人一度沉默不語，盡可能暗自飲泣，不讓對方知曉，卻根本辦不到。她多麼希望能告訴他很快就會成功，但這不是事實。

「今天晚上回來以後，我會打電話。」她說。

「好。」

「告訴媽，我愛她。」

「我會的。不過她本來就知道。」

四小時後，海倫娜人在帕羅奧圖的神經科學大樓深處，檢視一隻老鼠對於恐懼的記憶影像——螢光顯影的神經元藉由蜘蛛網狀的突觸互相連接——忽然有位陌生人出現在她辦公室門口。她越過監視器看見一個男人穿著斜紋褲配白色T恤，臉上笑容略顯燦爛了些。

「是海倫娜·史密斯嗎？」他問。

「什麼事？」

「我叫智雲．契爾柯佛。能撥幾分鐘和我談談嗎？」

「這裡是管制的實驗室，你不能進來。」

「很抱歉冒昧闖入，但我要說的話，妳應該會有興趣。」

她可以請他離開，也可以叫警衛，不過他看起來不具威脅。

「好吧。」她說完才猛然想到此人目睹了她的辦公室，這裡簡直就是囤積症者的天堂——沒有窗戶、狹窄擁擠、上了漆的煤渣磚牆，再加上辦公桌四周堆了一米高、半米深的收納盒，裡面裝滿成千上萬的摘要與論文，在在給人一種窒息感。「抱歉，很亂。我給你拿張椅子。」

「我自己來。」

智雲拉來一張折疊椅，與她對面而坐。他的目光掠過牆面，上頭幾乎覆滿高解析影像，不是老鼠的記憶，就是癡呆症與阿茲海默症患者的神經元放電模型。

「請問有何貴幹？」她問道。

「對於妳在《神經元》雜誌上發表關於記憶描繪的文章，我老闆非常感興趣。」

「你的老闆有名有姓吧？」

「這要看情況。」

「比方說？」

「比方說這次談得順不順利。」

「我連你代表誰來都不知道，又何必跟你談？」

「因爲史丹佛給妳的那筆錢再六個禮拜就要用完了。」

她挑起一邊的眉毛。

他說：「只要是我老闆感興趣的人，他就會付我很多錢，去調查他們的一切背景。」

「你剛剛說的眞的很讓人毛骨悚然，這你知道吧？」

智雲伸手從皮製肩背包裡取出一份放在深藍色檔案夾的文件。她的提案。

「可不是嘛！」她說：「你是山畔投資公司的人！」

「不是。而且他們不會贊助妳。」

「那你是怎麼拿到那個的？」

「這不重要。沒有人會贊助妳。」

「你怎麼知道？」

「因爲這個呢……」他將她的補助金提案往亂七八糟的桌上一丟。「膽子不夠大。說穿了，這只不過是妳過去三年在史丹佛做的東西，算不上什麼大計畫。妳已經三十八歲，在學術界就相當於九十歲了。過不了多久，妳會在某天早上醒來，發現妳的人生巔峰已經結束，發現妳浪費了……」

「我想你該走了。」

「我沒有羞辱妳的意思。請恕我直言，妳的問題就是不敢要求妳眞正想要的。」她忽然有種感覺，這個陌生人不知爲何想釣她上鉤。她知道不該再繼續談下去，卻無法自拔。

「你爲什麼說不敢要求我眞正想要的？」

「因爲妳眞正想要的會讓人傾家蕩產。妳需要的金額不是七位數，而是九位數，也可能是十位數。妳需要一個程式設計團隊幫忙，爲複雜的記憶分類與投影設計一套演算法。還有人體試驗的基本設備。」

她越過桌面直瞪著他。「我提案中根本沒提到人體試驗。」

「如果我說，不管妳要求什麼，我們都給妳呢？無上限的資金贊助。妳會有興趣嗎？」

她心跳愈來愈快。

事情就這樣發生了嗎？

她想到那張五千萬的椅子，自從媽媽開始遺忘人生，她就一直夢想著要打造的那張椅子。說也奇怪，她想像中的椅子從不是全部完成的模樣，而是發明專利申請書上的繪製圖，她遲早有一天會提出申請，名稱就叫「**長期、外顯、事件記憶投影的沉浸式平台**」。

「海倫娜？」

「要是我說有興趣，你會跟我說你老闆是誰嗎？」

「會。」

「我有。」

他便告訴她了。

她驚訝得下巴都要掉到桌子上，在此同時，智雲又從袋中抽出另一份文件，越過成堆的收納盒遞給她。

「這是什麼？」她問道。

「聘雇與保密協定。沒有商量餘地。財務方面的條款應該會讓妳覺得非常慷慨。」

巴瑞 二〇一八年十一月四日

咖啡館位在哈德遜河畔，風景如畫，一旁便是西區快速道路。巴瑞提早五分鐘到，卻發現茱莉亞已經坐在露天座的陽傘底下。他們短暫地、輕輕地互相擁抱一下，好像兩人都是玻璃做的。

「見到妳真好。」他說。

「很高興你願意來。」

他們坐著，一名服務生晃過來問他們要喝什麼。

「安東尼還好嗎？」巴瑞問。

「好得很，忙著重新設計路易士大樓的大廳。你的工作怎麼樣？」

他沒告訴她前天晚上他未能成功阻止一起自殺事件，而是閒話家常直到咖啡端上來。

今天是星期天，吃早午餐的人潮洶湧。鄰近每張桌子都有如間歇泉，不時噴發出聚會的談笑聲，唯獨他們在樹蔭下默默啜飲著咖啡。

一切盡在不言中。

有隻蝴蝶在巴瑞的頭邊飛來飛去，被他輕輕揮開。

有些夜深時刻，他會想像與茱莉亞促膝長談，向她傾吐多年來內心糾結的所有情感——痛苦、憤怒、愛——然後也傾聽她的心聲。話都談開後，他們終於能互相理解。

然而每當面對面，感覺老是不對，他的心總是被傷疤牢牢封鎖，讓他怎麼也說不出心裡話。如今這種尷尬感覺不再那麼困擾他了，他已接受一個想法：人生難免要面對自己的失敗，而有時候這些失敗就是你愛過的人。

「不知道她今天會做什麼?」茱莉亞說。

「眞希望她能和我們坐在這裡。」

「我是指她會選什麼工作。」

「噢，當然是律師囉。」

茱莉亞笑起來，他難得聽到這麼好聽的聲音，也記不得上次聽到是什麼時候的事。美妙，卻又令人難以承受，彷彿一扇祕窗，讓他看見了昔日熟識的人。

「她什麼都愛爭辯，」茱莉亞說：「而且通常都會贏。」

「是我們太弱。」

「其中一個而已。」

「我嗎?」他佯裝氣憤地說。

「她五歲的時候就已經認定你很弱了。」

「記得嗎?有一次她說服我們讓她在門前車道上練倒車……」

「是說服你吧。」

「……結果把車庫門整個撞壞了。」

茱莉亞噗哧一笑。「她氣死了。」

「不，是難爲情。」剎那間，他腦中浮現那段回憶，或至少是一部分。梅根坐在他那輛Camry老爺車的駕駛座，後半截車身撞進車庫門內，她滿臉通紅淚如雨下，兩手緊緊握住方向盤，指節發白。「她有毅力又聰明，人生肯定能有一番作爲。」他將咖啡喝完，從兩人共用的法式濾壓壺又倒了一杯。

「能這樣聊聊她，眞好。」茱莉亞說。

「很高興我終於可以做到。」

侍者來爲他們點餐，蝴蝶又回來了，停歇在桌面上，巴瑞尚未打開的餐巾旁邊。舒展蝶翼，沾沾自喜。他盡量不去想那蝴蝶是梅根，不知怎的，今天這念頭特別揮之不去。是很蠢，沒錯，但就是忍不住。就像上次在諾荷區，有隻知更鳥跟著他飛過八條街。也像最近一次去華盛頓堡公園遛狗時，有隻瓢蟲一再爬到他手腕上。

餐點上桌後，巴瑞想像梅根也同坐在一起，青春期的稜角已磨平，眼前有一整個大好人生。不管多麼努力嘗試，他都看不見她的臉，只看到一雙手，在她說話時動來動去，一如她母親自信而興奮時的模樣。

他不餓，但還是勉強吃一點。茱莉亞似乎有心事，但她沒開口，只是撥弄著吃剩的義式烘蛋。他喝了口水，又咬一口三明治，然後凝視著遠方河水。

哈德遜河發源於阿第倫達克山中的一池水，名爲雲淚湖。梅根八或九歲那年夏天，他們去了那裡，在樅樹林間露營、看流星，試著去理解這座山上小湖竟是哈德遜河的源頭。他常常想起這段往事，幾乎像著魔一般。

「你在想什麼嗎？」茱莉亞說。

「我在想我們去雲淚湖那次旅行。妳記得嗎？」

「當然記得。我們在暴風雨中花了兩個小時才把帳篷搭起來。」

「我記得是晴天啊。」

她搖搖頭。「不對，我們在帳篷裡冷得抖了一整夜，誰也沒睡著。」

「妳確定嗎？」

「確定。正是那趟旅行奠定了我絕不再野遊的決心。」

「好吧。」

「你怎麼會忘了呢？」

「不知道。」事實上他經常這樣。他老是在回顧過往，比起當下，他更常活在回憶裡，並不時加以更改，讓回憶變得更美好、變得完美。對他而言，懷舊的止痛效果與酒不相上下。過了好一會他才又說：「也許和妻女一起看流星的回憶，感覺更好。」

她將餐巾往盤子上一丟，向後躺靠到椅背上。「前一陣子我經過我們的老家，哇，改變好大。你去過嗎？」

「偶爾。」

事實上，每次去澤西辦事，他都還會特地開車經過老家。梅根去世那年，老家就被法拍了，如今幾乎不復當初的模樣。樹木變高了，枝葉更加繁茂、翠綠。車庫上方加蓋了一層，現在住著一對年輕夫妻組的家庭。整個門面都用石材重砌，並加開新的窗戶，重新鋪過的車道變寬了。原本垂掛在橡樹的繩索鞦韆，幾年前便已拆除，但他和梅根刻在樹幹底端的名字縮寫倒是還在，去年夏天他才親手摸過——那天晚上和小關還有中區保安組的其他同事玩樂過後，忽然心血來潮，決定在凌晨兩點搭計程車去澤西。新屋主打電話報警，說前院來了個流浪漢，於是來了一位澤西市警局的警察。他雖然醉得走路跌跌撞撞，卻沒有被捕。因爲那個警察知道巴瑞，也知道他的遭遇，便又叫來一輛計程車，將巴瑞扶上後座，先付了車錢，讓司機把他送回曼哈頓。

河面吹來的微風略帶寒意，陽光暖暖的灑在肩上，形成舒適的對比。遊船在河上來來去去，上方高速公路的嘈雜車聲不絕於耳。天空中，上千架噴射機留下的凝結尾縱橫交錯，逐漸淡去。城裡已是晚秋景致，一年當中最後幾個舒爽日子。

他想到冬天即將來臨，接著一年過去，又一年緊追在後，時光流逝得愈來愈快。人生完全不如他年輕時所預期，當時他還懷抱幻想，以爲世事都在掌控中。結果他什麼也掌控不了，只能忍受。

結帳時茱莉亞想付錢，但他一把搶過帳單，丟出自己的信用卡。

「謝了，巴瑞。」

「我才要謝謝妳邀請我。」

「下次別再等一年才約碰面了。」她舉起冰水杯。「祝我們女兒生日快樂。」

「祝女兒生日快樂。」他感覺到愁雲逐漸積聚於胸臆，但吸吐幾口氣後重新開口，聲音已然恢復正常。「二十六歲了。」

吃完早午餐，他徒步走到中央公園。在梅根生日這天，寂靜的公寓感覺帶著威脅，過去五年的生日都不好過。

和茱莉亞見面總會攪得他心神不寧。婚姻結束後有很長一段時間，他都覺得想念前妻，自覺永遠放不下她。他經常夢見她，醒後會因爲她不在而痛徹心扉。這些夢（半是記憶，半是幻想）深深刺痛他，因爲在夢裡的她仍是昔日的茱莉亞。那微笑、那爽朗笑聲、那輕盈姿態，她又再度偷走他的心。翌日整個上午，他都記掛著她，那種徹底的失落感狠狠盯著他看，目不轉睛，直到夢所帶來的情感宿醉終於放過他，像霧一般緩緩散去。有一次，在作過這樣的夢之後，他遇見了茱莉亞，是在一位老友辦的派對上不期而遇。出乎他意外的是，當他二人在陽台上不自在地閒聊時，他對她一點感覺也沒有。和她在一起大大減輕了他夢醒後的戒斷症狀，因為他察覺自己對她沒有慾望。這番發現令他感到解脫，卻也傷心欲絕。解脫是因為他並不愛這個茱莉亞，他愛的是以前的她。傷心欲絕則是因為讓他魂牽夢繫的女人真的消失了，如亡者般不可企及。

前幾天夜裡凜寒來襲，公園裡的樹隨之凋零，樹葉全被寒霜點燃成一片晚秋燦紅。他在漫步區找到一個好地方，脫去鞋襪，背靠一棵傾斜得恰到好處的樹幹而坐。掏出手機，想讀一讀已經拖拖拉拉看了將近一年的傳記，卻定不下心來。

腦子裡不斷浮現安．沃絲．彼得斯，不斷想到她身子僵硬、筆直，毫無聲息地墜落。前後五秒鐘，他沒有轉移視線，眼看著她撞上停在下方路邊的林肯 Town Car 轎車。

雖然不再默默重複與她的對話，卻要設法克服恐懼。要檢驗自己記憶的壓迫感，測試其準確度，並暗自納悶……

怎樣才能知道一個人變了？那會是什麼感覺？

陽光下，紅橙相間的樹葉飄落，堆積在他四周的斑駁陰影中。他趁著置身林間的地利之便，看著行人沿步道走路、閒步湖畔，多數都有人相陪，但也有些和他一樣形單影孤的人。

手機跳出一則訊息，是大力士小隊隊長關德琳．亞契，那是紐約市警局緊急行動組的一個反恐特勤單位。

——今天想到你。你OK嗎？

沒事。剛和茱莉亞碰過面。他回覆道。

——怎麼樣？

還好。也辛苦。妳在幹麼？

——剛騎完腳踏車。在艾撒克喝酒。

想找伴嗎？

——那還用說。上路了。

小關住在曼哈頓的地獄廚房區，酒吧在她家附近，走路過去要四十分鐘，那是一家四十五年的老店，但除此之外，似乎別無優點。酒保像刺蝟似的難以親近，賣的是淡而無味的桶裝自製啤酒，架上的威士忌在零售店買，每瓶頂多四十美金。髒得噁心的廁所裡，還裝有供貨中的保險套販賣機。點唱機只播放七〇與八〇年代的搖滾樂，沒人投錢就沒有音樂。

小關坐在吧台另一頭，穿著自行車短褲和一件褪色的布魯克林馬拉松紀念T恤，巴瑞走過去時，她正忙著一一拒絕某個交友軟體上跳出的邀約。

他說：「我還以爲妳不玩那個了。」

「有一段時間，我已經對男人完全死心，可是我的諮商師緊迫盯人要我再試一次。」

她滑下椅凳擁抱他，騎過車後淡淡的汗味，加上沐浴乳與體香劑的餘味，混合成一種類似鹹焦糖的味道。

他說：「謝謝妳來關心我。」

「你今天不應該落單。」

她小他十五歲，現年三十五、六，身高一九三公分，是和他有交情的女人當中最高的一個。一頭金色短髮，有北歐人的五官，稱不上漂亮，但流露著王者之氣，往往不怒自威。他曾經對她說，她面無表情時有種帝王之相。

幾年前，有一樁銀行搶案後來演變成人質挾持事件，使他們相遇並有了交集。隔年聖誕，他們倆勾搭上了，那是巴瑞人生中較爲尷尬的時刻之一。那天，不時辦假日派對的紐約市警局又辦了一場，他們倆一整晚喝到渾然忘我。凌晨三點，他在她的住處醒來時，還覺得天旋地轉。他千不該萬不該在尚未完全清醒前，就試圖悄悄離開，結果在床邊吐了一地。正當他忙著清理之際，小關醒了，衝著他吼：「你吐的東西我明天再清，你就走吧！」他們到底有沒有眞正或試圖交歡，他毫無印象，並只能暗暗祈禱老天保佑，她也一樣記憶斷片了。

無論如何，那天過後他們倆誰也沒有承認過這件事。

酒保走過來問巴瑞要喝什麼，順便端了另一杯「野火雞」威士忌給小關。他們邊喝酒邊打屁了好一會兒，最後當巴瑞聊到這個世界的螺絲漸漸鬆了，小關說：「聽說禮拜五晚上你碰上FMS自殺事件。」

「是啊。」

他將來龍去脈鉅細靡遺地告訴她。

「說眞的，」她問道：「你有多驚嚇？」

「昨天我還眞成了僞記憶症候群的網路專家。」

「結果呢？」

「八個月前，疾病管制中心證明在東北地區有六十四個類似案例。在每個個案裡，患者都抱怨說有嚴重的僞記憶。不是只有一、兩段，而是直到那一刻爲止，有一大段人生都被完全出於想像的錯列經歷所覆蓋。通常是幾個月或幾年的時間，有些甚至長達數十年。」

「那他們眞實生活的記憶會消失嗎？」

「不會，他們會突然間有**兩組**記憶，一眞一假。有患者覺得自己的記憶與意識從一邊的生活轉移到另一邊，也有患者腦中會『閃現』一些假記憶，是他們從未經歷過的人生。」

「是什麼原因造成的？」

「沒人知道。患病的人身上完全沒有出現生理或神經系統方面的異常，唯一症狀就是假記憶本身。噢，還有就是大約有一成的患者會自殺。」

「天哪。」

「數字可能更高，高得多，那只是已知案例的數據。」

「今年，有五個行政區的自殺案件增加了。」

巴瑞試著引酒保注意，然後打手勢請他再送酒過來。

小關問道：「會傳染嗎？」

「找不到確切答案。疾管中心沒有發現病原體，所以應該不會透過血液或空氣傳染。不過，《新英格蘭醫學雜誌》裡有一篇文章推測，這種病其實會經由帶病者的社交網絡傳播。」

「像臉書嗎？那怎麼……」

「不，我的意思是當一個人患有FMS，他認識的一些人也會跟著感染。他的父母也會有同樣的假記憶，只是症狀較輕微。還有他的兄弟姊妹、親近的朋友。研究中有個個案是個男的，某天醒來忽然有了截然不同的人生記憶，不但娶的女人不同，住的房子不同，小孩和工作也都不同。他們依照他的記憶重建婚禮賓客名單——他記得、卻從未舉行過的那場婚禮。後來找到名單上的十三個人，每個人也都記得這場從未舉行的婚禮。妳有沒有聽過所謂的『曼德拉效應』？」

「不知道，好像有。」

第二輪的酒送上來了。巴瑞喝了他點的「老爺爺」威士忌，隨即又追加一瓶酷爾斯啤酒，這時從前窗射入的光線已然轉暗。

他說：「雖然曼德拉一直活到二〇一三年，卻好像有成千上萬的人記得他在一九八〇年代死於獄中。」

「這我聽說過。就跟貝安斯坦熊那件事一樣。」

「我不知道那是什麼。」

「你太老了。」

「去妳的。」

「那是我小時候的一套童書，很多人記得書名叫《貝安斯丹熊》，但其實應該是貝安斯坦。」

「怪了。」

「其實有點恐怖，像我就記得是貝安斯丹。」小關一口乾掉威士忌。

「另外，嚴重的似曾相識案例也在增加中，但沒有人能確定這和ＦＭＳ有關。」

「什麼意思？」

「有人會覺得在重複經歷一連串的人生事件，有時候會嚴重到精神衰弱。」

「我偶爾也會這樣。」

「我也是。」

小關說：「你那個跳樓者不是說她丈夫的前妻也在波伊大樓跳樓輕生嗎？」

「是啊，怎麼了？」

「不知道，只是覺得——不太可能。」

巴瑞看著她。酒吧裡人愈來愈多也愈來愈吵。

「妳想說什麼？」他問。

「說不定她並沒有僞記憶症候群。也許這女人只是瘋了。也許不需要這麼擔心。」

三小時後，他在另一間酒吧喝得醉醺醺——這裡是個能讓啤酒愛好者衝上高潮的地方，木板鑲嵌的牆面突出一顆顆水牛頭與鹿頭標本，背光的架子上一整排數不盡的啤酒龍頭。

小關想帶他去吃晚飯，可是領台侍者看見他在台子前搖搖晃晃站不穩，便拒絕他們進入。回到外面街上，城市彷彿一艘解纜起錨的船，巴瑞全神貫注，想讓建築物別再打轉，小關則拉著他的右臂往前走。

猛一回神，他發現他們正站在天曉得哪條街的街角，和一個警察交談。小關向那位巡警出示自己的警徽，解釋說她要帶巴瑞回家，又怕他吐在計程車上。

接著他們又繼續走，腳步踉蹌，夜間燈光輝煌得饒富未來感的時報廣場，不停地轉呀轉，像個令人不舒服的移動式遊樂園。他瞄到了時間，晚上十一點二十二分，不知道過去六個小時跌進哪個黑洞去了。

「我不要回家。」他自顧自地說。

稍後，他盯著一個數字鐘看，上面顯示04：15。感覺好像有人趁他睡覺時把他腦袋敲出一個洞，舌頭乾得像皮帶。這裡不是他的公寓。他躺在小關家客廳的沙發。

他試著回想、拼貼昨晚的片段，但實在太零碎了。他記得茱莉亞和公園。記得和小關在第一家酒吧的第一個小時。但之後的一切都模模糊糊，略帶悔意。

耳朵裡有心臟砰砰敲打的聲音，心思跑得飛快。

這是夜裡的孤寂時分，他再熟悉不過——當眾人皆睡你獨醒，人生中的一切恨事便會在腦海中洶湧澎湃，狂烈到令人難以承受。

會想起在他年輕時去世的父親，還有那個抹不去的疑問：**他知道我愛他嗎？**

還有梅根。永遠都是梅根。

女兒還小的時候，深信床腳的大木箱裡住著一隻怪獸。白天裡她從不曾想起，但每當太陽下山，晚上他哄她上床後，她一定會大聲喊他。他便會匆匆跑進她房裡，跪在床邊，提醒她說到了晚上，所有東西看起來都比較嚇人，那只是錯覺，是黑暗捉弄我們的把戲。

眞是奇怪了，事情已經過數十年，他的人生也已脫離預定的軌道遠遠的，如今獨自坐在朋友住處的沙發上，他竟試圖用多年前哄孩子的那套邏輯來安撫自己的恐懼。

天亮以後一切會看起來更好。

重新出現亮光後，希望也會再現。

絕望只是一種錯覺，是黑暗玩的把戲。

於是他闔上眼睛，回想雲涙湖的露營之旅來安慰自己。回想那個完美時刻。

當時，星光閃耀。

如果可以，他會永遠待在那一刻。

海倫娜　二〇〇七年十一月一日

【第一日】

眼看北加州海岸逐漸遠去，她的胃跟著揪成一團。她坐在駕駛後面，在旋翼的轟隆聲中，望著直升機起落架一百五十公尺下方的海水奔流而過。

今天海況不佳，雲層低垂，灰暗的海水點綴著白色浪頭。離陸地愈遠，世界就變得愈暗淡。

直升機的擋風玻璃上布滿雨絲，看出去，遠處有個東西慢慢成形：是一座從海裡冒出來的建物，還有一、兩公里遠。

她對著麥克風說：「就是那個嗎？」

「是的，博士。」

她身子往前傾，靠著安全肩帶，充滿好奇地看著直升機開始放慢速度，漸漸往下飛向一個鋼筋水泥構成的龐然大物，它張開三條腿矗立在大海中，有如巨型三角架。駕駛將排桿一推，機身隨即向左傾斜，繞著建物慢慢轉圈，建物的主平台距離海面約有二十層樓高。還有幾台起重機從側邊突伸出來，那是鑽探石油與天然氣時代的遺物。然而除此之外，鑽井架早已褪下工業外衣，整個改頭換面了。在第一層平台上，她看見一個標準規格的籃球場、游泳池、溫室，四周圍則有看似田徑跑道的場地。

他們降落在直升機停機坪。渦輪軸發動機的轉速開始放慢，海倫娜透過窗子看見一個穿黃色飛行員夾克的男人，朝直升機慢跑過來。他打開機艙門時，她笨手笨腳忙了半天，好不容易才解開三點上鎖的安全帶。

男子扶她步下直升機，先踩著起落架，再踏上降落平台。她隨他走向一段階梯，從停機坪向下通往主平台。風猛烈撕扯她的連帽外套和T恤，等她走到階梯旁，直升機的噪音逐漸平息，只留下愕然沉寂的開闊大海。

他們步下最後一階，來到一片偌大的水泥地面，他就在那裡，正穿過平台朝他們而來。她的心怦怦跳。

他留著亂蓬蓬的鬍子，深色頭髮被風吹得亂七八糟，身穿藍色牛仔褲和褪色運動衫，毫無疑問正是馬可士·史萊德——身兼發明家、慈善家、商業鉅子等多重身分，創立的尖端科技公司多到她也數不清，涉及的領域之廣涵蓋了雲端運算、運輸、太空與人工智慧。他的富有程度與影響力堪稱全球數一數二。一個高中中輟生，而且只有三十四歲。

他微笑著說：「我們眞的要來做了！」

他的熱忱撫平了她的焦慮，當他們來到對方面前，她不知該怎麼做才得體。握手嗎？客氣擁抱嗎？史萊德爲她做了決定，給她一個熱情擁抱。

「歡迎來到福克斯工作站。」

「福克斯？」

「就是英國那個搞火藥革命的蓋．福克斯，記得嗎？記得十一月五日嗎？」

「噢，記得。為了紀念？」

「因為打破現狀可以說是我的專長。妳一定很冷，我們先進去吧。」他們起步走向平台另一端，一棟五層樓的上層建物。

「和我預期的不太一樣。」海倫娜說。

「幾年前這裡的油田枯竭了，我就向埃克森美孚買下來。一開始本來是想打造自己的家。」

「你是說一座獨居堡壘？」

「完全正確。但後來發現這裡不但可以住，還可以做為完美的研究設施。」

「為什麼是完美？」

「原因太多了，但最主要是隱密性和安全性。我插手的一些領域充斥著商業間諜，而這裡應該是妳所能找到最好控制的環境了，對吧？」

他們經過游泳池，這個時節沒有開放，蓋住池面的防水布在十一月的風中劈啪翻飛。

她說：「首先，謝謝你。其次，為什麼是我？」

「因為妳的腦子裡有一項技術能改變人類。」

「此話怎講？」

「還有什麼比我們的記憶更寶貴？」他問道：「我們就是靠著記憶來界定並確立身分的。」

「而且，在接下來的十年間，阿茲海默症的治療能創造一百五十億的商機。」

馬可士．史萊德微笑不語。

她說：「希望你知道，我的首要目的是爲了幫助人。我想找到方法，讓大腦退化而不復記憶的人能留住記憶。就像是核心記憶的時空膠囊。」

「我明白。但妳能想出任何一個理由，說這項努力不能兼具慈善與商業目的嗎？」

他們經由入口進到一間寬闊的溫室，室內牆壁冒著蒸氣，布滿水珠。

「這裡離海岸多遠？」她越過平台眺望大海問道，只見一朵濃密烏雲氣勢洶洶飛奔而來。

「兩百七十八公里。妳爲了進行一個超級祕密研究而從地表消失，家人朋友怎麼說？」

她不知該如何回答。她最近的生活都攤在實驗室的日光燈底下，圍繞著分析原始資料打轉。工作的引力令人難以抗拒，她始終達不到足夠的脫離速度——是爲了媽媽，但老實說，也是爲了她自己。只有工作能讓她有活著的感覺，因此她不只一次暗自納悶，她是不是有毛病？

「我幾乎都在工作，」她說：「所以只需要告訴六個人。我爸哭了，不過他本來就愛哭。沒有人特別覺得驚訝。天哪，聽起來很可悲，不是嗎？」

史萊德看著她說：「我認爲只有不知道自己所爲何來的人才需要保持平衡。」

她思索著這句話。在高中、大學時，師長一次又一次鼓勵她找到自己的熱忱所在，也就是每天起床、呼吸的原因。依她的經驗，鮮少有人找到過那個存在的理由。

老師與教授從未告訴她找到目標後的陰暗面，以及它會如何耗盡你的精力，如何破壞你的人際關係與幸福。然而，她不會改換這個目標。她只會做這樣的人。

他們就快來到上層建物的入口。

「停一下。」史萊德說：「妳看。」他手指處有一大片薄霧正遲緩地漫過平台。空氣變得寒冷靜謐。海倫娜甚至看不見停機坪了。他們被包圍在雲霧當中。

史萊德看著她。「妳想跟我一起改變世界嗎？」

「就是想，才會來的。」

「很好。我們這就去看看我爲妳建造的東西。」

巴瑞

二〇一八年十一月五日

紐約市警局第二十四分局

【✓】初步調查報告

【　】補充報告

報案編號：〇一四五七C

時間：二〇一七年十一月三日（五）晚間九點三十分

紐約市西第一百街一五一號

郵遞區號：紐約州NY一〇〇二五

局長：約翰・普爾

電話：（二一二）五五五－一八一一

地點：西一○二街二○○○號四十一樓

報告類別：警察陳述

警員雷威利擔服巡邏勤務時，接獲一○-五六A的通報，地點在波伊大樓胡奎斯特有限公司的陽台。職發現一女子站立於突簷處，在表明警察身分後，請她下來。女子不肯配合，並警告職勿再靠近，否則便要跳下去。職詢問其姓名，女子告知名爲芙蘭妮·貝爾曼（白人女子　生日：一九六三年六月十二日　地址：東一一○街五○九號），言談舉止不似受到毒品或酒精影響。職詢問能否爲她聯絡某人，女子回答：「不用。」職再問她爲何意圖輕生，女子回答人生已毫無樂趣，少了她，丈夫與家人也會更好過。職再三勸慰絕無此事。

至此，女子不再回答任何問題，似乎想鼓起勇氣往下跳。職正打算出手將女子拉離突簷，恰巧收到員警狄卡羅以無線電通知，貝爾曼太太的先生喬·貝爾曼（白人男子　生日：一九六一年十二月三日　地址：東一一○街五○九號）已搭上電梯前來見妻子。職將此消息轉告貝爾曼太太。

貝爾曼先生來到頂樓後，走向妻子，說服她跨回到陽台上。

職陪同貝爾曼夫妻來到街面，貝爾曼太太隨即由救護車送往慈善修女會醫院。

報告人：員警雷威利

負責人：警佐鐸斯

還在嚴重宿醉中的巴瑞，坐在辦公室分隔成許多小隔間的辦公桌前，將案件報告重看第三遍。那種不對勁的感覺搔得他心癢難耐，因為根據安・沃絲・彼得斯的說詞，她丈夫與前妻之間發生的情況和這篇報告內容恰恰相反。

她以為芙蘭妮當場跳樓了。

他將報告放到一旁，喚醒電腦螢幕，登入紐約州監理處資料庫，只覺得眼球背後有什麼在震顫抽動。

他搜尋了貝爾曼夫妻喬與芙蘭妮，最後登記的地址是蒙托克區的松林巷六號。

他應該就此罷手，把FMS和安・沃絲・彼得斯都拋到腦後，著手處理辦公桌上堆得歪歪斜斜、凌亂不堪的文件與未結案件的檔案。這件事沒有什麼罪行值得他花費時間去留意，有的只是……矛盾。

但事實上，現在他可眞是好奇得要命。

他當了二十三年警探，就是因為熱愛解謎，而這個案子，這一系列相互矛盾的事件，在輕輕呼喚他——就像某樣東西的位置沒對準，他就是非得把它放好不可。

這肯定不會被認為是警察管轄範圍內的事，他要是就這麼開著他的維多利亞皇冠跑到長島的盡頭去，可能會被記警告，何況他頭痛得厲害，也開不了那麼遠。

於是他開啓大都會運輸署的網站，查看時間表。

剛好有一班火車再過不到一小時，就要從賓州車站出發前往蒙托克。

海倫娜　二〇〇八年一月十八日－二〇〇八年十月二十九日

【第七九日】

在史萊德這座退役的油井平台上生活，就像有人花錢請你住五星級度假飯店，而辦公室剛好也在這裡。她每天早上在上層建築的頂樓醒來，所有員工的住處都在這裡。她住的是一間寬敞的邊間公寓，大片的落地窗是由排雨玻璃製成，能霧化水珠，因此即便天候惡劣，窗外遼闊無垠的海景仍能一覽無遺。家事管理員每星期會來一次，替她打掃房子、收走髒衣物。平日餐點多半都由一位米其林星級主廚準備，食材經常是新鮮現捕的魚和溫室裡採收的蔬果。

馬可士堅持要她每週運動五天，以便振作精神、保持敏銳心思。一樓有個健身房，她會在天氣不佳時使用，若遇到冬天難得風平浪靜的日子，她就會去跑平台周邊的跑道。這是她最喜愛的時刻，因為感覺就像在世界的頂端跑步。

她的研究室有將近一千平方米（福克斯工作站上層建築的三樓整層），之前在史丹佛待了整整五年，研究進展卻不及過去這十個星期。她要什麼有什麼，不必付一毛錢，不必維繫人際關係。什麼都不用做，只須一心一意作研究。

在此之前，她都在操控老鼠的記憶，研究經過基因改造的特殊光敏細胞群。當一個細胞群被貼上標籤，與某個儲存的記憶（例如電擊）有了連結，她便會利用光遺傳學技術，將特殊雷射光經由光纖打入老鼠顱內，瞄準那些光敏細胞群，藉此重新活化老鼠的恐懼記憶。

然而鑽油平台上的工作，開啟了一個全新局面。

海倫娜帶領的小組要解決主要問題，這剛好也是她的專長領域——將與某一特定記憶有關的神經元群加以標記、分類，然後重建大腦的數位模型，讓他們得以追蹤記憶並詳細標示出來。

原則上，這和處理老鼠大腦並無不同，只是數量級較爲複雜。

另外三個小組處理的技術，雖具挑戰性，卻是開創性不足——是尖端科技沒錯，可是明明人員充足又加上史萊德那厚厚的支票本，他們的改造工作應該沒有太大阻礙才對。

她手下有二十個人，分成四組。繪製組由她帶頭。造影組要負責找出其他方法拍攝神經元放電，無須將雷射光穿過人的頭顱打進大腦。幾經波折，他們已成功打造出一套使用高等腦磁波儀（簡稱ＭＥＧ）的裝置。一個超導量子干涉儀（ＳＱＵＩＤ）陣列能偵測到人腦中，個別神經元放電時產生的極小磁場，甚至能確認每個神經元的位置。他們稱之爲ＭＥＧ顯微鏡。

再活化組正在打造的儀器，基本上是一個龐大的電磁刺激網路，製作成一個包住頭部的外殼，以３Ｄ的精密度確實瞄準再活化記憶所需的數億神經元。

最後一組，基本設施組，則負責打造人體試驗用的椅子。

這天是個好日子，甚至可以說是大好日子。她和史萊德、智雲及各專案主管開會討論進度，每個人都超前。時間是一月底某個午後四點，難得一個轉眼即逝、溫暖而蔚藍的冬日。太陽逐漸沒入海面，將雲彩與大海染成她從未見過的灰與粉紅色調，她就坐在平台邊上，面向西方，兩條腿垂掛在水面上。

六十公尺下方，海水衝擊著這座堡壘立於海中的巨大支架，碎成浪花。

她不敢相信自己會在這裡。

她不敢相信這會是她的生活。

【第二二五日】

ＭＥＧ顯微鏡已接近完工，再活化儀的進展也已到達極限，每個人都在等繪製組解決分類的難題。

進度的拖延讓海倫娜感到挫折。在史萊德的豪華套房裡與他共進晚餐時，她直言不諱：團隊的努力即將功虧一簣，因爲他們面臨的阻礙是個暴力型的問題。如今已經從老鼠大腦進階到人腦，電腦的運算力卻不足以繪製出像人類記憶結構這麼精細複雜的東西。除非能找到捷徑，否則以現有的ＣＰＵ指令週期根本無法應付。

「聽說過 D-Wave 嗎？」史萊德問海倫娜，同時啜一口勃艮第白酒，這是她有生以來喝過最高級的葡萄酒。

「抱歉，沒聽過。」

「這是加拿大英屬哥倫比亞的一家公司。一年前，他們發表了一個量子處理器的原型。它運用的範圍非常有限，但正好適合處理我們碰到的這種數據組龐大的製圖問題。」

「要多少錢？」

「不便宜，但是我對這項技術感興趣，所以去年夏天就向他們訂了幾台高等的原型機，以備未來的計畫使用。」

他面露微笑，隔著桌面細細打量她，那眼神讓她有些膽怯，覺得他對她的了解深入到令人忐忑：她的過去、她的心理、她一舉一動的原因。然而就算他眞的剝去她的幾層外皮，恐怕也怪不得他，他畢竟爲她的內心投資了好多年、好幾百萬。

從史萊德背後的窗子，她看見很遠很遠的海上，有那麼一絲淺淡光線，心下忽然覺得——而且已不是第一次——他們在這裡是多麼孤單。

【第二七〇日】

仲夏的白晝漫長而晴朗，他們已停下進度，等候兩台量子退火處理器送達。海倫娜無比思念雙親，於是每週一次的視訊交談便成了她在此地生活中最大的期待。因爲相隔遙遠，使得她與父親的關係起了奇特的變化。她覺得自從高中以來，已經多年未曾與父親如此親近過。住在科羅拉多時的零碎生活細節，頓時有了重要意義。她出神聆聽著那些枝微末節，愈枯燥無趣的愈令她陶醉。

週末去爬小山。記錄高地的積雪還有多厚。在紅石劇場聽的一場演奏會。母親在丹佛看神經內科的結果。他們看過的電影。讀過的書。鄰里間的閒言閒語。

最新消息多半都來自父親。

有時候母親腦子清醒，恢復原來的她時，兩人也會像以前一樣聊天。

但更常見的情況是，桃樂絲要很費力才能進行交談。

海倫娜想念科羅拉多的一切，想念到失去理性。她想念從父母家後院平台望向熨斗山，落磯山脈的起點，那長長遠遠的平原；想念翠綠色彩，因爲在鑽井塔上只有在溫室的小花園才看得見樹葉。但最想念的還是母親。現在想必是母親一生中最可怕的時期，她多麼希望自己能陪在她身邊。

她的椅子已有長足進展，卻因礙於嚴格的保密條款，不能透露任何細節。不過這不算什麼，最難受的是她懷疑史萊德會偷聽他們的每次談話。當然了，她提出質問時，他都否認，但她還是存疑。

出於保密考量，鑽井塔上謝絕訪客，工作人員在合約到期前也不能上岸休假，除非家裡有緊急事故或需要緊急就醫。

星期三晚上成了指定的派對夜，以培養一定程度的同事情誼。這對海倫娜是一大挑戰，因為直到不久前，她還過著孤獨科學家的生活，是個道道地地的宅女。在派對夜，大夥會到平台上玩漆彈、排球和籃球，在游泳池邊烤肉，還有一桶桶船運來的啤酒供人自行取用。他們把音樂開得震天響，喝酒喝到爛醉，有時還會跳舞。為了阻隔幾乎連續不斷吹襲的強風，球場和烤肉區用大片的玻璃圍起，但儘管有這層屏障，往往還是得吼著說話。

天氣不好的時候，他們會聚在餐廳旁的公共區玩桌遊，或是在上層建築玩捉迷藏。

在鑽井塔上，除了史萊德，幾乎每個人都是她的手下，因此她不太想與組上的人太親近。不過放眼望去，她就像是置身在一個水沙漠當中，困在大海上方二十層樓高處。若是逃避友誼與親密關係，感覺她會步上因孤獨而精神異常之路。

有一回玩捉迷藏，她在頂樓放布巾的櫥櫃裡，和謝爾蓋幹了那檔事——他是天才電子工程師，也是個俊男，每次打壁球總是殺得她落花流水。當鬼的人從他們的藏身處跑過去時，他們倆在黑暗中站得很近，太近了，轉眼間她已經開始吻他、將他拉向前，而他也扯下她的短褲，把她壓靠在牆上。

謝爾蓋是史萊德從莫斯科找來的，他或許是整個團隊中最純粹的科學家，能力也肯定是最強。

不過他不是她在鑽井塔上的迷戀對象，拉傑許才是，他是史萊德在 D-Wave 儀器抵達前，新聘請的軟體工程師。他眼神中帶著一種溫暖與誠實，令她傾心。他說話輕聲細語，而且聰明絕頂。昨天吃早餐時，他提議成立讀書俱樂部。

【第三〇二日】

一艘巨大貨櫃船送來了量子處理器。很像聖誕節早上。所有人站在露天平台上，滿心驚異地看著鑽油塔的起重機，將價值三千萬美元的計算機吊上六十公尺高的主平台。

【第三一二日】

新的處理器吊上來開始運作，繪圖工作重新啓動，寫出程式碼，繪製記憶，將其神經座標上傳到再活化儀器。停滯的感覺過去了，又再次有了衝勁，海倫娜的心情時而孤寂時而興奮，但也對史萊德的先見之明感到神奇。他不只在宏觀層面上預料到她的想法有無限可能，更令人驚訝的是在細微層面上，他竟然知道哪種工具最適合處理繪製人類記憶所需的龐大數據。而且還知道一台處理器不夠，他買了兩台。

她和馬可士·史萊德每星期會共進一次晚餐，這天用餐時她告訴他，若照目前的進度繼續下去，再一個月就能準備做第一次人體試驗了。

他臉上一亮。「眞的嗎？」

「眞的。我現在先告訴你一聲，我**會是**第一次試驗的人。」

「抱歉，那太危險了。」

「那你決定怎麼做？」

「方法有上千種。再說，沒有妳，我們就沒戲唱了。」

「馬可士，我非這麼做不可。」

「好啦，這件事晚點再說，現在先慶祝吧。」

他走到酒櫃，拿出一瓶白馬酒莊四七年份的老酒，花了點時間才拔起精巧的瓶塞，然後將整瓶酒倒入水晶醒酒器。

「這酒全世界所剩不多了。」他說。

當海倫娜將杯子舉到鼻下，吸入年代久遠的葡萄甜美辛辣的香氣，她對葡萄酒的概念徹底改變了。

「敬妳，也敬這一刻。」史萊德說著輕輕與她碰杯。

她喝到了她這輩子所喝過的酒都難以企及的味道，於是好、極好與超凡卓絕的標準，在她腦中重新調整了一遍。

眞是人間難得的極品。

溫潤、濃郁、醇厚，清爽得出人意表。

煨爛的紅果香、花香、巧克力香，還有……

「一直想問妳一件事。」史萊德打斷她的幻想。

她看著桌子對面的他。

「爲什麼是記憶？妳進入這個領域時，媽媽顯然還沒生病。」

她轉動杯中的酒，看見兩層樓高的窗玻璃內映照出他們倆坐在桌前的倒影，窗外便是黑森森的大海。

「因爲記憶……就是一切。就物理學而言，記憶只不過是一群特定組合的神經元一起放電，就像一首神經活動的交響曲。但事實上，它是我們和現實之間的過濾器。你以爲你**是在當下**品嘗這酒、聽到我說話，其實根本沒這回事。神經衝動從你的味蕾和耳朵傳到大腦，經過大腦處理後才丟進工作記憶程序中，所以當你知道自己在體驗些什麼，就已經是過去式了，已經是一段記憶了。」海倫娜傾身向前，彈了一下指頭。「光是大腦如何詮釋這樣一個簡單的刺激，就夠不可思議的了。視覺與聽覺訊息以不同速度抵達眼睛與耳朵，接著大腦又以不同的速度加以處理。大腦會等到最慢抵達的刺激處理完後，才重新將神經輸入的訊息正確排序，讓你全部一起體驗，就像同時發生的事件——這些大概是在眞實事件發生後的半秒鐘吧。我們自以爲能直接而即時地感知這個世界，殊不知我們體驗到的一切，都是經過仔細剪輯、磁帶延遲處理後重新組構的。」

她又啜飲一口美酒，讓他靜靜思考片刻。

史萊德問：「那麼閃光燈記憶呢？那些充滿極端個人意義與情感、超級鮮明的記憶呢？」

「好，這涉及另一個錯覺。是虛假當下的悖論。我們所認爲的『當下』，其實不是一個時刻，而是一段最近的時間——任意的一段。通常是前兩、三秒鐘。可是把大量腎上腺素丟進你的身體系統，讓你的杏仁核加速運作，就會產生那種超鮮明的記憶，彷彿時間慢了下來，或甚至完全停止。假如改變大腦處理事件的方式，就會改變『現在』的長度，也就是說你改變了現在成爲過去的時間點。再換句話說，『當下』這個概念是個錯覺，是由記憶所形成，由大腦所建構的。」

海倫娜將背往後靠，對自己如此激動感到難爲情，也忽然間覺得酒氣上湧。「所以我選擇記憶，」她說：「選擇神經科學。」她敲敲太陽穴。「如果想要了解世界，第一步就得了解，眞正了解，我們如何體驗世界。」

史萊德點頭道：「很明顯，心並不是馬上就明白世事，要等對事物的概念形成之後才能眞的明白。」

海倫娜驚訝笑道：「原來你還讀過約翰．洛克。」

「什麼？」史萊德問：「難道只因爲我是科技人，就代表我從來不看書嗎？妳在研究的不正是利用神經科學戳破感知的面紗，看見現實的眞正面貌？」

「這當然是不可能的事。不管我們多了解感知的運作方式，終究難逃人的極限。」

史萊德只是微微一笑。

【第三六四日】

海倫娜使用通行證進入三樓入口，沿著一條燈光明亮的走廊步向主要試驗間。她現在就跟第一天來到這裡一樣緊張，胃很不舒服，早餐只喝咖啡，又吃了幾片鳳梨。

基本設施組花了整夜時間，將他們建造的椅子從工作室搬到主要試驗間，而海倫娜現在就站在試驗間門口。強恩與瑞秋正忙著將椅子基座用螺絲固定在地板上。

她知道這會是個感人的時刻，但沒想到第一次看見自己的椅子，竟然讓她激動得難以自已。直到目前爲止，她的研究成果就是神經元群的影像、精密的軟體程式和一大堆的不確定。可是椅子是實物，是她可以摸到的東西。她耗費漫長十年，又因爲母親罹病而更加速努力追求的目標，終於有了實體的展現。

「妳覺得如何？」瑞秋問道：「史萊德要我們修改藍圖，給妳一個驚喜。」

若非成品實在太完美，史萊德自作主張修改設計一事，應該會讓海倫娜勃然大怒。但她驚呆了。在她心裡，椅子向來是實用的器物，是爲了達到某種目的的手段。而他們爲她打造的這張椅子兼具藝術美感與優雅，讓人聯想到伊姆斯夫妻設計的休閒椅，只不過是一體成型。

兩名工程師此時正看著她，無疑是想確認她的反應，看看上司對他們的工作是否滿意。

「你們眞的盡了最大努力了。」她說。

用午餐前，椅子已經完全裝設好。天衣無縫地安裝於頭靠的ＭＥＧ顯微鏡，宛如一頂垂掛式頭盔。從裡面拉出來的整束電線穿過椅背接到地板的連接埠，因此整體外觀簡潔亮麗。

海倫娜爲了爭取第一個坐上椅子，堅決不肯透露需要多高的突觸數量才能適當重啓記憶。史萊德實在拗不過她。他當然盡力拖延了，堅稱她的大腦與記憶太重要，經不起冒險，然而這樣一場仗，不管是他還是誰都沒機會贏。

於是，下午一點零七分，她穩穩坐上柔軟皮椅，往後躺靠。造影技師之一麗諾兒小心翼翼將顯微鏡拉低，放到海倫娜頭上，裡面的襯墊包住頭，大小適中，十分舒服。接著綁緊帶子固定下巴。史萊德站在室內某個角落旁觀，拿著手持攝影機錄影記錄，臉上掛著大大的微笑，彷彿在拍攝第一個小孩的誕生。

「覺得可以嗎？」麗諾兒問道。

「可以。」

「現在要替妳上鎖了。」

麗諾兒打開嵌在頭靠裡的兩個小隔間，拉開一串鈦金屬伸縮桿，然後將伸縮桿用螺絲鎖進顯微鏡外部的座體加以固定。

「妳試試看，頭能不能動？」麗諾兒說。

「不行。」

「坐在妳的椅子上有什麼感覺？」史萊德問。

「有點想吐。」

海倫娜目送所有人魚貫走出試驗間，進入位在隔壁的控制室，兩間房只有一道透明玻璃牆分隔。片刻過後，史萊德的聲音從頭靠裡的喇叭傳來：「聽得到我說話嗎？」

「聽得到。」

「現在要把燈光調暗了。」

不久，她只看見團隊成員的臉，在十來個監視器的燈光下閃著一抹淡藍。

「盡量放輕鬆。」史萊德說。

她用鼻子深深吸一口氣，再慢慢吐出，這時ＳＱＵＩＤ偵測器的幾何陣列開始在她頭上輕輕嗡鳴，微細的呼呼震動感覺好像在她頭皮上十億個點進行奈米微按摩。

他們討論過無數次，第一次應該繪製哪種記憶？是簡單的？還是複雜的？是最近的？還是以前的？快樂的？還是悲傷的？昨天，海倫娜想通了，認爲是他們想得太多。畢竟，「簡單的」記憶該如何定義？何況就人類而言，有所謂簡單的記憶嗎？想想今天早上她跑步時，飛落在平台上那隻信天翁。那只是她一閃而過的念頭，遲早會被丟進大腦的荒煙蔓草中，隨著其他遭遺忘的記憶一同消逝。但是牠包含了海的氣味；白色、濕濡的鳥羽在晨光下閃閃發亮；她因爲賣力跑步，心怦怦急跳；汗水沿體側滑下的沁涼感覺與流入眼中的灼熱感；還有在那一刻她暗自尋思，在這遼闊無邊、千篇一律的海上，鳥兒以何處爲家呢？

既然每段記憶都涵蓋一個宇宙，「簡單」又是何意？

史萊德的聲音響起：「海倫娜？準備好了嗎？」

「好了。」

「妳挑選好記憶了嗎？」

「挑好了。」

「那麼我要開始從五倒數，等妳聽到音調……就回想吧。」

巴瑞 二〇一八年十一月五日

夏日裡，火車上只會有站位，車廂裡滿滿都是前往漢普頓的曼哈頓居民。但現在是寒冷的十一月午後，滿天鐵灰色的雲，眼看就要降下本季的第一場雪，巴瑞坐在長島鐵路線的普通車廂，全車幾乎只有他一人。

他凝視窗外，隔著髒玻璃看著布魯克林的燈光愈縮愈小，眼皮逐漸沉重起來。

等他醒來，夜幕已低垂。窗外景致已是一片昏暗，燈火點點，玻璃上映著他自己的倒影。

蒙托克是這條線的終點站，快八點的時候，他步下火車，迎面而來是街燈映照下的傾盆冰雨。他將羊毛風衣的腰帶繫緊，翻起衣領，在冷冽的空氣中吐著白煙。他沿著鐵軌走到晚上已經關閉的車站，然後爬上他在車上預先叫好的計程車。

這個季節裡，蒙托克市區的商店大多都沒開。他來過這裡，二十年前了，跟茱莉亞和梅根來的，那次是個熱鬧的夏日週末，街道與海灘上擠滿度假人潮。

松林巷是一條偏僻的沙土路，樹根蔓延導致路面龜裂變形。開了將近一公里半，計程車燈照見一道柵門入口，其中一根石柱上釘了門牌，寫著羅馬數字「VI」。

「把車停到信箱旁邊。」他對司機說。

車子慢慢向前靠近後，巴瑞這側車窗嗡嗡地降下。

他伸出手按了門鈴。他知道他們在家。離開紐約前，他打過電話，佯裝是聯邦快遞人員要預約晚間送貨的時間。

女子的聲音回答：「這是貝爾曼家。」

「我是紐約市警局薩頓警探，請問妳先生在嗎，貝爾曼太太？」

「沒什麼事吧？」

「沒事，我有話要跟他談談。」

對方頓了一下，隨即響起隱約不明的交談聲。

接著對講機傳出男人的聲音。「我是喬。有什麼事嗎？」

「我們還是當面談比較好。私下談。」

「我們正要吃晚餐。」

「很抱歉這麼唐突，可是我剛剛從城裡搭火車來。」

他們的私人車道是單線道，繞過大片草地與樹林緩緩爬升，住家就坐落在最高處一面不算陡峭的岩壁上。遠遠看去，房屋好像完全由玻璃建造，內部閃亮得猶如夜間綠洲。

巴瑞付現金給計程車司機，還多給了二十塊錢請他等著。然後他步入雨中，拾級而上，來到入口。到達門前台階時，大門隨即打開。喬·貝爾曼本人比駕照的照片顯老，頭髮已經有些花白，飽受日曬摧殘的臉上，也就剛好有那麼一點肉能讓下顎鬆垂。

芙蘭妮年華老去得較為優雅。

有整整三秒鐘的時間，他不確定他們會不會邀請他進去，後來芙蘭妮還是往後退，勉強擠出笑容，帶他進屋。

屋內呈開放式空間，設計感與舒適感搭配得恰到好處，令人驚嘆。他想像白天裡，拉開窗簾，應該能看到大海與周遭森林保育地的壯觀景色。廚房裡似乎在烘烤什麼，香味四溢，讓巴瑞想到從無到有的烹飪過程，而非只用微波爐加熱，或是裝在塑膠袋裡由陌生人送來的食物。

芙蘭妮捏捏丈夫的手說：「我先把晚餐放進暖盤機。」隨後轉向巴瑞說：「我替你放外套好嗎？」

喬帶巴瑞進到書房，裡面除了一面玻璃牆，其他三面都擺滿了書。他們在瓦斯壁爐旁相對而坐，喬說道：「我不得不說，一個警探在晚餐時間不請自來，讓人有點不安。」

「要是嚇著你了，很抱歉。你並沒有惹上什麼麻煩。」

喬微微一笑。「你大可以先聲明的。」

「我就開門見山了。十五年前，尊夫人爬上了上西區波伊大樓的四十一樓……」

「她現在好多了。完全變了個人。」喬的臉上閃過一絲氣惱，也可能是害怕，因而泛起些許紅暈。「你為什麼要跑來？我本來打算和太太共度一個平靜夜晚，你為什麼跑到我家來翻那些陳年舊帳？」

「三天前，我開車回家的路上，無線電傳來一〇－五六A的通報，就是有人企圖自殺。我趕到現場，發現有個女人坐在波伊大樓四十一樓的突簷。她說她得了FMS。你知道那是什麼嗎？」

「假記憶之類的。」

「她向我敘述一大段沒有發生過的人生，說她有個丈夫和一個兒子，住在佛蒙特，夫妻倆共同經營景觀設計事業。她說丈夫名叫喬，喬．貝爾曼。」

喬忽然默不作聲。

「那女子名叫安．沃絲．彼得斯，她以為芙蘭妮從她坐的地方**跳下去了**。她跟我說她來找你談過，可是你不認識她。她之所以選擇那個突簷，就是抱著希望，看你會不會去救她，以彌補你沒能救活芙蘭妮的遺憾。但是安的記憶顯然錯了，因為你**確實**救下了芙蘭妮。今天下午我看過警方的報告了。」

「安後來怎麼樣了？」

「我沒能救活她。」

喬闔上眼後又張開。「你來找我做什麼？」他問道，聲音低得幾乎像在說悄悄話。

「你認識安．沃絲．彼得斯嗎？」

「不認識。」

「那安怎麼會認識你？她怎麼知道你的夫人爬上那處突簷企圖自殺？她為什麼認為你們曾經是夫妻？還生了一個兒子叫山姆？」

「我不知道，不過我想請你馬上離開。」

「貝爾曼先生……」

「拜託，我已經回答你的問題了，我沒做錯什麼事。走吧。」

他也說不上來爲什麼，但就是很確定一件事：喬．貝爾曼在說謊。

巴瑞從椅子上起身，伸手從上衣口袋掏出一張名片，放到椅子之間的桌上。「要是改變心意，希望你能打電話給我。」

喬沒有回答、沒有起身，甚至沒有看巴瑞一眼。他把手夾在兩腿間——巴瑞知道，那是爲了讓手不再顫抖——兩眼直愣愣地盯著爐火。

巴瑞搭車進蒙托克後，用大都會運輸署的APP查看時間表。應該剛好夠時間去吃點東西，然後搭九點五十分的車回城。

小餐館裡幾乎空無一人，他滑坐到吧台前的凳子上，方才與喬交談所激發的腎上腺素尚未消退。

餐點送來之前，有個光頭男子走進來，坐進其中一個雅座，點了咖啡，坐在那裡滑手機。

不對。

是**假裝**在滑手機。

他的目光太敏銳，皮夾克底下突起的地方應該是肩背式槍套。他有種警察或軍人的內斂氣勢——眼珠從不會定下來，總是飛快動個不停，總是不停地在觀察，儘管頭動都沒動。這是你無法捨棄的條件反射。

不過他始終沒看巴瑞。

巴瑞叫了墨西哥蛋餅，吃到一半，心裡正想著喬和芙蘭妮，眼球後方忽然刺痛了一下。**是你太疑神疑鬼了。**

他開始流鼻血，當他拿餐巾紙擦血時，腦子裡忽然擠進關於前三天截然不同的記憶。星期五晚上他開車正要回家，但並未從無線電接獲一〇一五六A的通報，他並未爬上波伊大樓的四十一樓，沒有見過安．沃絲．彼得斯，沒有看見她墜樓，沒有看過關於芙蘭妮．貝爾曼企圖自殺的警方報告，沒有買火車票來蒙托克，也沒有找喬．貝爾曼問話。

從某個角度看，他本來人是在他位於華盛頓高地區的一房公寓裡，坐在躺椅上看尼克隊的球賽，現在卻突然出現在蒙托克的小餐館裡，流著鼻血。

當他試著正視這些替代的記憶，發現那感覺和以前有過的記憶都不一樣。這些記憶毫無生氣、靜止不動，籠罩著黑灰色調，就跟安．沃絲．彼得斯說得一模一樣。

我被她傳染了嗎？

鼻血已經止住了，誰知兩手竟抖了起來。他把錢丟在吧台上，走進室外夜色中，試圖保持冷靜，卻感到頭暈目眩。

人生當中能確實讓我們感覺到永恆、感覺到腳踏實地的東西少之又少。人靠不住，我們的身體靠不住，就連我們自己也靠不住。這一切他都親身體驗過。但假如記憶也這樣說變就變，那還有什麼是可靠的？還有什麼是真實的？假如答案是沒有，我們又該如何自處？

他心想自己是不是瘋了？精神失常就是這種感覺嗎？

這裡和火車站隔著四條街，路上沒車，小鎮上一片死寂，身為不夜城的生物，他覺得這個正值淡季的小地方寂靜到令人惴惴不安。

他斜靠著路燈，等候火車門開啓，此時月台上只有四個人，包括方才在餐館的那個人。打在他手上的雨逐漸變成半融的雪，手指頭都快凍僵了，但他想要這種感覺。只有寒冷能將他與現實繫在一起。

海倫娜 二〇〇八年十月三十一日－二〇〇九年三月十四日

【三六六日】

第一次試坐椅子的兩天後，海倫娜在造影組成員環繞下，坐在控制室內，盯著巨大螢幕上，她大腦的3D靜態影像，色調深淺不一的夜光藍呈現了突觸的活動。

她說：「各位，空間解析度太驚人了。我萬萬也沒想到。」

「等一下。」拉傑許說。

他敲了一下空白鍵，影像活動起來。神經元明明滅滅，好似上兆隻螢火蟲照亮夏夜。好似燃燒的星辰。

播放記憶時，拉傑許將影像放大成個別的神經元。一條條電弧從突觸連接到突觸。他把速度放慢，播出千分之一秒當中的活動，那複雜程度依然深不可測。

記憶播放結束後，他說：「妳答應過會告訴我們這些影像是什麼。」

海倫娜微笑說道：「是我六歲的事。落磯山國家公園有一條溪是我父親的最愛，他帶我去那裡進行飛蠅釣。」

拉傑許問：「妳能不能明白說出這十五秒鐘裡，妳想了些什麼？是整個下午嗎？還是某一些時刻？」

「我會說是許多閃現的片段，全部集合起來，讓我在情感上回歸那個記憶。」

「例如說……」

「水聲潺潺流過河床上的岩石。黃色的白楊樹葉隨波漂流，有如金幣。我父親用粗糙雙手綁上飛蠅餌。滿心期待有魚上鉤。躺在岸邊草地上，凝視河水。天空蔚藍，細碎陽光從樹梢灑下。父親抓到的一條魚在他手上抖動，他解釋說魚下巴底下有紅色條紋，所以被稱爲切喉鱒。當天下午稍晚，我的大拇指被魚鉤鉤到。」海倫娜舉起手指，讓大夥看那道白色細小疤痕。「因爲倒鉤的關係拔不出來，所以我父親打開瑞士刀，割破我的皮膚。我記得我哭了，他叫我別動，當魚鉤終於拔出，他抓著我的拇指放到冰冷水中直到手指麻痺無感。我看著鮮血從傷口流進水中。」

「妳對這段回憶有什麼情感上的連結？」拉傑許問道：「妳爲什麼挑選它？」

海倫娜注視著他黝黑的大眼睛，說道：「被魚鉤鉤到的痛楚，不過主要是因爲這個記憶中的父親，我最喜歡。本質上來說，那是他最像**他**的一刻。」

【第三七〇日】

他們讓海倫娜重新坐上椅子，一次又一次回想同一段記憶，然後切成許多小段，直到拉傑許團隊能夠將個別的突觸模式連結到特定時刻。

【第四二〇日】

第一次活化試驗的時間是在海倫娜來到鑽油塔後的第二個聖誕前夕。他們讓她坐到椅子上，替她戴上埋有電磁刺激網路的頭罩。謝爾蓋用海倫娜飛蠅釣記憶中單一片段的突觸座標來設定再活化儀。當主試驗間的燈光變暗，海倫娜聽到頭靠的喇叭傳來史萊德的聲音。

「準備好了嗎？」

「好了。」

他們一致決定不告訴海倫娜再活化儀何時啓動，或是選了哪段記憶，否則她有可能因爲預期心態，而在無意中自己回想起來。

海倫娜閉上眼睛，開始試著收斂心神，這個她已經練習一個禮拜了。她看見自己走進一個房間，正中央有一張長椅，像是美術館裡面擺的那種。她坐下來，細細打量眼前的牆面。從地板到天花板，顏色從白逐漸轉灰最後變成黑色，其間的轉變幾乎細不可察。她從牆壁最底下開始，目光慢慢往上游走，徹底觀察完一個段落的顏色之後再往上一層，每個區塊的顏色幾乎不比前一區塊深多少……

突然間大拇指被魚鉤刺痛，她痛得尖叫，魚鉤周圍慢慢湧出一團紅色鮮血，父親跑了過來。

「你們做了嗎？」海倫娜問，心臟在胸腔內跳得好急。

「妳感覺到什麼了嗎？」史萊德問。

「對，就是剛剛。」

「描述一下。」

「我的大拇指被魚鉤刺到，一個很清晰的記憶片段。是你們吧？」

控制室裡爆出歡呼聲。

海倫娜忍不住哭了。

【第四二二日】

他們開始爲鑽油塔上每個人的自傳式記憶進行記錄與分類，而且完全只針對閃光燈記憶。

【第四二四日】

麗諾兒讓他們記錄她一九八六年一月二十八日早上的記憶。

當時她八歲，去看牙醫。診所經理從家裡搬來了一台電視，放在候診室裡。麗諾兒和母親坐在那裡候診，一邊看著火箭升空的歷史畫面，忽然就看到太空梭在大西洋上空解體了。

轉譯後，她感受最強烈的訊息包括：小電視放置在有輪子的架上；爆炸過後一會兒，攝影畫面出現環圈狀的白雲；她母親說著：「老天哪」；韓特醫師露出憂心忡忡的眼神；有一位口腔衛生師從後面出來，盯著電視看，淚水滑下她的臉頰，流進她還戴著的外科口罩底下。

【第四四八日】

拉傑許回憶的是搬到美國之前，與父親最後一次見面。他們去了喜馬拉雅山高處的斯碧提谷，只有他二人的旅行。

他記得犛牛的氣味；山上陽光有多麼強烈；河水多麼凜冽；在空氣稀薄的四千公尺高處，

他老覺得頭暈難受；四下焦褐光禿，只有湖水好似淡藍色的眼睛，寺廟外有色彩鮮艷的經幡，以及最高峰一帶閃爍著皚皚白雪。

但最特別的是那天晚上，拉傑許的父親聊起了他對人生、對拉傑許、對拉傑許的母親、對一切的眞正想法，他們倆坐在將熄的營火旁，一個轉瞬即逝的脆弱時刻。

【第四五二日】

謝爾蓋坐在椅子上，回想一輛摩托車撞上他車尾的時刻。猛然間金屬互相撞擊；從駕駛座車窗看見機車翻滾跌落公路；擔憂、恐懼，喉底深處嘗到鐵鏽味，並感覺時間放慢成龜速。

然後他將車停在車水馬龍的莫斯科街頭，下車後聞到撞成一團廢鐵的摩托車漏出的機油與汽油味，機車騎士坐在馬路中央，皮套褲撕裂露出肌膚，他愣愣地瞪視雙手，手指多處都擦破了皮，後來一看見謝爾蓋，立刻大吼大叫，試圖起身打人，但隨即發出尖叫，因為他的一條腿扭曲變形到不可思議的地步，根本動彈不得。

【第五〇〇日】

這是一年當中的初暖日子。整個冬天，一個接著一個風暴不停襲擊鑽油塔，就連海倫娜對於密閉工作環境的忍受極限也備受考驗。然而，今天天氣溫和晴朗，風平浪靜，整個海面躺在平台下方光影粼粼。

她和史萊德悠哉地繞著跑道走。

「對於我們的進展，妳怎麼想？」他問道。

「好極了，比我預期快得多。我覺得我們應該發表一點結果。」

「是嘛。」

「我已經準備好用我們研究出來的成果，開始改變別人的人生。」

他看著她，比起將近一年半前初相遇時，他變得更結實精瘦。不過話說回來，她也有所改變，她現在的體能狀況是有生以來最好的，工作也從未如此愉快過。

史萊德對這個企畫的投入程度，完全出乎她意外。自從她來到鑽井塔後，他只離開過一次，而且過程中每個階段他都會親自參與。每次團隊開會，他和智雲都會到場，每項重要決定，也都會加入商議。她本以爲像史萊德這種大忙人，只會偶爾大駕光臨，殊不知他的執迷程度與她不相上下。

此時他說道：「妳說要發表，我卻覺得我們遇到了阻礙。」他們轉過跑道的東北角落，改往西走。「再活化記憶的試驗令人失望。」

「眞沒想到你會這麼說。每個經歷過再活化過程的人，都說那段記憶比他們自己回想起來更清晰鮮明許多。再活化過程會激發所有的生命跡象，有時甚至會產生強烈緊張感。你也看過他們的病歷表，你自己也點亮過記憶，難道不是嗎？」

「我承認那種經驗比我自己的回憶更強烈，但強度卻幾乎不如我所預期。」

她感覺到怒氣上湧，染紅她的臉。「我們現在進展神速，對於記憶與印痕的了解也有了重大突破，只要你答應讓我發表，就能震驚全世界。我想要開始爲罹患三期阿茲海默症的受試者繪製記憶，等他們到了五期或六期，就能重新活化我們爲他們儲存的記憶。說不定這會是神經突觸再生的途徑呢？或是治療的途徑呢？或者至少也能爲一個大腦漸漸不聽使喚的人，保存核心記憶，對不對？」

「妳是在說妳母親嗎，海倫娜？」

「那還用說！明年她就要惡化到沒有任何記憶可以繪製了。你覺得我在這裡做什麼呢？你覺得我爲什麼要爲這個投注畢生的心力？」

「我非常欣賞妳的熱忱，我也想征服這個疾病。但首先，我想要的是：**長期**、**外顯**、**事件記憶投影的沉浸式平台**。」這正是她多年前夢想要申請專利的名稱，但她尚未提出。

「你怎麼會知道我的專利品？」

他沒有回答她的問題，反而問了另一個問題：「妳認爲到目前爲止，妳打造出來的成果有哪一點和沉浸式沾上邊了嗎？」

「爲了這個計畫，我已經付出一切。」

「拜託妳別這麼生氣。妳打造的技術很完美，我只是想幫妳讓它好上加好。」

他們轉過西北角，開始往南走。造影組和繪製組成員正在排球場上一爭高下，拉傑許坐在蓋了防水布的泳池邊畫水彩寫生，謝爾蓋則在籃球場練習投籃。

史萊德停下腳步看著海倫娜。「叫基本設施組建造一個感官剝奪槽。他們需要和謝爾蓋合作，設法讓受試者飄浮在槽內的時候，再活化儀能防水而且保持穩定。」

「爲什麼？」

「因爲這樣才能創造出我想要的純海洛因版的記憶再活化。」

「你怎麼可能知道……？」

「這一步完成之後，想個辦法讓受試者進入感官剝奪槽以後心跳停止。」

她看著史萊德，彷彿覺得他瘋了。

他說：「再活化過程中，人體承受的壓力愈大，體驗到的記憶就愈強烈。深埋在我們大腦內部有一個米粒大小的腺體叫松果體，它的功能就是製造一種名叫二甲基色胺，或簡稱DMT的化學物質。妳聽說過嗎？」

「這是目前已知最有效的迷幻藥之一。」

「夜晚在大腦注入些許DMT，就會讓我們作夢。但是在臨死前，松果體會釋放大量的DMT，像清倉大拍賣一樣。所以人在死前才會看到一些景象，例如快速通過隧道奔向光亮，或是眼前閃現一生的片段。若想獲得如夢一般的沉浸式記憶，就需要作更大的夢。或者也可以說更大量的DMT。」

「沒有人知道人死的時候會意識到什麼，你無法確定這對記憶沉浸有任何影響。說不定只會害死人。」

「妳什麼時候變得這麼悲觀？」

「那你說說看，有誰會自願爲這個計畫而死？」

「我們會讓他們復活的。問問妳團隊的人，既然要冒險，我不會虧待他們。要是妳那邊自願接受試驗的人不夠多，我再去別處找找。」

「那你自己願意進入剝奪槽，讓心跳停止嗎？」

馬可士．史萊德淡淡一笑，臉色陰鬱。「所有步驟都完美無瑕的時候嗎？當然願意。那個時候，而且只有到那個時候，妳也可以帶妳母親到鑽油塔來，利用我所有的設施和妳所有的知識去繪製並儲存她的記憶。」

「馬可士，拜託你……」

「那個時候，只有到那個時候。」

「她快沒時間了。」

「那就快點著手啊。」

她眼睜睜看著他離去。以前，總是離意識表層遠遠的，足以忽視不理，現在卻近在眼前了。她不知道為什麼，但史萊德確實知道一些他理應不知道、他不可能知道的事——她所想像的記憶計畫的完整細節，甚至是她打算將來提出申請的專利品名稱。他也不知怎麼的竟然曉得量子處理器能解決繪圖問題。還有現在這個瘋狂念頭，想讓心臟停止以強化沉浸式體驗。更令她心驚的是，史萊德拋出這些小暗示的態度，幾乎像是想讓她明白，他知道一些他理應不知情的事，像是想展現他的力量與知識有多強大，好讓她擔心。她猛然驚覺，假如這種摩擦持續下去，總有一天史萊德會取消她進入記憶平台的權利。也許她能說服拉傑許替她另外建立一個祕密的使用者帳號，以防萬一。

自從踏上這座鑽油塔以來，她首度懷疑起自己在這裡是否安全。

巴瑞　二〇一八年十一月五日—六日

「先生？醒醒啊，先生。」

巴瑞從睡夢中醒來，睜開眼睛，一時間四周模模糊糊，心下困惑了五秒鐘，不知自己身在何處。隨後他意識到火車的晃動，看到走道對面的窗外，一根根燈柱飛馳而過，看到年邁列車長的臉。

「可以出示一下車票嗎？」老列車長彬彬有禮地問，那是在另一個年代練就的禮節。巴瑞搜遍外套，最後在內側口袋深處找到手機。他打開大都會運輸署的APP，舉起車票頁面，讓列車長掃描條碼。

「謝謝您，薩頓先生。很抱歉吵醒您。」

當列車長繼續往下個車廂走去，巴瑞發現手機螢幕上顯示有四通未接來電，全部都是同一個區域號九三四。

還有一通留言。

他按下播放鍵，將手機拿到耳邊。「嗨，我是喬……喬．貝爾曼。呣……請你聽到留言盡快打給我好嗎？我眞的需要和你談談。」

巴瑞立刻回電，電話鈴才響一聲，喬就接起來了。「薩頓警探嗎？」

「是的。」

「你在哪裡？」

「回紐約的火車上。」

「請你務必理解，我萬萬沒想到會有人發現。他們向我保證過絕不會發生這種事。」

「你在說什麼？」

「我很害怕。」喬哭了起來。「你能回來嗎？」

「喬，我現在在火車上。不過你可以現在跟我說。」

有一會兒，喬只是對著電話發出粗粗的呼吸聲。巴瑞似乎聽到背景也有女人的哭聲，但不是很確定。

「我不該那麼做的。」喬說：「現在我明白了。我本來有個可愛的兒子和大好人生，卻無法正視鏡子裡的自己。」

「爲什麼？」

「因爲我沒有陪在她身邊，她跳下去了。我無法原諒自己……」

「誰跳下去了？」

「芙蘭妮。」

「你在說什麼？芙蘭妮沒有跳樓，我剛剛在你家看到她了。」

在不時穿插雜訊的通話中，巴瑞聽見喬崩潰痛哭。

「喬，你認識安．沃絲．彼得斯嗎？」

「認識。」

「怎麼認識的？」

「我和她結過婚。」

「什麼？」

「安會跳下去是我的錯。我看到一則分類廣告，寫說：『你想重新來過嗎？』上面有個電話號碼，我就打去了。安跟你說她得了僞記憶症侯群？」

「沒錯。」**現在我也得了**。「聽起來你可能也得了。聽說這種病會在社交圈內傳播。」

喬笑出聲來，但聲音中滿是懊悔與自怨自恨。「FMS不是像一般人想的那樣。」

「你知道FMS是怎麼回事？」

「當然知道。」

「說說看。」

電話那頭靜默無聲，有一度，巴瑞以為斷訊了。

「喬，你在嗎？電話斷了嗎？」

「我在。」

「FMS是什麼？」

「就是像我這樣的人，像我做了那些事的人。情況只會愈來愈糟。」

「為什麼？」

「我……」他停頓了大半晌。「我沒法解釋，太瘋狂了，你得自己去瞧瞧。」

「我怎麼去瞧？」

「我打那支電話後，他們在電話上問了我一些問題，然後帶我到曼哈頓的一間旅館。」

「曼哈頓有很多旅館啊，喬。」

「這一間不一樣。你不能直接去，要靠**他們**邀請你。而且只能經由一個地下停車場進去。」

「你知道地址嗎？」

「在五十東街，萊辛頓大道與第三大道之間。那段路上有一間二十四小時的餐館。」

「喬……」

「那是一群有權有勢的人。芙蘭妮想起來以後情緒崩潰，他們知道了，就跑到家裡來，還威脅我。」

「**他們**是誰？」

他沒有回答。

「喬？喬？」

他掛斷了。

巴瑞試著回撥，卻直接進入語音信箱。

他望向窗外，什麼也看不見，只有一片黑沉沉，偶爾被屋子的燈光或飛掠而過的車站打斷。

他將注意力轉移到方才在小餐館裡忽然浮現的那些替代記憶。記憶還在，那些事從未發生過，感覺卻和其他的記憶同樣逼眞，而且他無法調整內心矛盾的想法。

他環顧車廂，他是唯一乘客。

唯一的聲響則是火車沿軌道奔馳時的穩定脈搏。

他摸摸座位，手指撫過布面。

他打開皮夾，看了他的紐約州駕照，接著再看他的紐約市警局警徽。

他吸了一口氣，告訴自己：**你是巴瑞·薩頓。你現在正搭火車從蒙托克回紐約市。你的過往就是你的過往，不可能改變。此時此刻才是眞實的。火車、冰涼的窗玻璃、在玻璃另一側流淌的雨水，還有你。你的假記憶、喬和安·沃絲·彼得斯的遭遇，都有合理的解釋。一切都有。這只不過是個待解的謎，而你是最擅長解謎的了。**

狗屁不通。

他這輩子從未如此害怕過。

走出賓州車站時，已過午夜。粉紅天空飄下大雪，路面已經積了兩、三公分厚。

他翻起衣領，打開雨傘，從三十四街往北走。

街上與人行道空無一人。

大雪澆熄了曼哈頓的喧囂，難得一片闃靜。

快步走了十五分鐘後，來到第八大道與五十西街交叉口，接著轉往東走，經過幾條大道，此時走在風雪中感覺更冷，斜撐的雨傘猶如擋風遮雪的盾牌。

他來到萊辛頓路口停下來，等三輛剷雪車通過，同時注視著對街一塊紅色霓虹燈招牌：

麥克拉克蘭餐廳

供應早午晚餐，二十四小時營業，全年無休

巴瑞穿過馬路，站在招牌底下，看著雪在紅光中落下，暗忖這想必就是喬在電話上提到的那間二十四小時餐館。

他已經走了將近四十分鐘的路，雪已滲進鞋子，身子也開始打顫。從餐廳再往下走，他經過一個牆壁凹處，有個遊民坐在那裡雙手抱腿前後晃動，一邊喃喃自語。接著經過一家小雜貨店、一家酒品專賣店、一家高級女裝店和一間銀行——入夜後，這些店鋪全都打烊了。

快到下個路口時，他停在一條陰暗車道的入口，車道往下鑽進一棟新哥德式建築的地下空間，這棟大樓就夾在兩棟更高的玻璃帷幕鋼骨摩天大樓之間。

他收起雨傘，沿車道往下走，沒入地下的陰暗幽微之中。走了十二公尺後，盡頭有一道強化鋼製的車庫門。門邊有個按鍵鎖，上方架了一部監視器。

要命。看來今晚的線索就到這裡斷了。明天再回來吧，在入口處盯梢，看能不能剛好碰到有人來或是……

這時，齒輪忽然開始轉動，嚇得他心突的跳了一下。他回頭一看，只見車庫門正緩緩離地，門內的燈光漸漸漫出車道，已然照在巴瑞濕濕的鞋尖。

離開？

留下？

說不定根本不是這裡。

門已經拉高一半，還在往上升，另一邊卻沒人。

他猶豫了一下，隨即跨入門內，進到一個不太大的地下停車場，裡面停了十來輛車。

他的腳步聲在水泥地面回響著，鹵素燈從頭頂上照射下來。

他看見一座電梯，電梯旁有一扇門，應該是通往樓梯間。

電梯上方的燈亮起。

叮的一聲鈴響。

巴瑞連忙躲到一輛林肯ＭＫＸ後面，透過副駕駛座的染色車窗看著電梯門打開來。

空的。

搞什麼東西啊？

他不該來的。這一切和他目前承辦的案件毫無關聯，而且在他看來，到目前爲止也未涉及犯罪。嚴格說來，**是他**非法侵入。

管他的。

電梯內是光滑、毫無裝飾的金屬牆面，顯然是由外部操控。

門關上了。

電梯上升。

他的心怦怦跳。

巴瑞嚥了兩次口水，消除耳內壓力，三十秒後，電梯猛然一抖，停住了。

門開啓時，首先入耳的是邁爾士．戴維斯的音樂——《泛泛藍調》專輯中數一數二的優美慢曲——樂曲回音在看似飯店大廳的地方寂寥地飄移。

他跨出電梯踩上大理石地板。四壁都是幽暗、散發不祥氣氛的木板裝潢。皮沙發，黑色漆面椅。空氣中飄著一縷雪茄菸味。

這個空間裡有一種超越時空的氛圍。

正前方是一個無人櫃台，櫃台背後有一排像是另一個時代會使用的古典信箱，上方磚牆上寫著「記憶旅館」四個醒目大字。

他聽見冰塊在玻璃杯裡輕輕撞擊後逐漸沉澱，隨後從安頓在一整排窗戶邊的酒吧傳來了話語聲。有兩名男子坐在皮墊高腳椅上談話，一個穿黑色背心的酒保在擦拭玻璃杯。

巴瑞朝吧台接近時，雪茄的氣味漸漸變濃，空氣中也瀰漫著煙霧。

巴瑞爬上其中一張椅凳，身子趴靠在堅固的桃花心木吧台上。從鄰近的窗子看出去，建築物與城裡的燈光籠罩在一片白茫茫當中。

酒保走了過來。

她長得很美，一雙烏溜溜的眼睛，年紀輕輕便已灰白的頭髮用筷子纏起。名牌上面寫著「譚雅」。

「你要喝什麼？」譚雅問。

「能給我威士忌嗎？」

「有什麼特別喜好嗎？」

「莊家作主。」

她離開去替他倒酒，巴瑞則斜眼瞄向隔著幾個座位的那兩人。他們在喝波本，兩人之間的吧台上有一只喝了一半的酒瓶。

較靠近他的那人看似七十出頭，花白頭髮已漸稀疏，外型消瘦憔悴，顯見已是末期病人。煙從他手上的雪茄繚繞而上，味道彷彿沙漠降雨。

另一人與巴瑞年紀相仿，乾乾淨淨的臉上表情木然，眼神疲憊。他問較年長那人：「你來這裡多久了，阿莫？」

「大概一個禮拜。」

「他們跟你訂好日期了嗎？」

「其實就是明天。」

「真的嗎？恭喜了。」

他們互碰杯子。

「緊張嗎？」較年輕者問道。

「老實說，我對於要發生的事有點擔憂。不過他們的準備工夫確實做得很徹底。」

「是眞的嗎？不麻醉？」

「很不幸，是眞的。你是什麼時候到的？」

「昨天。」阿莫抽了一口雪茄。

譚雅端著威士忌出現，將酒杯擺在巴瑞面前，杯子底下墊著一張餐巾紙，上面有「記憶旅館」的立體燙金字樣。

「回去以後要做什麼，你決定好了嗎？」較年輕的男子問。

巴瑞啜一口蘇格蘭威士忌——雪莉桶，焦糖味、乾果味和酒精味。

「我是有些想法。」阿莫舉起拿雪茄的手。「這個戒掉。」然後指向威士忌。「那個節制點。我本來是建築師，有一棟建築物，我一直很後悔沒能繼續蓋。說不定會是我的代表作呢。你呢？」

「我也不知道。我覺得好內疚。」

「爲什麼？」

「這樣不是很自私嗎？」

「這些是**我們的**記憶。除了我們，誰也沒有權利取用。」阿莫一口喝乾剩下的威士忌。「我還是早點上床吧。明天可是大日子。」

「是啊，我也是。」

兩人各自滑下高腳椅後，握握手，互祝幸運。巴瑞看著他們信步離開酒吧，走向電梯間。當他回過頭來，酒保正面對著他。

「這裡是什麼地方，譚雅？」他開口問，但嘴巴覺得怪怪的，說起話來有點遲鈍不靈活。

「先生，你狀況好像不太好。」

他覺得眼底後方好像有什麼東西鬆開了。束縛被解開的感覺。

他看看自己的酒，又看看譚雅。

「溫斯會幫忙送你到房間去。」她說。

巴瑞跨下椅凳，身子微微晃動站不穩，一轉身便迎上小餐館裡那名男子死魚眼般的凝視。他的脖子上有一圈華麗刺青，是一雙女人的手死命掐住他。

巴瑞伸手要拿槍，但手就像在糖漿裡划動，而且溫斯的手已搶先伸進他的外套，動作敏捷地解開他插槍的槍套，然後俐落地把巴瑞的槍插到自己的牛仔褲後口袋。他從巴瑞的口袋挖出手機，丟給譚雅。

「我是紐約市警察。」巴瑞嘟嘟噥噥地說。

「我也是。」

「這裡是什麼地方？」

「你很快就會知道。」

頭愈來愈暈。

溫斯抓住巴瑞的手臂，拉著他從吧台走向接待櫃台後面的電梯間。他按了電梯，然後拖著巴瑞進去。

接下來，巴瑞跌跌撞撞走過旅館走廊，四面八方都在融化。

他搖搖晃晃走在鬆軟的紅地毯上，經過一盞盞舊式壁燈，典雅的燈光映照在房門與房門之間的壁板上。

到了一扇門前，對面牆上有一盞燈將「一四一四」投射在門上，號碼以「8」字型緩緩繞著貓眼移動。

溫斯開門進去，將巴瑞帶往一張寬闊的四柱床，一把推到床上，巴瑞隨即縮成胎兒的姿勢。

意識快速消退，他心想：**你這下完蛋了，對吧？**

房門砰一聲關上。

只剩他獨自一人，無法動彈。

雪封城市的燈光從牆邊的透明窗簾流洩而入，他失去意識前最後映入眼簾的，是克萊斯勒大樓那層層波浪裝飾，在風雪中閃耀猶如珠寶。

他口乾舌燥。

左臂疼痛。

四周景物慢慢聚焦。

巴瑞斜躺在一張皮椅上，高雅、超現代的黑色皮椅，同時也被綁在椅子上。腳踝、手腕之外，橫過腰間、胸前都有東西綁著他。左前臂被植入了靜脈注射座，難怪會痛，另外椅子旁邊有一輛金屬車，插進他血管的塑膠管就是從那裡接出來的。

面向他的牆邊擺了一台電腦終端機和各式各樣的醫療設備，令他大感驚詫的是其中包括一台滿是急救設備的推車。他還看見在房間另一頭的壁凹裡，收藏著一個表面光滑、插了許多管子和電線的白色物體，看起來像個巨蛋。

巴瑞身旁的椅凳上坐了一個他素未謀面的男人，留著亂糟糟的長鬍子，純藍的眼眸散發出智慧光芒，以及一種令人不安的嚴厲。

巴瑞張開嘴，但仍昏昏沉沉說不出話。

「還是覺得虛弱無力嗎？」

巴瑞點點頭。

男子往椅子旁的急救推車上按下一個按鈕。巴瑞眼看著清澄液體通過輸液管流入他的手臂。室內瞬間亮起，他立刻覺得清醒，就好像剛剛注射了一劑濃縮咖啡，但隨著清醒意識而來的卻是恐懼。

「好些了嗎？」男子問道。

巴瑞試圖移動頭，但是被固定住了，無論往哪個方向都無法轉動分毫。

「我是警察。」巴瑞說。

「我知道。我知道不少你的事，巴瑞．薩頓警探，包括你是個非常幸運的人。」

「此話怎講？」

「因爲你過去的經歷，我才決定不殺你。」

這是好事嗎？或者這個人只是在耍他？

「你是誰？」巴瑞問道。

「這不重要，重要的是我即將送你這一生中最大的禮物，一個人一輩子所能希冀的最大禮物也不過如此。如果你不介意的話，」他禮貌的口氣反倒令人心驚。「開始之前想請問你幾個問題。」

隨著分秒過去，巴瑞愈來愈警醒，當最後一段記憶恢復——跌跌撞撞走過旅館走廊進入一四一四號房——混沌感也隨之消逝。

男子問道：「你是爲了公務造訪喬和芙蘭妮夫妻的嗎？」

「你怎麼知道我去他們家？」

「只要回答問題就好。」

「不是，我是爲了滿足自己的好奇心。」

「你有任何同事或上司知道你去蒙托克嗎？」

「沒有。」

「你對安．沃絲．彼得斯和喬．貝爾曼感到好奇的事，跟誰說過嗎？」

禮拜天雖然和小關聊過FMS，但他暗自深信不可能有人知道他們的談話內容。

於是他撒謊。「沒有。」

巴瑞事先啓動了手機上的追蹤軟體。他不知道自己昏迷了多久，但假設現在仍是星期二一大早，就得等到傍晚才會有人發現他沒進辦公室。理論上，還要過好幾個小時。他沒有預訂行程，沒有約人喝酒或吃飯，要有人警覺到他失蹤，恐怕已是幾天後的事。

「會有人來找我的。」巴瑞說。

「他們絕對找不到你。」

巴瑞慢慢地吸氣，咬牙壓抑逐漸浮現的驚恐。他必須說服此人放他走，而且只能靠言語與邏輯。

巴瑞說：「我不知道你是誰，也不知道這一切是怎麼回事。可是只要你現在放我走，你永遠不會再聽到關於我的事情。我保證。」

那人滑下椅子，走到另一邊的電腦終端機，站在一面巨大螢幕前敲著鍵盤。片刻過後，巴瑞聽見連在他頭上那部不明儀器，開始發出幾乎細不可聞的呼呼聲，很像蚊子鼓翅聲。

「這是什麼？」巴瑞又問一次，心跳微微加快了些，恐懼阻斷了他較清晰的思路。「你想要我幹什麼？」

「我希望你說說你最後一次看到女兒還活著的情形。」

一股盛怒油然而生，巴瑞繃緊了皮帶，使出渾身力氣想掙脫那個將他的頭固定住的玩意。皮帶吱嘎作響。他的頭還是文風不動。他臉上冒出汗珠，流進了眼睛，鹹鹹的汗水灼熱刺痛，他卻無力擦拭。

「我要殺了你。」巴瑞說。

男子往前傾身，僅咫尺之遙，眼神冰冷得有如藍色火焰。巴瑞聞到他身上有昂貴的古龍水味，氣息中帶著咖啡的烘烤酸味。

「我並不是想嘲弄你。」那人說道：「我是想幫你。」

「你去死吧。」

「是你跑來**我的**旅館。」

「是啊，我敢說喬·貝爾曼說的那些話都是你教的，好把我騙到這裡來。」

「這樣吧，我們盡量讓這個選擇直接一點。要麼你老老實實回答我的問題，要麼你就死在這個位子上。」

巴瑞被綁在椅子上，除了遵照他的遊戲規則別無他法，必須先保住性命，直到看見可乘之機，看見脫逃的機會，不管多麼渺小。

「好吧。」

男子抬頭看著天花板說：「電腦，啓動運作。」

有個自動化的女聲回應：**新工作階段現在開始**。

男子直視巴瑞的雙眼。

「好，現在告訴我你最後一次見到女兒還活著的情形，一點細節都不要遺漏。」

海倫娜　二〇〇九年三月二十九日—六月二十日

【第五一五日】

海倫娜站在上層建築西側裝卸區的大門通道上，拉上風雨裝的拉鍊，心中暗想：門外呼號的風聲宛如低沉鬼嘯。整個早上，強風時速都高達一百三，足以將她這種身材的人吹下平台。

她使勁拉開門，注視著外頭灰撲撲、風雨斜打的世界，並將她身上繩具的扣環扣到橫跨平台架設的纜繩上。儘管已知風力強勁，卻仍未做好心理準備，差點就被風吹得四腳朝天。她頂著風、抱著身子，向外走去。

平台上一片灰濛濛，耳邊只聽見風肆虐咆哮，雨針宛如一顆顆軸承鋼珠打在她的夾克帽兜上。

她花了十分鐘跨越平台，步步維艱，一不小心便失去平衡。最後終於來到鑽油塔上她最喜愛的角落，西北角，坐下來，兩腿高懸在外，看著十八公尺高的浪拍打平台腳架。

基本設施組的最後兩名成員昨天離開了，趁著暴風雨來襲之前。對於史萊德的新指令，要「把人放進剝奪槽，並使其心跳停止」，她手下的人不只是口頭反對而已。除了她和謝爾蓋，其他人都集體請辭，要求立刻返回本土。每當她因爲留下而愧疚時，便會想想母親與其他和她一樣的人，只可惜慰藉有限。

但話說回來，她也很確定史萊德無論如何不會讓她離開。

智雲已飛回內陸尋找醫學團隊的人員和建造剝奪槽的新工程技師，只剩海倫娜陪著史萊德和一小群基層工作人員留在鑽油塔。

在外面平台這裡，彷彿全世界都在她耳邊嘶吼。

她也昂首向天，嘶吼了回去。

【第五九八日】

有人敲門。她在黑暗中伸手扭開燈，穿著睡褲和黑色挖背背心下床。桌上的鬧鐘顯示上午九點五十分。

她進到客廳，往前門走去，按一下牆上按鈕升起遮光窗簾。

史萊德穿著牛仔褲和連帽上衣站在門外走廊上——這是她幾個星期來見到他的第一面。

他說：「糟糕，我吵醒妳了。」

頭頂上的層板燈光刺亮，她瞇起眼睛看他。

「我可以進去嗎？」他問道。

「我有得選擇嗎？」

「別這樣，海倫娜。」

她後退一步讓他進屋，尾隨他走過短短的玄關通道，經過化妝室後進到主要的起居空間。

「有何貴幹？」她問道。

客廳窗邊有一套大得離譜的沙發，可以遠眺一望無際的大海。他往沙發的擱腳凳坐下，說道：「聽說妳不吃東西也不運動，已經好幾天沒跟人說話也沒出去。」

「你爲什麼不讓我跟我爸媽說話？你爲什麼不讓我離開？」

「妳狀況不好，海倫娜。以妳現在的精神狀況，無法爲這個地方保密。」

「我跟你說過我不玩了。我媽現在進了養護機構，不知道她情況怎麼樣了。我爸已經一個月沒聽到我的聲音，肯定很擔心……」

「我知道妳現在還無法明白，但我是在救妳，以免妳毀了自己。」

「去你的。」

「妳退出，是因爲不認同我帶領這項計畫的方向。我現在只是給妳時間重新考慮，是不是眞的要拋棄一切。」

「這計畫是我的。」

「但錢是我出的。」

她雙手微微顫抖，因爲害怕，也因爲憤怒。

她說：「我不想再做了。你已經毀了我的夢想，讓我無法幫助我母親和其他人。我想回家。你還要繼續軟禁我嗎？」

「當然不了。」

「所以我可以走了？」

「妳記不記得第一天到這裡的時候，我問了妳什麼？」

她搖搖頭，潸然淚下。

「我問妳想不想和我一起改變世界。妳已經完成那麼多傑出的工作，我們現在就站在這些成果的肩上，我今天早上來這裡是要告訴妳，成功已近在眼前。把過去的一切都忘了吧，我們一起來跨越終線。」

她隔著茶几定定看著他，淚水撲簌簌滑落臉頰。

「妳現在是什麼感覺？」他問道：「告訴我。」

「好像你把我的東西偷走了。」

「這絕非事實。我是在妳看不清楚的時候介入，這是合夥人的責任。今天是我也是妳人生中最重要的日子，是我們一直以來努力的唯一目標，所以我才會上來。剝奪槽已經就緒，再活化儀也已修整好，能在槽內運作。再過十分鐘就要進行一次新的試驗，這可是重大時刻。」

「受試者是誰？」

「這不重要。」

「對我來說重要。」

「不過就是一個每星期拿兩萬美金，為科學作最大犧牲的人。」

「這個研究有多危險，你跟他說了？」

「要冒什麼風險，他清清楚楚。聽好了，妳要是想回家就打包，中午到停機坪來。」

「我的合約怎麼辦？」

「妳跟我簽三年，這算是違約，所以不管是薪水還是分紅，一分錢都拿不到。基本原則妳總該懂吧。不過妳要是想走到底，現在馬上跟我下樓去實驗室。這將會是名留青史的一天。」

巴瑞　二〇一八年十一月六日

巴瑞被綁在椅子上，彷彿清醒時作著噩夢。他說道：「那天是十月二十五號，十一年前。」

「回想起這件事，你第一個想到的是什麼？」男子問：「最強烈的影像或感覺是什麼？」

巴瑞一方面想把這個男人大卸八塊，但一想到那天晚上的梅根，自己又瀕臨心碎，兩種情緒夾擊，將他困在怪異無比的情境中。

他以平板的語調回答：「找到她的屍體。」

「抱歉，可能是我語意不清。不是在她走後，是之前。」

「我最後一次跟她說話。」

「我要你談的正是這個。」

巴瑞瞪視著房間另一端，咬牙切齒。

「請繼續，薩頓警探。」

「當時我坐在客廳沙發，正在看大聯盟的總冠軍賽。」

「你記得比賽隊伍嗎？」

「紅襪對落磯，第二場。第一場是紅襪勝，他們後來以直落四贏得冠軍。」

「你支持哪一隊？」

「我其實無所謂。但可能比較想看到落磯隊追平，讓賽事有趣一點。你爲什麼要這樣對我？到底目的……」

「所以說你坐在沙發上……」

「應該還喝著啤酒。」

「茱莉亞也和你一起看球賽嗎？」

天哪，他還知道她的名字。

「沒有，她可能在我們的臥室裡看電視。已經吃過晚飯了。」

「一家人一起吃的嗎？」

「不記得了，應該是吧。」巴瑞忽然感覺到胸口一股強大壓力，幾乎讓他喘不過氣來。他接著說：「我已經好多年沒提起那天晚上了。」

那人只是靜靜坐在椅凳上，一面撫鬚一面冷冷地打量巴瑞，等著他繼續說下去。

「我看見梅根步出走廊，不太記得她的穿著打扮，但不知爲何，印象中的她穿著平日常穿的牛仔褲和土耳其藍毛線衣。」

「你女兒幾歲？」

「再十天就滿十六了。她走到茶几前停下來——這件事我很確定——就站在我和電視機中間，兩手插腰，臉上露出半嚴肅的表情。」

這時他的眼角淚水湧現。

「這件事依然能引起你極大的情緒波動，這樣很好。」男子說道。

「拜託你，別逼我。」巴瑞說。

「繼續吧。」

巴瑞吸了一口氣，盲目地搜尋平衡情緒的支點。

過了好一會兒他才說：「那是我最後一次正視女兒的機會，我卻渾然不知，只是不斷地想繞過她看電視。」

他不想當著這個人的面哭泣。拜託，除了這個，什麼都好。

「接著說。」

「她問說能不能去『冰雪皇后』。通常每星期有兩、三天晚上，她會到那裡去做功課，和朋友碰面。我按照標準程序提問。媽媽說可以嗎？沒有，她先來問我。功課做完了嗎？沒有，但這是一部分原因，她想約生物課的實驗夥伴敏蒂，去那裡討論她們正在進行的計畫。還有誰要去？她說了一串名字，大部分我都認識。我記得我看了手表，時間是八點半，球賽才剛開始不久，我跟她說去是可以去，但要在十點以前回來。她想爭取十一點，我說：『不行，明天還要上課，妳也知道妳的門禁時間。』她也就不再爭辯，往大門走去。

「我記得她臨出門前我喊了她，跟她說我愛她。」

淚水奪眶而出，身體激動到不停顫抖，可是人還是被皮帶牢牢綁在椅子上。

巴瑞說：「老實說，我不知道我是不是眞的喊了她。很可能沒有，而是直接又繼續看球賽，直到十點到了又過了，才又想起她，納悶她怎麼還沒回家。」

男子說：「電腦，停止運作。」接著又轉而說：「謝謝你，巴瑞。」

他靠向前，反手抹去巴瑞臉上的淚水。

「這一切到底是爲什麼？」巴瑞頹喪地問：「這比任何肉體的酷刑都更殘忍。」

「我會讓你知道。」

男子按了急救推車上一個按鈕。

巴瑞瞄一眼手臂上的軟管，只見一道清澈液體急速流進他的血管。

海倫娜　二〇〇九年六月二十日

【第五九八日】

受試男子身材瘦高結實，細細的手臂上布滿針孔，左肩處有個「米蘭妲」的名字刺青，看起來剛刺不久，還顯得紅腫發炎。他戴著銀色頭罩，貼合得就像瓜皮帽，只是略厚一些，另外有個板擦大小的裝置固定在左臂上。除此之外，他全身赤裸，站在一個像蛋一樣的白色殼狀物前面。兩側分別有一男一女在待命，他們身旁也各有一台急救推車。

海倫娜坐在隔壁控制室的主控台上，透過雙面鏡觀看這一切。她坐在史萊德和醫學團隊負責人保羅．魏爾森醫師之間，謝爾蓋則坐在史萊德左手邊，他是原始團隊中唯一留下來的人。

有人輕碰一下她的肩膀，她回頭一看，是智雲，他剛剛才溜進控制室坐在她後面。

他俯身向前，在她耳邊悄聲說道：「眞的很高興妳決定加入我們。實驗室少了妳就變樣了。」

謝爾蓋正盯著螢幕端詳受試者腦袋的高解析影像，史萊德轉頭問他：「那些再活化座標看起來怎麼樣？」

「準備就緒。」

史萊德轉向醫師。「保羅呢？」

「隨時可以開始。」

史萊德輕按自己頭罩上一個按鈕，說道：「李德，我們這邊都準備好了，你可以爬進去了。」

有好一會兒，那名精瘦男子都沒動，只是站在那裡渾身打顫，透過打開的槽門愣愣看著水槽。他的皮膚在燈光下微微泛藍，只有針孔結痂處灼紅，與那全身慘白形成對比。

「李德？聽得到我的聲音嗎？」

「聽得到。」男子的聲音從控制室四個角落的喇叭傳出。

「準備好要開始了嗎？」

「我只是……萬一會痛怎麼辦？我實在不知道會發生什麼事。」

他注視著雙面鏡，神形枯槁憔悴，發黃的皮膚底下，一根根肋骨歷歷可見。

「你可以想想我們談過的。」史萊德說：「魏爾森醫師此刻就坐在我旁邊。你要不要說幾句話，保羅？」

一頭波浪銀髮的醫生於是戴上他的頭罩。「李德，你所有的生命跡象都在我的眼前，我會隨時監控著，只要一發現不對勁，就會立刻啓動完整的應變計畫。」

史萊德說：「別忘了，如果今天的測試成功，我會給你一大筆獎金。」

李德重新用空洞的眼神凝視水槽。

「好，」他振作起來做好準備，說道：「好，來吧。」他握住剝奪槽側邊的手把，搖搖晃晃爬下去，從喇叭可以聽見嘩嘩水聲。

史萊德說：「李德，等你覺得安頓好了就告訴我們。」

片刻後，男子說道：「我浮起來了。」

「可以的話，我要關上槽門了。」

接下來的十秒鐘氣氛緊繃。

「可以了嗎，李德？」

「好，可以了。」

史萊德鍵入指令，槽門隨即緩緩降下，就定位後無縫閉合。

「李德，我們準備要關燈開始程序了。你覺得怎麼樣？」

「我應該準備好了。」

「我們今天早上討論的事，你都記得吧？」

「應該記得。」

「要確定才行。」

「我確定。」

「很好，一切都會順利的。等你再看到我的時候，就跟我說我的母親名叫蘇珊，那我就知道了。」

史萊德讓燈慢慢熄滅。原本休眠中的顯示器亮了起來，實況播放夜視攝影機的畫面。攝影機掛在水槽頂板上，直接俯視李德，畫面顯示他仰漂在濃鹽水中。史萊德在主畫面中叫出計時器，設定五分鐘。

「李德，這是你最後一次聽到我的聲音。我們會給你幾分鐘，放鬆一下，集中精神，然後就開始了。」

「知道了。」

「祝我們成功。你今天將會寫下歷史。」

史萊德開始倒數，同時取下頭罩。

海倫娜問道：「你要再活化哪種記憶？」

「妳有沒有注意到他左肩上的刺青？」

「有啊。」

「那是我們昨天早上紋上去的。昨天晚上爲這件事繪製了記憶。」

「爲什麼是紋身？」

「因爲有痛感。我希望能有一個新近又強烈的編碼經驗。」

「你難道找不到比海洛因毒蟲更好的受試者嗎？」

史萊德沒有答腔。他的轉變實在驚人，她從來就沒想過要把計畫推到這種地步，更沒想到會遇上一個比她還要一心一意、鍥而不捨的人。

「他眞的知道自己在做什麼嗎？」她問道。

「知道。」

海倫娜看著時間慢慢倒數，一分一秒地流逝

她望向史萊德說：「這完全超出負責任的科學試驗範圍了。」

「認同。」

「而你就是不在乎？」

「要達到我想要的突破，就不能挑淺灘過河。」

海倫娜緊盯著螢幕上，動也不動地漂浮在水槽裡的李德。

「所以你願意讓這個人冒生命風險？」她問道。

「對，他自己也願意。他明白自己處於什麼狀況，我認爲他很勇敢。再說，等事情結束，他將會住進高級矯治中心戒毒。要是一切順利，我們倆將會在妳的住處喝香檳慶祝……」他瞅一眼手腕上的勞力士。「十分鐘後。」

「你在說什麼？」

「待會妳就知道。」

所有人都繃緊神經，默默等著最後兩分鐘過去，當計時器響起，史萊德喊道：「保羅？」

「準備就緒。」

史萊德看向主控台另一端負責控制刺激器的人。「謝爾蓋？」

「隨時待命。」

「復甦組？」

「電擊器充電完畢，準備就緒。」

史萊德對保羅點點頭。

醫生吁了一口氣，按下一個按鍵說：「推注一毫克羅庫諾林，注射。」

「那是什麼？」海倫娜問。

「一種神經肌肉阻斷劑。」魏爾森醫師說。

史萊德接口說：「不管發生什麼事，都不能讓他在那裡面亂揮亂抓，把頭罩給弄壞。」

「他知道他會暫時麻痺嗎？」

「當然知道。」

「你們怎麼施藥？」

「他的左前臂已經埋入一個無線靜脈注射座。那基本上就是類似死刑注射的混合藥，只是少了鎮靜劑。」

醫師又開口說：「推注二．二毫克硫噴妥鈉，注射。」

海倫娜將注意力分散兩處，一下看水槽內部的夜視影像，一下看醫師正仔細留意的螢幕畫面，上面顯示了李德的脈搏速率、血壓、心電圖與其他十來項評量數據。

「血壓下降。」魏爾森醫師說：「心跳降到每分鐘五十下。」

「他會痛苦嗎？」海倫娜問。

「不會。」史萊德說。

「你怎麼能確定?」

「每分鐘二十五下。」

海倫娜湊到電腦螢幕前，注視李德那張泛著夜視綠光的臉。他雙眼閉合，沒有明顯的痛苦跡象，甚至可以說面容平和。

「每分鐘十下。血壓三十/五。」

霎時間，控制室裡充斥著心電圖平線的持續長音。

醫師關掉儀器說：「死亡時間：上午十點十三分。」

槽內的李德看起來毫無異狀，依然漂浮在鹽水中。

「什麼時候要讓他活過來?」海倫娜問。

史萊德沒有回答。

「準備就緒。」謝爾蓋說。

醫師的電腦主畫面中出現一個新視窗。**心臟停止時間：十五秒**。

當計時過了一分鐘，醫師說：「偵測到DMT釋出。」

史萊德喊了一聲：「謝爾蓋。」

「啓動記憶再活化程式。刺激器發射……」

醫師繼續讀出各個生命跡象的數據，此時以腦含氧量與大腦活動的相關資訊爲主。謝爾蓋也是每十秒左右就會提出更新，但聽在海倫娜耳裡，他們聲音的鳴響漸退漸遠。她無法將目光從槽內那人的身上移開，無法不好奇他此時看見什麼、感覺到什麼，也無法不捫心自問：爲了體驗自己的創造物的最大效力，她是否願意一死?

計時到了兩分三十秒，謝爾蓋說：「記憶程式結束。」

「再跑一次。」馬可士．史萊德說。

謝爾蓋呆望著他。

醫生說：「馬可士，五分鐘一到，讓他復活的可能性就微乎其微了。他的腦細胞正在迅速死亡。」

「今天早上我和李德談過了，他已經準備好面對這個結果。」

海倫娜說：「把他拉出來。」

「這麼做我也覺得不妥。」謝爾蓋說。

「拜託你們就相信我吧。讓程式再跑一次。」

謝爾蓋嘆了口氣，很快地敲幾下鍵盤。「啓動記憶再活化程式。刺激器發射。」

見海倫娜瞪著自己看，史萊德便說：「智雲是在舊金山一個亂七八糟的社區的一間毒窟裡，把那個人拖出來的。當時他已經失去意識，針頭還插在手臂上。要不是那樣，他恐怕早就死了……」

「不能拿這個當藉口。」她說。

「我明白妳爲什麼會這麼想。我要再次懇請**你們所有的人**，就再相信我一下下，李德絕對不會有事。」

魏爾森醫師說：「馬可士，你要是眞的有意想讓金恩先生復活，我建議你馬上讓我手下的醫生把他拉出來。就算讓心跳恢復，要是失去了認知功能，他對你也就沒用了。」

「現在還不要把他拉出水槽。」

謝爾蓋起身便往出口走。

海倫娜也從椅子上站起來，緊跟在後。

「門從外面上鎖了。」史萊德說：「就算你們出得去，我的護衛隊就等在走廊上。抱歉，因為我有預感，到了這個階段你們可能會退縮。」

醫師於是對著麥克風說：「黛娜，艾倫，把金恩先生拉出水槽，立刻開始進行復甦。」

海倫娜透過玻璃牆怔怔看著，站在急救推車旁的兩位醫師都沒有動。

「艾倫！黛娜！」

「他們聽不到你說話。」史萊德說：「啓動施藥程序以後，我就關掉了試驗間的對講機。」

謝爾蓋開始撞門，肩膀猛烈地撞擊金屬門板。

「你們想要改變世界？」史萊德說：「就要付出這樣的代價。就會有這樣的感覺。在這種時刻，要有鋼鐵般、不屈不撓的決心。」

在夜視畫面上顯現的水槽內，李德一動也不動。水平靜無波。

海倫娜看著醫師的螢幕。**心臟停止時間：三〇四秒**。

「已經超過五分鐘的界限了。」她問魏爾森醫師：「還有希望嗎？」

「不知道。」

海倫娜旋即衝向一張空椅，將它抬起。智雲和史萊德晚了一步才意識到她的意圖，兩人連忙從座位上跳起來阻止她。

她將椅子高舉過肩，使勁朝雙面鏡丟去。

可惜椅子終究沒有碰到玻璃。

巴瑞　二〇一八年十一月六日

他睜著眼睛，卻什麼也看不見。他已感受不到時間，可能已經過了數年，也可能只有數秒。他眨眨眼，但毫無變化。他心想：**我死了嗎？**他吸入一口氣，胸腔擴張，然後吐氣。接著舉起一隻手臂，竟聽見水聲，感覺到有什麼東西滑過肌膚。

他發覺自己正毫不費力地，仰漂在一池溫度與他的皮膚一模一樣的水中。不動的時候，他感覺不到，即便再度靜定下來，他還是有種感覺，好像自己的身體沒有起點也沒有終點。

不對……他有感覺到一樣東西，有樣東西固定在他左前臂。

他伸過右手摸了摸，像是一個硬塑膠盒，二．五公分寬，大約十公分長。他試圖將它扯下，可是它既不是黏在皮上也不是植入皮下。

「巴瑞。」是先前那名男子的聲音。也就是當他被綁在椅子上，端坐在椅凳上逼他談論梅根的人。

「我在哪裡？這是怎麼回事？」

「我要你冷靜下來。呼吸就對了。」

「我死了嗎？」

「你要是死了，我還會叫你呼吸嗎？你沒死，至於你在哪裡，目前也不重要。」

巴瑞將一隻手直直伸出水面，手指碰觸到距離臉上方約六十公分的平面。他摸索著想找扳手、按鈕等等，試圖打開這個困住他的東西，然而內壁光滑且毫無空隙。

他感覺到前臂上的裝置在微微顫動，想伸手再摸一遍，不料全然沒有動靜。他的右臂已經動不了了。

他試著抬起左臂，沒有用。

接著是雙腿、頭、手指。

後來甚至無法眨眼，想要說話，嘴唇也張不開。

「現在你體驗到的是麻痺劑的作用。」男子從漆黑上方的某處說道：「就是你剛剛感覺到的顫動，那是裝置在注射藥品。只可惜我們必須讓你保持清醒。我不想騙你，巴瑞，接下來一小段時間會非常不舒服。」

他整個人被恐懼吞噬——有生以來最深刻的驚恐。兩隻眼睛被鎖死，閉不上，就算不停試著想動，動手臂、動腿、動手指，什麼都好，卻毫無反應，簡直有如要試圖控制一根頭髮那麼困難。殊不知真正恐怖的還在後面：他竟無法收縮橫膈膜。

也就表示他無法吸氣。

頓時一陣恐慌襲將上來，最後痛苦、一切感覺都濃縮成拚命想吸入氧氣的渴求，而且這份渴求一秒強似一秒。然而他對自己身體的控制權已被封鎖，無法大聲呼喊或揮舞手臂或哀求饒命，只要能說話，他最想做的事就是求饒。

「你現在很可能已經察覺到自己無法呼吸。這不是虐待，巴瑞，我可以向你保證。一切很快就會結束。」

他只能躺在一片漆黑中，傾聽自己內心的吶喊與思緒的波濤洶湧，而事實上唯一能聽到的聲音只有雷鳴般的心跳不斷加快。

前臂的裝置再度顫動。

忽然間，一股熾熱痛感流竄過他的血脈，不管剛剛注射進血液的是什麼，原本如電鑽般砰砰震動的心跳立刻起了反應。

漸漸放慢。

漸漸放慢。

漸漸放慢。

接著他再也聽不見、再也感覺不到它的跳動。

他所在之處徹底寂靜無聲。

此時此刻，他知道自己體內的血液不再流動。

我無法呼吸，心跳也停止了。我死了。臨床死亡。那麼我怎麼還能思考？怎麼還有意識？這種情形會持續多久？接下來還會有多痛？這眞的是我人生終點了嗎？

「我剛剛讓你的心跳停止了，巴瑞。請你仔細聽好。接下來幾分鐘，你必須集中精神，否則我們會救不了你。如果你到了另一邊，記住我爲你做的一切。這次別讓它再發生了，你可以改變的。」

五顏六色在巴瑞缺氧缺血的大腦裡爆炸開來，一場爲死人上演的燈光秀，每一道閃光都比前一道更近、更亮。

直到他眼前所見只剩眩目的白，而且已經開始由淺到深慢慢轉爲黑色，他知道那個光譜的盡頭是什麼：空無狀態。但或許痛苦會隨之結束，這種對空氣的劇烈渴求也會結束。他準備好了，只要能讓這一切停止，他都準備好要面對了。

忽然間，他聞到一個味道。很奇怪，因爲引發了一種無以名狀的情緒反應，卻又令人感到懷舊心痛。過了一會兒，他才意識到那是以前他和茱莉亞和梅根吃過晚飯後，家裡的味道。特別是茱莉亞做的烤肉捲、烤紅蘿蔔和烤馬鈴薯。緊接著他聞到酵母與麥芽與大麥的氣味。是啤酒，但並不是隨便一種，而是他以前常喝的綠色瓶裝「滾石」啤酒。

漸漸地開始出現其他氣味，融合在一起，已不只是單純的某種葡萄酒香。這個氣味他到哪兒都認得，就是他昔日在澤西市，與前妻與死去的女兒同住的那棟屋子。

家的味道。

倏地，他嘗到啤酒味，以及他從前抽的香菸時時刻刻留在嘴裡的味道。

他腦中爆發出一個影像，劃破即將消失的白濛濛，影像邊緣模糊且參差不齊，但很快聚焦清晰起來。是一台電視，螢幕上，正在轉播棒球賽。這個腦海中的畫面清清楚楚，一如親眼所見，起初以灰階顯示，隨後觸目所及都染上了色彩。

芬威球場。

球場強光照射下的綠色草地。

觀眾。

球員。

投手丘的紅土，柯特·席林就站在那裡，手放在手套內，眼睛直盯著本壘板的打者陶德·

希爾頓。

這就好像在他眼前慢慢重建一段記憶。首先以嗅覺與味覺打基礎，其次搭起視覺的鷹架，接著再以觸覺往上蓋，因爲他感覺到了，確確實實**感覺到了**：他所坐的皮椅涼而柔軟，他兩腳翹在延伸出來的擱腳凳上，頭轉過去，一隻手（**他的手**）伸向椅邊茶几，去拿放在杯墊上的一瓶滾石啤酒。

碰觸到酒瓶時，他能感覺到凝結在綠色玻璃上的冰涼水氣，當他將瓶子送到嘴邊，往上一斜，那口感與氣味逼眞到讓他難以置信。那不只是記憶，而是**此時此刻**正在發生的事。

而且他強烈意識到的不單只是記憶本身，還有他對記憶的想法。這次與以前的回想經驗截然不同，因爲他**身在其中**，透過較年輕的自己的雙眼，凝神觀看著昔日生活的影片在眼前開演，宛如完全沉浸其中的觀察者。

瀕死的痛苦已變成一顆遙遠黯淡的星子，現在他開始聽到聲響，一開始只是窸窣的擦掠聲，悶悶的、模糊不清，但慢慢愈來愈大聲也愈清楚，好像有人在慢慢調高聲量轉鈕。

電視上的播報者。

屋內的電話鈴聲。

走過硬木走廊的腳步聲。

接著梅根就站在他面前。他抬眼凝視著她的臉龐，她的嘴在動，他也聽到她的聲音，只是太微弱、太遙遠，聽不清任何確切字句，只能聽見這十一年來在他記憶中悄悄淡去的熟悉語調。

她美麗、充滿生氣，站在電視機前擋住螢幕，背包掛在一邊肩上，穿著藍色牛仔褲和土耳其藍毛衣，頭髮紮成馬尾。

這感覺實在太強烈，比同時讓他窒息與失控的酷刑更殘忍，因為這不是他自願想找回的記憶。他們不知用什麼方法，不顧他的意願為他投射出來，他認為記憶之所以會模糊失焦，或許不無道理。說不定抽象的記憶能做為麻醉劑，是一道緩衝保護，讓我們不至於因為時間、因為時間所偷走與抹滅的一切，陷入痛苦。

他想跳脫這段記憶，卻辦不到。所有感官都充分參與了，四周景物清晰鮮明得有如眞實存在，唯獨他無力控制，只能透過十一年前的自己去看，去聽自己與女兒的最後對話，去感覺自己喉頭的震動，以及自己的嘴巴與雙唇吐出話語的動作。

「妳跟媽媽說了嗎？」他的聲音聽起來一點也不奇怪，分明就是他說話時的感覺與聲音。

「沒有，我直接來找你。」

「功課做完了嗎？」

「還沒，所以我才想去。」

巴瑞感覺到年輕的自己傾斜身子，試圖繞過梅根去看電視，希爾頓將這顆球打擊出去，三壘跑者回來得分，他自己卻被封殺在一壘前。

「爸，你根本沒在聽我說話。」

「我在聽。」

現在他又將視線轉回來看著她。

「敏蒂實驗和我同一組，下禮拜三有個東西要交。」

「哪一科？」

「生物。」

「還有誰要去？」

「拜託，就是我、敏蒂，可能還有雅各，凱文和莎拉一定會去。」

這時他看著自己抬起左手瞄一眼手表——梅根死後，他的婚姻瞬間失壓，十個月後他便搬離這棟房子，手表也從此不知所蹤。

才剛過八點半。

「所以我可以去嗎？」

說不行。

年輕的巴瑞看著落磯隊下一名打者走向本壘板。

快說不行！

「十點以前要回來喔？」

「十一點。」

「十一點是週末，妳明明知道的。」

「那十點半。」

「那就算了。」

「好嘛，十點十五。」

「妳是在跟我抬槓嗎？」

「從那裡走回來要十分鐘。不然你開車送我。」哇。他一直壓抑迴避了這一刻，因爲太痛苦了。她曾經提議讓他開車送她，是他拒絕了。他若是答應，她現在還活得好好的。

好！開車送她！開車送她呀，你這個白癡！

「親愛的，我在看球賽。」

「那就十點半囉？」

他感覺到自己噘起嘴唇露出微笑，也清清楚楚回想起那失去已久、與女兒討價還價的心境。既懊惱，又自豪，因爲他撫養出一個充滿鬥志的女性，她知道自己要什麼，而且會全力爭取。他還想起自己期望著她長大後能持續這股熱情。

「好吧。」梅根已起步走向門口。「不過一分鐘都不許遲到。妳可以保證嗎？」

阻止她。

阻止她！

「好的，爸。」她最後一句話。現在他想起來了。**好的，爸。**

年輕的巴瑞又再度看起電視，看布拉德．霍普直接把球轟向中外野。他能聽見梅根的腳步聲逐漸遠去，內心大聲吶喊著，但什麼事也沒發生，他就像寄宿在一個自己無力控制的軀體內。

梅根走向大門時，年輕的他甚至看都沒看，一心只顧著球賽，渾然不知自己剛剛看了女兒最後一眼，也不知道只要他一句話，就能阻止憾事發生。

他聽到前門打開，砰一聲關上。

然後她走了，一步步離開家、離開他，去赴死。而他竟還坐在躺椅上看棒球賽。

他已感受不到無法呼吸的痛苦，也不覺得自己漂浮在溫水中，或是胸腔內的心臟不再跳動。如今唯一重要的只有這段折磨人的記憶（爲了他無法理解的原因，又不得不忍受）和一個事實：女兒剛剛離家，再也不……

他左手小指動了一下。

或者應該說他意識到自己讓它動了。這個動作是他意志使然。

他再試一次。整隻手都動了。

他張開一隻手臂，接著張開另一隻。

他眨眨眼，吸一口氣。

他張開嘴，發出類似嘟囔的聲音，沒有意義的濃重喉音，但是**他**發出來的。

這意味著什麼？原先，他只是在體驗回憶，像個旁觀者在捲動一個唯讀檔案。像在看電影。現在他能移動、能出聲、能與周遭環境互動，而且每過一秒就覺得愈能掌控這個身體。

他伸手將躺椅的擱腳凳放下，然後站起來，環顧這個十多年間的住居，對於它如此精緻逼眞讚嘆不已。

他穿過客廳，來到前門邊的鏡子前停下，審視鏡中的自己。他的頭髮變得濃密，並恢復成沙色，過去這幾年，在他漸漸稀疏的頂上不斷擴張版圖的白髮已不見蹤跡。

他下巴線條清晰，沒有鬆垮的贅肉，沒有眼袋，鼻翼也沒有因爲酒精而泛紅，他這才發覺打從梅根死後，他便徹底放任這具軀殼自生自滅。

他望著大門，女兒剛剛走出去的那扇門。

這到底怎麼回事？他本來還在曼哈頓一間旅館，有人正在用某種剝奪槽殺害他。

這是眞的嗎？

這是眞正發生的事嗎？

不可能，但感覺真的栩栩如生。

他打開門，跨進門外的秋夜中。

假如這不是真的，那就是這世上最殘忍的酷刑。不過萬一那個人告訴他的話屬實呢？**我即將送你這一生中最大的禮物，一個人一輩子所能希冀的最大禮物也不過如此。**

巴瑞猛地將自己拉回當下。這些問題以後再說不遲。現在，他站在自家前門廊上，聆聽著微風中院子裡的橡樹枝葉沙沙作響，繩索鞦韆也跟著晃動。無論怎麼看都令人難以置信，這的確就是二〇〇七年十月二十五日，他女兒死於肇逃事故的那個晚上。她終究沒能去到「冰雪皇后」與朋友會面，也就是說接下來十分鐘內這齣悲劇就要發生。

而她已經提前離開兩分鐘。

他腳上沒穿鞋子，可是已經浪費太多時間了。

於是他拉上前門，步下階梯踏上草坪，枯葉在赤腳底下劈啪響，而他就這麼沒入夜色中。

海倫娜　二〇〇九年六月二十日

【第五九八日】

有人敲門。她在黑暗中伸手扭開燈，穿著睡褲和黑色挖背背心下床。桌上的鬧鐘顯示上午九點五十分。

當她經過客廳走向前門，按一下牆上按鈕升起遮光窗簾，驀地有種似曾相識的強烈感覺一湧而上。

史萊德穿著牛仔褲和連帽上衣站在門外走廊上，手裡拿著一瓶香檳、兩只酒杯和一片DVD。這是她幾個星期來見到他的第一面。

他說：「糟糕，我吵醒妳了。」

頭頂上的層板燈光刺亮，她眯起眼睛看他。

「我可以進去嗎？」他問道。

「我有得選擇嗎？」

「別這樣，海倫娜。」

「有何貴幹？」她問道。

她後退一步讓他進屋，尾隨他走過短短的玄關通道，經過化妝室後進到主要的起居空間。

客廳窗邊有一套大得離譜的沙發，可以遠眺一望無際的大海。他往沙發的擱腳凳坐下，說道：「聽說妳不吃東西也不運動，已經好幾天沒跟人說話也沒出去。」

「你爲什麼不讓我跟我爸媽說話？你爲什麼不讓我離開？」

「妳狀況不好，海倫娜。以妳現在的精神狀況，無法爲這個地方保密。」

「我跟你說過我不玩了。我媽現在進了養護機構，不知道她情況怎麼樣了。我爸已經一個月沒聽到我的聲音，肯定很擔心……」

「我知道妳現在還無法明白，但我是在救妳，以免妳毀了自己。」

「去你的。」

「妳退出，是因爲不認同我帶領這項計畫的方向。我現在只是給妳時間重新考慮，是不是眞的要拋棄一切。」

「這計畫是**我的**。」

「但錢是我出的。」

她雙手微微顫抖，因爲害怕，也因爲憤怒。

她說：「我不想再做了。你已經毀了我的夢想，讓我無法幫助和我母親一樣的人。我想回家。你還要繼續軟禁我嗎？」

「當然不了。」

「所以我可以走了？」

「妳記不記得第一天到這裡的時候，我問了妳什麼？」

她搖搖頭，潸然淚下。

「我問妳想不想和我一起改變世界。妳已經完成那麼多傑出的工作，我們現在就站在這些成果的肩上，我今天早上來這裡是要告訴妳，我們成功了。」

她隔著茶几定定看著他，淚水撲簌簌滑落臉頰。

「你在說什麼？」

「今天是我也是妳人生中最重要的日子，是我們一直以來努力的唯一目標，所以我上來和妳一起慶祝。」

史萊德開始動手扭轉「香檳王」瓶蓋線圈的金屬絲，整個扭開後，便將線圈丟在茶几上。然後用兩腿夾住酒瓶，小心翼翼地拔起瓶塞。海倫娜看著他往杯子裡倒香檳，每一杯都仔細地倒滿到杯緣。

「你是哪根筋不對勁。」她說。

「現在還不能喝，得等到……」他看看手表。「十點十五，差不多。趁著等的時候，我想讓妳看看昨天發生的一件事。」

史萊德從茶几上拿起DVD走到電視櫃前，放進播放器，調高音量。

螢幕上：一個她從未見過、高而消瘦的男子斜躺在記憶椅上。智雲正低著頭，在男子的左肩上刺字，米–蘭……這時消瘦男子忽然舉起左臂說：「停。」

史萊德步入鏡頭。「怎麼了，李德？」

「我回來了，我在這裡，我的天啊。」

「你在說什麼？」

「實驗成功了。」

「證明給我看。」

「你母親名叫蘇珊。就在我進那顆蛋以前，你叫我這麼說的。」

螢幕上，只見史萊德咧開大大的笑容，問道：「我們明天幾點做實驗？」

「早上十點。」

史萊德關掉電視，看著海倫娜。

她說：「這對我來說有什麼意義嗎？」

「我猜我們很快就會知道了。」

他們默默坐著，氣氛有些尷尬，海倫娜則看著香檳冒出氣泡。

「我想回家。」她說。

「妳想走的話，今天就可以走。」

她看看牆上時鐘，上午十點十分。屋裡靜悄悄的，甚至可以聽到酒杯裡氣體嘶嘶作響。她凝視著大海，心想不管這是怎麼回事，都與她無關了。她要離開鑽油塔、離開她的研究、離開一切，錢、分紅就算了，因爲不管有什麼夢想、有什麼野心，史萊德這麼對她都太過分了。她要回科羅拉多幫忙照顧母親，儘管無法保留她逐漸消失的記憶也無法阻止疾病惡化，至少能在她僅剩的時光裡陪在她身邊。

十點十五分，到了又過了。

史萊德不停看表，眼中漸漸流露出一絲擔憂。

海倫娜說：「好了，不管你想讓我看什麼，還是請你離開吧。直升機什麼時候可以載我回加州？」

忽然間，史萊德的鼻子流出鮮血。

這時她嘴裡嘗到鐵鏽味，發覺自己也在流鼻血。她抬起手摀住想止血，不料血從指縫間滲出滴到襯衫上。她連忙跑進化妝室，從抽屜裡抓了兩條毛巾，一條掩住自己的鼻子，另一條準備拿出去給史萊德。

她將毛巾遞給他時，眼珠後方突然一陣刺痛，堪稱是她這輩子最痛的一次冷刺激頭痛，而且從史萊德的表情看得出他也體驗到同樣感覺。

他當下面露微笑，齒縫間可見血跡。接著他從擱腳凳起身，擦擦鼻子，丟開毛巾。

「妳感覺到了嗎？」他問。

起先她以爲他在說疼痛感，但不是。她驀然意識到，自己對於過去半個小時有了全新的記憶。一個灰灰的、鬼魅般的記憶。在那段記憶裡，史萊德沒有拿香檳來，而是邀她一起下樓到試驗間。她想起自己坐在控制室裡，看著一個海洛因毒蟲爬進剝奪槽，他們發射了一段他刺青的記憶，然後將他殺死。她企圖把椅子丟向分隔控制室與試驗間的玻璃，但下一瞬間她卻人在這裡，站在自己的公寓裡，流著鼻血，頭痛欲裂。

「我不明白。」她說：「剛剛這是怎麼回事？」

史萊德舉起香檳杯，碰一下她的杯子，長長啜飲了一口。

「海倫娜，妳打造的椅子不只能幫助人回復記憶，還能讓人眞的回到過去。」

巴瑞

二〇〇七年十月二十五日

鄰近的屋內開著電視，螢幕發出的光透過窗一閃一閃。路上空無一人，只有巴瑞奔跑在空盪的街道中央，路面上鋪滿夾道橡樹的落葉。他已經八百年沒有這麼強壯的感覺了。曾經受傷的左膝不覺得痛，那是在中央公園一場壘球賽中，草率滑回本壘的後果，不過還要過五年才會發生。而且現在的他步伐輕盈許多，至少輕了十四公斤。

遠處大約八百公尺外，可以看見餐廳與汽車旅館的招牌燈光，「冰雪皇后」也在其中。

他感覺到牛仔褲的左前口袋裡有東西，於是放慢速度變成快走，一面從口袋掏出一支第一代的iPhone，螢幕保護畫面上是參加越野賽跑的梅根衝過終點線。

他試了四次才解鎖成功，接著他不停滑動聯絡資訊，直到找到梅根的電話打了過去，同時又開始慢跑起來。

電話響了一聲。

語音信箱。

再打一次。

還是語音信箱。

他跑過一段坑坑疤疤的人行道，旁邊有一群老舊建築，在未來的十年當中，這裡會改建成一個工業風社區、一間咖啡館和一間酒廠。但目前只是一片陰森破敗景象。

幾百公尺外，他看見一個人影從這片陰暗的未開發區冒出來，走進燈光明亮的商業區外圍。

土耳其藍毛衣。綁馬尾。

他高喊女兒的名字。她沒有回頭，這時候他開始快速急奔（他這一生從未跑得這麼賣力過），一面尖聲喊著女兒的名字一面大口大口喘氣，甚至還一面狐疑……

這一切都是真的嗎？這一刻，他已經幻想過多少次？希望能試著從鬼門關前將她救回……

「梅根！」她就在前面約五十公尺處，近到足以看見她在講電話，對外界絲毫不察。

後方響起輪胎的吱嘎聲。他回頭瞥見車燈快速接近，聽到引擎加速的轟隆聲。梅根始終沒有抵達的餐館就在對街遠處，此時她跨出一步正打算過馬路。

「梅根！梅根！**梅根！**」

步上馬路還不到一公尺，她便停下來回頭望著巴瑞的方向，電話還放在耳邊。他已經離得很近，可以看到她滿臉困惑，車子逐漸接近的噪音就在他身後。

一輛黑色福特野馬以將近一百公里的時速呼嘯而過，車子疾馳在馬路中央，壓著中線蛇行。

然後消失不見。

梅根依然站在路邊。

巴瑞氣喘吁吁來到她身旁，沒命地跑了將近半公里，兩條腿幾乎像燒起來似的。

她放下電話。「爸？你在幹麼？」

他來回看著馬路，一盞路燈豎立一旁，只有他們倆站在黃色燈光下，沒有來車，四下安靜到可以聽見枯葉擦掠路面的聲音。

那輛福特野馬就是十一年前（也就是——很不可思議地——今天晚上）撞到她的車嗎？他剛剛眞的阻止車禍發生了嗎？

梅根說：「你沒穿鞋子。」

他用力抱住她，嘴裡仍喘息不止，但現在又加上啜泣，而且怎麼也忍不住。太難以承受了，她的氣味、她的聲音、她活生生的存在。

「怎麼了？」梅根問道：「你怎麼會在這裡？你爲什麼在哭？」

「那輛車……本來會……」

「拜託，爸，我沒事。」

如果這不是眞的，那可就是他所遭遇過最殘忍的事了，因爲這感覺不像虛擬實境或是那個人讓他經歷的某種體驗。這感覺**非。常。眞。實。**栩栩如生，這不是記憶的重現。

他看著女兒，觸摸她那張在燈光下充滿生命而完美的臉。

「妳是眞的嗎?」他問。

「你喝醉了嗎?」她反問。

「不,我只是……」

「什麼?」

「我擔心妳。」

「爲什麼?」

「因爲,因爲當父親的就是這樣,總會擔心女兒。」

「沒事啦,我在這兒,」她不自在地笑了笑,當下很顯然也不無道理地懷疑他的精神狀態。「毫髮無傷。」

他想到那天晚上發現她的地方,就離他們現在所站之處不遠。他喊了她一個小時,她的電話也一直轉到語音信箱。後來他走在這條路上,才看見她的手機掉落在路中央,碎裂的螢幕亮了起來。緊接著便找到她的屍體了,癱軟地趴臥在人行道後方的陰影中,從傷勢看來,她是被高速撞擊後飛了一大段距離。

這段記憶他永遠忘不了,只是現在顯得灰暗模糊,一如他在蒙托克那間小餐館時,襲將上來的僞記憶。難道他眞的改變了過去?這怎麼可能?

梅根抬頭望著他許久。已經不氣惱了,表情和善、擔憂。他不斷拭淚,努力想止住淚水,她似乎既驚嚇又感動。

她說:「哭沒關係哦,莎拉她爸爸也很愛哭。」

「我好以妳爲傲。」

「我知道。」隨即又說：「爸，我朋友還在等我。」

「好吧。」

「我們晚點見囉？」她說。

「當然。」

「我們這個週末還要去看電影嗎？約會一下？」

「當然要了。」他不希望她走，就算把她摟在懷裡摟上整整一星期，也嫌不夠。但他還是說：「今晚一定要小心。」

她轉身繼續過街。他喊了她一聲，她回頭看。

「我愛妳，梅根。」

「我也愛你，爸。」

他站在原地不停發抖，試圖釐清剛才究竟怎麼回事，目光則隨著她漸行漸遠，穿過街道，進入「冰雪皇后」店內，與坐在窗邊的朋友們會合。

他身後有腳步聲接近。

巴瑞轉過身，看見一個身穿黑衣的男子朝他走來。即使隔著一段距離，那人看起來還是有點眼熟，再一靠近，就完全認出來了。他是小餐館裡面那個人，溫斯，也就是巴瑞在旅館酒吧被下藥後，將他帶到房間的人。他脖子上有刺青，不過現在已經沒有了，或者應該說是還沒有。這時候的他頭髮茂密，體格較精瘦，看似年輕了十歲。

巴瑞下意識地往後退，溫斯卻舉起雙手表示並無惡意。

他們在街燈下，空盪盪的人行道上，相對而立。

「我是怎麼回事？」巴瑞問。

「我知道你很迷惑、很茫然，但很快就會過去了。我來這裡是爲了履行雇用合約的最後一項任務。你明白了嗎？」

「明白什麼？」

「我老闆爲你做的事。」

「這是眞的？」

「是眞的。」

「怎麼會？」

「你和女兒重逢了，她也沒死，其他又有什麼要緊？今晚過後你不會再見到我，但我得跟你說些事，一些該遵守的基本規則，不難。別企圖用你對未來的了解投機取巧，好好再過一次你的人生就對了。過得認眞一點。而且不許告訴任何人，妻子不行，女兒不行，**誰都不行**。」

「如果我想回去呢？」

「送你到這裡來的科技，現在都還沒發明出來呢。」

溫斯轉身就要離開。

「我該怎麼感謝他？」巴瑞問道，眼中再次充滿淚水。

「在二〇一八年的現在，他會去拜訪你和你的家人。但願他看到的是你善加利用了這次機會，日子過得很幸福，令嬡也安然無恙。但最重要的是你遵守了我剛剛解釋的規則，沒有大嘴巴亂說話。這就是你向他表達謝意的方法。」

「你說『二〇一八年的現在』是什麼意思？」

他聳聳肩。「時間只是幻覺，是人類記憶造出來的東西。其實並沒有所謂的過去、現在與未來。一切都正在發生。」

巴瑞試著理解這番話，但太過繁複。「你也回去了，對吧？」

「比你稍微久一點。我已經重新過了三年。」

「爲什麼？」

「我當警察的時候搞砸了，誤交了匪類。現在我開一家飛蠅釣具店，生活美滿。祝你第二次人生幸運。」

溫斯掉轉身走進夜色，逐漸遠去。

第二部

鄉愁懷想的多半是我們始終未曾熟悉的地方。

——卡森・麥卡勒絲

海倫娜　二〇〇九年六月二十日

【第五九八日】

海倫娜坐在公寓沙發上，試圖理解過去三十分鐘在她人生中的重要性。她第一直覺是：這不可能是眞的，只是一種把戲或幻覺而已。然而眼前卻不停反覆看見那個海洛因毒蟲肩上完整的「米蘭妲」刺青，以及史萊德剛才播給她看的未完成的刺青。儘管對於今早的實驗有鮮明而詳實的記憶，連舉起椅子丟窗都記得一清二楚，但不知怎的她就是知道，這一切根本沒發生過，那只是她大腦神經元結構中的一截枯枝，只能把它比擬成一段記得鉅細靡遺的夢境。

「告訴我，妳現在在想些什麼？」史萊德說。

她目不轉睛瞪著他。「這個過程──當記憶再活化時，在剝奪槽內瀕死的過程──眞的可以改變過去嗎？」

「沒有什麼過去。」

「你在說什麼瘋話？」

「怎麼？妳可以有妳的理論，我就不能有我的？」

「解釋看看。」

「是妳自己說的，『當下』只是一種錯覺，是一個偶然因素，端看大腦怎麼處理現實。」

「那只是……一些哲學入門在胡說八道。」

「我們祖先原本住在海裡。由於光在水中與空氣中的傳播不同，他們的感官量──也就是他們能搜尋獵物的區域──便受限於機動量──也就是他們眞正能夠到達與互動的區域。妳認爲這會產生什麼結果？」

她思考了一下。「他們只能對即時刺激起反應。」

「好。那麼妳再想想，四億年前那些魚終於爬離海洋，是因爲什麼緣故？」

「感官量增加了，因爲光在空氣中比在海水中傳得更遠。」

「有一些演化生物學家認爲在陸地上，機動與感官量之間的這種差異促成了意識的進化。如果能看得更遠，就能想得更遠，就能作計畫。然後就能預想未來，即使未來並不存在。」

「所以你想說什麼？」

「我想說意識是環境造成的。我們的認知，也就是對現實的概念，其實取決於我們能感知到什麼、我們的感官受到哪些限制。我們自以爲看到了世界的眞實面貌，但妳應該最清楚……這些都只是洞穴牆上的影子。我們就跟住在水中的祖先一樣見識狹隘，我們大腦的極限也同樣是進化的偶然因素。就定義而言，我們和他們一樣，看不到自己錯過了什麼。不對，應該說……直到現在以前。」

海倫娜想起了許多個月前那天晚上，史萊德在晚餐桌旁的神祕笑容。「戳破感知的面紗。」她說。

「正是。對於二維生物而言，循著第三維度運行不只是不可能，而是連想像都無法想像。就像我們的大腦也同樣令人失望。想想看，如果能透過更進步的生物的眼睛去看世界，用四個維度，那麼就能依照任何順序去體驗自己人生的事件，想要重溫哪一段記憶都可以。」

「可是那……這……太荒謬了。而且破壞了因果關係。」

史萊德再次露出那高高在上的微笑。依然搶先一步。「量子物理學恐怕是站在我這邊的。

我們已經知道在分子層面上，時間箭並不如人類所想的那麼簡單。」

「你眞的相信時間只是錯覺？」

「應該是與其說我們對時間的感知大有問題，倒不如乾脆說時間是錯覺。每一刻都同樣眞實並正在發生，但由於意識的本質，使得我們一次只能接觸到一小片段。如果把人生想成一本書，每一頁是獨立的一刻，但同樣的，看書的時候一次也只能感知到一個時刻，也就是一頁。這個有缺陷的感知能力切斷了其他的連接途徑──直到現在。」

「但怎麼做到的？」

「妳曾跟我說過，只有透過記憶才能眞正接觸到現實。我覺得妳說得對。另外一個時刻、一個舊記憶，和我現在說的這句話一樣**就在當下**，一樣輕易唾手可得，像是走進隔壁房間一樣簡單。我們只需要設法說服大腦相信，要避開我們的進化限制，將意識擴充到超越感官量。」

她開始覺得頭暈。

「你本來就知道嗎？」她問。

「知道什麼？」

「從一開始就知道眞正要研究的方向。這已經大大超出記憶沉浸的範圍。」

史萊德看著地上一會兒，又重新抬頭看她。「我實在太尊敬妳，不想騙妳。」

「所以……是知道囉。」

「在談論我做了什麼之前，能不能暫停一下，先慶祝妳完成的壯舉？妳現在是有史以來最偉大的科學家兼發明家了，妳實現了現代，也是任何時代最重大的突破。」

「也是最危險的。」

「若是落入不當之手，的確危險。」

「天哪，你還眞是自大。不管落入誰手中都一樣。你怎麼知道那張椅子會產生什麼後果？」

史萊德將香檳擱到茶几上，起身走向窗邊。幾公里外的海上，暴雨雲正氣勢洶洶朝平台奔騰而來。

「我們第一次見面時，」他說：「妳在舊金山一家名叫『離子』的公司，帶領研發團隊。」

「什麼叫『第一次』？那時我根本沒有……」

「讓我把話說完。當時妳雇用我當研究助理，我就負責依照妳的指示打報告、查找妳想看的文章、管理妳的行事曆和行程、替妳保持咖啡的熱度和辦公室的整潔，至少是還有空間通行的程度。」他淡淡一笑，帶著一種近似懷舊的愁緒。「我想我的正式職稱應該是實驗室雜工，不過妳待我很好，讓我有歸屬感，覺得像是正式的團隊成員。認識妳之前，我有嗑藥的問題，可以說是妳救了我。

「妳打造了一部很大的MEG顯微鏡，和一個精密的電磁刺激網路。妳的量子處理器比我們這裡用的高級得多，因爲量子位元的技術進步許多。妳設計出了剝奪槽，還想出如何讓再活化儀在槽內運作。但妳並不滿足。妳一直以來的主張都是：水槽會讓受試者處於極度強烈的感覺剝奪狀態，因此當我們刺激與某段回憶對應的神經，那種體驗將會提升爲一種完全沉浸式的超然過程。」

「等一下，這一切都發生在什麼時候？」

「在原始的時間軸上。」

過了一會兒，她才猛然領悟到他此話的嚴重性。

「當時我還是在研究阿茲海默症時空膠囊的應用嗎？」她問道。

「應該不是。離子公司很想把椅子應用在娛樂方面，那才是我們的研究方向。只可惜和我們在這裡的成果差不多，妳能做到的只是讓人的回憶稍微鮮活一點，而且無須自行回想。這項技術投入了好幾千萬的資金，妳也賭上自己的職業生涯，卻沒有實質收穫。」史萊德從窗邊轉身看她。「一直到二〇一八的十一月二號。」

「二〇一八年。」

「是的。」

「也就是說九年後。」

「沒錯。那天早上發生了一件令人始料未及、悲慘卻又驚人的事。妳正在爲一個名叫強・喬丹的新受試者進行記憶再活化，回憶的事件是一起車禍，他的妻子在那起車禍中喪生。一切都進行得十分順利，接著他在剝奪槽裡心跳停止，情況很嚴重。當醫療團隊衝上前去要把他拉出來，忽然發生了不可思議的事。水槽門還沒打開，實驗室裡的每個人忽然都略略改變了站姿，所有人都開始流鼻血，有些人還頭痛欲裂，而妳置入水槽做實驗的人已經不是喬丹，而是一個叫麥可・迪曼的人。這一切都只是一眨眼的事，好像有人彈了一下開關似的。

「誰也不明白究竟怎麼回事。我們完全沒有喬丹來過實驗室的紀錄，大夥都驚慌失措，想要理出個頭緒來。說我是被好奇心沖昏頭也罷，總之我無法就這麼算了。我試著要找到喬丹，看看他有何遭遇、去了哪裡。最奇怪的是，記得我們要再活化的那段關於車禍的記憶嗎？沒想到十五年前，他和妻子一起死於車禍中了。」

雨水開始滴滴答答打在玻璃窗上，從海倫娜的公寓內卻幾乎聽不清。

馬可士．史萊德又坐回擱腳凳上。

「我想我是第一個明白情況的人，我發覺妳不知用什麼方法將喬丹的意識送回記憶中。當然了，事實如何我們永遠不會知道，但我猜想回到年輕時的自己讓他無所適從，以至於改變了車禍結果，使得他和妻子雙雙喪命。」

原本盯著一小塊地毯發呆的海倫娜抬起頭來，準備迎接他這番揭露所蘊含的可怕事實。

「你做了什麼，馬可士？」

「當時我四十六歲，有毒癮，已經浪費了大半人生。我擔心一旦妳查明這張椅子的能力，就會毀了它。」

「你做了什麼？」

「三天後，二〇一八年十一月五日，我去了實驗室，將**我的**一段記憶重新載入刺激器，然後爬進水槽，將一劑致命的氯化鉀注入血管。老天爺，我血管裡面好像火在燒，那種痛苦是我從來沒感受過的。我的心跳停止，當DMT釋出，我的意識瞬間跳回到二十歲的一段記憶。就在那個時候，一條新的時間軸從一九九二年的原始軸岔了出來。」

「全世界都是？」

「顯然是。」

「我們現在就活在那條時間軸上？」

「是的。」

「那原始時間軸呢？」

「不知道。我回想起來，那些記憶灰撲撲，宛如鬼魅，就好像被榨乾了生命似的。」

「這麼說你還記得原始時間軸的事？就是四十六歲的你在當我的實驗助理那時候。」

「記得啊，那些記憶一直跟著我。」

「我怎麼不記得？」

「想想我們剛才的實驗。妳和我都不記得，直到李德死在蛋內，重新回到他的刺青記憶那一刻，我們才跟著想起來。直到那時候，妳前一條時間軸——就是妳企圖丟椅子砸玻璃那條——的記憶與意識才連接上這一條。」

「也就是說再過九年，到了二〇一八年十一月五日，我就會想起另外這一大段人生？」

「相信是如此。妳在原始時間軸的意識與記憶將會匯入這一條。妳將會有兩組記憶，一組活的，一組死的。」

傾盆大雨落在玻璃窗上，模糊了外面的世界。

海倫娜說：「你需要我再一次製造這張椅子。」

「沒錯。」

「於是你利用你對未來的了解，在這條時間軸上打造了一個帝國，等我在史丹佛的研究有了初步突破，再以無條件資助的承諾引誘我。」

他點點頭。

「這麼一來你就能完全掌控這張椅子的製造與用途了。」

他沒有應聲。

「基本上，你一展開這第二條時間軸以後就一直在跟蹤我。」

「說『跟蹤』似乎有點誇張了。」

「抱歉，我們此刻的所在，是位於太平洋上的廢棄鑽油塔。這是你特地爲我建造的吧？還是我有所誤會？」

史萊德舉起香檳杯，一飲而盡。

「你偷走了我另一個人生。」

「海倫娜……」

「我有結婚嗎？有孩子嗎？」

「妳眞的想知道嗎？現在這都不重要，因爲根本沒有發生過。」

「你是個魔鬼。」

她站起來走到窗邊，透過窗玻璃凝視著千百種灰色調——近處的海與遠處的海，層層疊疊的雲，即將來臨的風暴。過去一年來，她覺得這間公寓愈來愈像監獄，但再怎樣也沒有現在感覺這麼強烈。當憤怒熾熱的淚水流淌而下，她倏然驚覺是她自我毀滅的野心把自己帶到這一刻，而且很可能正是二〇一八年的她。

事後回想也讓她想通了史萊德的行爲，尤其是幾個月前他下達最後通牒，要他們開始殺害受試者以提升記憶再活化的強度。當時她以爲是他行事魯莽，導致鑽井塔上幾乎所有人盡數出走。如今她明白原由了，一切都是經過精心策畫。他知道他們已到了完成階段，所以只想要一個盡心盡力的基本團隊來見證椅子的眞正作用。現在想起來，她甚至不敢確定其他同事是否安全上岸了。

在此之前，她始終懷疑自己的性命堪憂。

現在她眞的確定了。

「跟我談談，海倫娜。別再自己胡思亂想。」

史萊德披露眞相後，她有何反應，恐怕會是他決定如何處置她的關鍵因素。

「我很生氣。」她說。

「這也難怪，要是我也會生氣。」

在此刻之前，她以爲史萊德具有高超智能，善於操控人心，企業領導人絕大多數都有此能力。或許這也沒錯，只不過他泰半的成功與財富都只是歸功於他知道未來會發生什麼事。還有**她的**智能。

對他而言，椅子的發明不可能只關乎錢。他所擁有的金錢、名聲與力量已勝過上帝。

「現在你椅子也有了，」她說：「你打算拿它做什麼？」

「還不知道。我在想我們可以一起來思考。」

放屁。你知道的。在這之前你有二十六年的時間可以思考。

「幫助我再作改善。」他說：「幫助我安全地進行測試。第一次，我不能告訴妳我的眞意，甚至於第二次問的時候也不能明說，但如今妳知道眞相了，我就再問第三次，希望答案會是肯定的。」

「什麼問題？」

他走上前來拉起她的手，兩人靠得很近，可以聞到他氣息中的香檳味。

「海倫娜，妳想跟我一起改變世界嗎？」

巴瑞 二〇〇七年十月二十五日－二十六日

他走進家裡關上前門，再次停在衣帽架旁的鏡子前，定定凝視鏡中較年輕的自己。

這不是眞的。

這不可能是眞的。

茱莉亞從臥室裡喊他。他經過電視機，世界大賽還在打，接著轉進走廊，赤腳底下的地板咿呀作響，每一步都那麼熟悉。經過梅根的房間後是兼做書房的客房，最後來到他和茱莉亞的房間門口站定。

前妻坐在床上，腿上擺了一本翻開的書，床頭櫃上有一杯冒著熱氣的茶。

「我好像聽到你出去。」她說。

她看起來是那麼不一樣。

「是啊。」

「梅根呢？」

「她去冰雪皇后。」

「明天還要上課耶。」

「她十點半以前會回來。」

「她很知道該問誰，對吧？」

茱莉亞笑了笑，拍拍身邊的床鋪，巴瑞於是走進房間，目光遊走於幾張結婚照、一張茱莉亞抱著梅根的黑白照（是她出生當晚拍的），最後落在床上方那張梵谷的《星夜》，那是十年前，他們在現代美術館看過原作後買的。他爬上床，背靠床頭板坐在茱莉亞旁邊。就近一看，她好像經過修片，皮膚太過光滑，兩天前吃早午餐時在她臉上看見的皺紋，才剛剛露出一點端倪。

「你怎麼不看你的球賽？」她問道。

上一次他們同坐在這張床上就是她離開他的那一晚。當時她直視著他說：**對不起，但我就是會把你和這些痛苦聯想在一起**。「親愛的，怎麼了？看你的樣子好像有人死了。」

他已經好久沒聽過她喊他**親愛的**。不是的，他的感覺不是有人死了，而是……強烈的迷惘與脫節感。就好像他的身體是個虛擬化身，他還在慢慢探索它的功能。

「我沒事。」

「哈，你要不要再試一次，不過要更有說服力一點。」

難道自從梅根死後他一直承受的失落感，正透過他的雙眼從靈魂流洩而出，滲入了這個不可思議的時刻？

難道在某個較低的頻率層面上，茱莉亞感覺到了他的改變？

此刻注視著她讓他發現，悲劇沒有發生的事實對她的眼神造成了一定程度、反面的影響，讓她變得開朗、清明，不會失魂落魄。是他當初愛上的那個女人的眼神。頓時間那股力量又再次襲來，那股來自悲傷的毀滅力量。

茱莉亞順著他的頸背撫摸而下，他感覺背脊一陣寒涼，雞皮疙瘩都起來了。他的妻子已經十年沒碰過他。

「怎麼回事？工作上出了什麼問題嗎？」

嚴格說來，他最後一個工作日就是在剝奪槽內被殺，然後被送回這個不知道是什麼的狀況裡，所以……

「是啊，是工作。」

眞正讓他受不了的是感官的體驗：他們屋裡的氣味、茱莉亞柔嫩的手，他已經遺忘的一切，已經失去的一切。

「你想不想聊一聊？」她問道。

「我就躺在這裡，妳繼續看妳的書，好不好？」

「當然好了。」

於是他將頭枕在她腿上。這樣的場景他想像過上千次，通常都在凌晨三點，躺在華盛頓高地區公寓的床上，在酗酒與宿醉之間快速切換而疲憊不堪之際，暗自揣想著……

要是女兒還活著會怎樣？要是婚姻持續下去會怎樣？要是一切都沒有脫軌會怎樣？要是……

這不是眞的。

這不可能是眞的。

房裡唯一能聽到的是每隔一分鐘左右，茱莉亞翻頁時輕微的沙沙聲。他閉上眼睛，現在只是專注地呼吸，當她一如往昔撫梳他的髮絲，他忍不住翻身側躺以免被她看見自己眼中含淚。

內在的他，猶如一團不停顫動的原生質，必須使出渾身力氣才能保持精神上的鎮定。如此激動的情緒令人驚愕，有好幾次他幾乎壓抑不住啜泣，背部開始上下起伏，但茱莉亞似乎並未察覺。

他剛剛和**死去的孩子**團圓了。

他看見她，聽見她的聲音，擁抱她。

現在則是莫名其妙地回到舊時臥室和茱莉亞在一起，這一切教人如何承受得起？

忽然一個可怕的念頭悄悄浮現：

這會不會只是思覺失調，精神分裂了？

這一切會不會全部消失？

我會不會再次失去梅根？

開始過度換氣……

會不會……

「巴瑞，你沒事吧？」

別再想了。

呼吸。

「沒事。」

專心呼吸。

「眞的嗎？」

「眞的。」

睡覺吧。

別作夢。

看看明天早上這一切是不是還在。

一早，太陽從百葉窗射入，他在晨光中醒來，發現自己躺在茱莉亞身邊，身上仍穿著前一晚的衣服。他小心爬下床沒吵醒她，然後輕手輕腳穿過走廊來到梅根的房間。房門關著，他呀然一聲開門往裡看。只見女兒壓在一堆毯子下熟睡著，這個時間整棟屋子靜悄悄，甚至聽得到她呼吸。

她還活著，安然無恙，就在眼前。

本來他和茱莉亞徹夜待在太平間，這時候應該才剛剛回到家，尚未脫離悲痛與震驚。梅根躺在停屍床上，凹陷的胸腔覆蓋一大片瘀青，這個景象始終縈繞在他腦海，只不過這段記憶也和其他的僞記憶一樣帶著鬼魅色調。

然而眼前她在，他也在，隨著一分一秒過去，他在這副軀殼裡愈來愈自在了。他另一個人生被裁剪掉的記憶線慢慢往後退，彷佛剛從一個漫長而駭人的噩夢中醒來。一個長達十一年的噩夢。

就是這樣沒錯，他暗忖，**是場噩夢**。因爲現在愈來愈有眞實感。

他溜進梅根房裡，站在床邊看著熟睡的她。不管是什麼力量爲梅根、爲他重新塑造了世界，那種強烈的驚奇、欣喜與莫大的感激之情，就算是讓他親眼目睹宇宙成形也比不上。

但一想到這可能只是幻想，他又感覺一陣恐怖寒意拂過頸背。不可思議的完美結果，隨時可能被奪走。

他在屋裡晃來晃去像個造訪舊日生活的幽靈，再次發現幾乎已遺忘殆盡的空間與物事。客廳的壁凹，每年聖誕節都會把聖誕樹擺在這裡；前門邊的小桌，他放置個人隨身物品的地方；他最喜愛的一只咖啡杯；客房裡的捲蓋式書桌，是他掏錢買的；客廳裡的椅子，每到星期天他就會坐在那裡，將《華盛頓郵報》和《紐約時報》從頭到尾翻閱一遍。

這就像記憶博物館。

他心跳比平時快了些，配合著眼睛後方隱隱約約的頭痛。他想抽菸，不是心理上的慾望（歷經無數次失敗後，他終於在五年前戒菸成功），顯然是三十九歲的他在生理上需要尼古丁刺激一下。

他走進廚房，盛了一杯自來水，站在碗槽前，看著清晨的光線一筆一筆畫出後院的樣貌。

接著他打開碗槽右邊的櫃子，拿出平常喝的咖啡，煮了一壺，並將昨天的碗盤盡可能地放進洗碗機，然後開始動手完成婚姻生活中向來由他負責的任務：用手清洗碗槽裡剩下的碗盤。

洗完後，香菸還在召喚著他。他走到前門邊的桌子，抓起那盒駱駝牌香菸，丟到外面的垃圾桶。隨後坐在寒冷的空氣中喝著咖啡，讓腦子清醒清醒，一面納悶送他來的那個人是否正在監看他。也許從某個更高的存在面？從另一個時空？恐懼感又回來了。他會不會突然間從這一刻又被丟回以前的人生？或者這已是常態？

他強壓下不斷膨脹的驚恐，告訴自己，FMS和未來不是他想像出來的。這一切太過精密複雜，即便以他當警探的頭腦也想像不出。

這是真的。

這是現在。

這就**是**。

梅根活下來了，再也沒有什麼能把她從他身邊奪走。

他大聲說出自己這輩子最接近禱告的一句話：「**如果祢現在聽得到我說話，請別讓我失去這一切。要我做什麼都可以。**」

黎明的寧靜中，沒有回音。

他又喝一口咖啡，看著陽光從橡樹枝葉間篩落，照在結霜的草地上，草地已開始冒出蒸氣。

海倫娜　二〇〇九年七月五日

【第六一三日】

她步下樓梯走向上層建築的第三層樓時，心裡想著父母，尤其是母親。

昨晚，她在夢中聽見了母親的聲音。

略帶鼻音的西部口音。

輕快柔和。

他們坐在田野間，一旁便是她從小生長的舊農舍。秋日時分，空氣清爽，太陽正悄悄下山，四周景物都蒙上淡淡的金黃暮色。桃樂絲很年輕，頭髮還是赤褐色，隨風飄飛著。雖然她嘴唇沒動，聲音卻清晰響亮，海倫娜不記得她說了什麼，只是體會到母親的聲音喚起的感覺：純粹無私的愛，還有一股濃濃的鄉愁啃噬得她心痛。

她多麼渴望和他們說說話，但自從兩星期前得知眞相後，她和史萊德打造了一部比記憶沉浸裝置強力許多的新儀器，目前她仍無法自在地提起要與父母重新聯繫。等時機成熟，她自然會說，只是現在一切都還太赤裸裸。

她對於自己的意外發明、對於史萊德如此操控她、對於未來的發展有何想法，她始終還捉摸不定。

不過她又回到實驗室工作。

又開始運動。

戴上若無其事的面具。

努力地發揮長才。

走出樓梯間前往實驗室時，忽然感覺到腎上腺素奮力衝遍全身。今天他們要爲李德・金恩進行第九次試驗，是新的試驗。她將再次體驗現實在腳下轉移，那種悸動不容否認。

快到試驗間時，史萊德從角落冒出來。

「早啊。」她說。

「跟我來。」

「怎麼了嗎？」

「計畫改變。」

他一臉緊張憂心，帶她進入會議室後隨手將門關上。李德已經坐在桌旁，身穿破爛牛仔褲和針織毛衣，雙手捧著一杯熱騰騰的咖啡。他在鑽井塔這段時間似乎長了些肉，也抹去了毒蟲特有的空洞眼神。

「實驗取消。」史萊德說著往會議桌主位坐下。

李德說：「這次我會有五萬進帳。」

「你的錢照拿。主要是實驗已經做過了。」

「你在說什麼？」海倫娜問。

史萊德看看手表。「實驗在五分鐘前做過了。」他轉而看著李德說：「你死了。」

「不是本來就會這樣嗎？」李德問。

「你死在水槽裡了，但是現實沒有轉移。」史萊德說：「你剛剛眞的死了。」

「這些事你怎麼會知道？」海倫娜問。

「李德死後，我坐上椅子，記錄了今天稍早我刮鬍子割傷的記憶。」史萊德抬起頭，摸摸頸子上一道不小的傷痕。「我們把李德拖出來，然後我爬進去，死了以後回到我刮鬍子的時刻，所以我才能下樓來阻止實驗繼續進行。」

「爲什麼會失敗？」她問道：「是突觸數量不夠多……」

「突觸數非常充分。」

「是什麼記憶？」

「十五天前，六月二十日，李德第一次爬進水槽，臂膀上有完整的『米蘭妲』刺青。」

海倫娜腦中彷彿有什麼東西炸開來。

「難怪他會死。」她說：「那不是眞實的記憶。」

「什麼意思？」

「那個事件的版本根本沒發生。李德從來沒有刺青，他在水槽死亡的時候改變了那個記憶。」這時她看著李德，開始為他拼湊全貌。「也就是說你無處可回。」

「可是我記得啊。」李德說。

「你腦海中的記憶是什麼樣子？」她問道：「暗暗的嗎？像雪花畫面嗎？還是深淺不同的灰色？」

「很像時間凍結了。」

「那就不是真的記憶，而是……我也不知道該叫它什麼。是假的。錯誤的。」

「是失效的。」史萊德說，同時又瞄一眼手表。

「這麼說這不是意外。」她狠狠瞪著桌子對面的史萊德。「你本來就知道。」

「失效的記憶很讓我著迷。」

「為什麼？」

「它們象徵著……另一個動態的維度。」

「我根本聽不懂你什麼意思，總之我們昨天說好了，你不會去繪製……」

「每次李德在水槽裡死去，就會像留下孤兒一樣留下一線記憶，等到時間轉移，那個記憶也會跟著死在我們心裡。可是那些時間軸到底怎麼樣了？是真的毀滅了，或是仍存在某個我們搆不著的地方？」史萊德再次看表。「今天早上做的實驗，我記得清清楚楚，從現在開始，你們倆也隨時會重拾那段失效的記憶。」

他們默默坐在桌旁，海倫娜漸漸被一股寒意籠罩。

我們在胡搞一些不該胡搞的事。

她感覺到眼睛後側開始發疼，連忙探身從面紙盒抽出幾張面紙摀住鼻血。

試驗失敗的失效記憶排山倒海而來。

李德在水槽裡心跳停止。

死亡五分鐘。

十分鐘。

十五分鐘。

她吼著要史萊德想辦法。

衝進試驗間，用力拉開剝奪槽門。

李德平靜地漂浮在裡頭。

如死去般的平靜。

與史萊德合力將他拉出，讓濕答答的他躺在地板上。

施行心肺復甦術，魏爾森醫師對著對講機說：「沒用了，海倫娜，他已經死亡太久。」

她還在繼續，汗水不停灌入她的眼睛，這時候史萊德的身影消失在走廊另一頭，進入放置椅子的房間。

史萊德回來的時候，她已經放棄為李德急救，自己坐在角落裡，試著接受他們果真殺了人的事實。不只是殺人的問題，這也是她的責任，正是因為她打造的東西，他才會到這裡來。

史萊德開始脫衣服。

「你在做什麼？」她問道。

「導正問題。」接著他望向試驗間與控制室之間的雙面鏡，說道：「誰來把她帶走好嗎？」

史萊德的人隨即衝進來，他則全身赤裸爬進水槽。

「請跟我們走吧，海倫娜．史密斯博士。」

她慢慢起身，自行走出去，進到控制室後，坐在謝爾蓋與魏爾森醫師後面，看著他們再活化史萊德刮鬍子受傷的記憶。

心裡不停想著：這樣不對、這樣不對、這樣不對，直到……

她忽然間就坐在這裡，在這間會議室內，拿著面紙在擦鼻血。

海倫娜看著史萊德。

他則注視著李德，只見他對空發呆的臉上露出一種恍惚的笑容。

「李德？」史萊德喊了一聲。

他沒有回答。

「李德，你聽到我說話了嗎？」

李德慢慢轉過頭來，直到兩眼盯著史萊德看，血流過他的嘴唇滴落桌上。

「我死了。」李德說。

「我知道。我又回到一段記憶去救……」

「我從來沒有看過這麼美好的事。」

「你看到什麼了？」史萊德問。

「我……」他努力地試圖訴諸言語。「什麼都看到了。」

「我不知道這是什麼意思，李德。」

「我人生的每個時刻。我衝過一條隧道，裡面全是我人生的各個時刻，實在太美了。我找到一個早已經忘記，但無比美好的回憶。那應該是我的第一個記憶。」

「是什麼？」海倫娜問。

「當時我兩歲，也可能是三歲。那是個沙灘，我坐在某人腿上，沒辦法轉頭去看他的臉，但我知道是我父親。那是在澤西海岸的開普梅，我們常常去那裡度假。我看不見一旁的女人，但我知道我母親也在後面，還有我哥哥威爾站在遠處的海水裡，海浪拍打著他。空氣中可以聞到大海、防曬乳，還有後面的木棧道上有人在賣漏斗炸餅。」說到這裡，淚水滑落他的臉頰。「我這輩子從來沒有感受過這種愛。一切都很美好、很安全，很完美的一刻，結果……」

「怎麼樣？」史萊德問。

「結果我變成了我。」他擦去眼淚，看著史萊德。「你不該救我，你不該把我帶回來。」

「你在說什麼？」

「那我就可以永遠停留在那一刻了。」

巴瑞　二〇〇七年十一月

每一天都有意外的發現，每一刻都是上天的恩賜。光是與女兒在餐桌對面而坐，聽她講述她的一天，便讓他覺得有如獲得特赦。以前的他怎能將這一切視爲理所當然呢？哪怕只是一秒鐘也不應該。

他細細品味著每分每秒：當他問及男孩子的事，梅根翻白眼的模樣；當他們談到她想去造訪的大學院校，她眼睛爲之一亮的模樣。在她面前，他會情不自禁地掉淚，但只須歸咎於戒菸，或是說看到小女兒長大成人心有所感，便能輕鬆帶過。

茱莉亞的觸角較爲靈敏。在這樣的時刻，他會發現她盯著他看，彷彿在檢視一幅沒有掛正的畫。

每天早上，意識初醒之際，他會躺在床上不敢睜開眼，唯恐一張眼發現自己又回到了華盛頓高地的一房公寓，他的第二次機會也消失無蹤。

不過每次他總是在茱莉亞身旁醒來，總是看著陽光透進百葉窗，他與另一個人生只靠著僞記憶聯繫，其實他倒是寧願將它拋諸腦後。

海倫娜　二〇〇九年七月五日

【第六一三日】

晚餐過後，海倫娜洗完臉正準備就寢，聽到有人敲門，開門看見史萊德站在走廊上，眼神陰鬱不安。

「怎麼了？」她問道。

「李德在房裡上吊了。」

「天哪，是因爲那段失效的記憶？」

「先別妄加揣測。毒蟲的大腦運作和我們不同，誰曉得他死的時候到底看到什麼。總之，我只是覺得應該讓妳知道。不過不用擔心，我明天就讓他回來。」

「讓他回來？」

「用椅子啊。老實說，我不怎麼想再死一次。妳應該可以想像，那有多不舒服。」

「他選擇結束生命，」海倫娜努力地克制住情緒，說道：「我認爲我們應該加以尊重。」

「他還受雇於我，這可不行。」

數小時後，她躺在床上輾轉反側。

思緒在腦中橫衝直撞，她束手無策。

史萊德騙了她。

操控了她。

不讓她與父母聯絡。

偷走了她的人生。

雖然在理智上，椅子的神祕力量對她產生了前所未有的吸引力，她卻不放心把它交給史萊德。他們更改了記憶，改變了現實，讓一個人死而復生甚至還一再地挑戰極限，態度執著而堅決，讓她不由得納悶，他到底要到什麼地步才肯罷休。

她下床來走到窗邊，拉開遮光簾。

一輪滿月高掛，月光灑向大海，海面一片漆亮閃耀的藍黑，靜定宛如時光凍結。

她不會讓母親飛到這裡來，不會讓她坐上椅子，爲她繪製腦中僅存的記憶，永遠不會有那一天。

這事永遠不會發生。現在也該是讓夢想死去、離開這個鬼地方的時候了。

可是她不能。即便她成功搭上補給船離開，史萊德一旦發現，只須回到她離開前的記憶，事先加以阻止就行了。

他甚至可以在妳企圖逃離前阻止妳。在妳興起那個念頭之前。在這一刻之前。

這一切都只意味著一件事：

如今想要離開平台，只剩一條路可走了。

巴瑞

二〇〇七年十二月

他的工作成效變好了，部分原因在於他記得某些案件與嫌疑人，但主要還是因爲他眞他媽的認眞過日子了。高層有意讓他晉升到薪水較高、坐辦公室的管理職位，他卻予以婉拒，他只想當個出色的警探，如此而已。

他仍然沒有碰菸，酒只有週末才喝，每星期慢跑三天，而且每週五晚上都會帶茱莉亞上館子。他們倆之間並不是那麼完美無瑕。她內心裡沒有梅根的死造成的創傷，也沒有婚姻破滅的陰影。他當然清楚記得那些事是如何侵蝕他們的關係。在前一個人生中，他花了很長時間才終於不再愛茱莉亞，儘管現在回到一切事情爆發之前，他卻無法像電燈開關一樣，手指一彈就回復原狀。

他每天早上看新聞，每個週日看報紙，雖然記得一些重大事件，諸如哪位候選人當選總統、經濟不景氣的最初預兆等等，其他事情多半都模模糊糊、微不足道，感覺就像嶄新的開始。

現在他每星期都會去看母親。她今年六十六歲，再過五年便會出現膠質母細胞瘤的初期症狀（她後來也是因為這個病去世的）。六年後，她將認不得他，也無法與人交談，不久便只剩一副無用的軀殼，然後在安寧病房撒手人寰。當她臨終前，他會握著她骨瘦如柴的手，暗自納悶：在她荒蕪的大腦中，是否仍可感受到人觸摸的溫度？

說也奇怪，知道母親的生命會在何時、以何種方式結束，他並不覺得哀傷或絕望。聖誕節前那個禮拜，當他坐在她位於皇后區的公寓裡，她人生最後那些日子感覺遙不可及。事實上，他認為預先知情是上天恩賜的禮物。父親在他十五歲那年死於主動脈瘤，突如其來，讓人措手不及。如今，卻有多年的時間能和母親道別，能確實讓她知道他愛她，能盡數說出心裡話，這讓他感到萬分欣慰。最近他甚至暗自心想，或許人生也就這麼回事，是我們與心愛的人長長的道別。

今天他帶了梅根同來，他坐在窗邊，女兒則陪著祖母下棋。母親嘴裡哼唱著，她那細細的假音總會挑動他內心深處的某一根弦。他的注意力時而落在她們的棋盤上，時而落在下方街道的路人身上。

儘管四周環繞著舊科技，偶爾也會聽到熟悉的頭條新聞，他卻不覺得自己活在過去。這一刻感覺完全就像是**現在**。這樣的體驗讓他對時間的認知染上了些許哲學色彩。也許溫斯說得對，說不定這一切都是同時發生的。

「巴瑞？」

「什麼事，媽？」

「你什麼時候變得這麼會想心事了？」

他微笑著說：「不知道，也許是因爲快四十歲了吧。」

她看了他一會兒，直到梅根走了下一步，才又將注意力轉回到棋盤上。

他白天好好度日，晚上好好睡覺。

去參加已經參加過的派對，看他已經看過的球賽，處理已經偵破的案件。

他不禁想起前一個人生中，不時出現的似曾相識之感，當時老覺得自己在做的事或在看的東西，以前都已經歷過。

於是他也尋思：

似曾相識之感會不會其實就是那些從未發生卻又確實發生過的僞時間軸的幽靈，爲現實蒙上了陰影？

海倫娜　二〇〇七年十月二十二日

她再度回到帕羅奧圖，瀰漫著霉味的神經科學大樓深處，再度坐在舊辦公桌前，身心仍處於記憶與現實的過渡期。

在水槽內瀕死的痛苦感依舊鮮明：缺氧的肺葉有如火燒、麻痺的心臟沉重難當，驚慌、恐懼、對於計畫能否成功的疑慮。緊接著，記憶再活化程序終於啓動，刺激器發射——果然令人興奮至極，徹底解脫。史萊德說得對，少了DMT，記憶再活化的經驗充其量不過是像看一部已看過千百遍的電影。而這個則像是身歷其境。

智雲坐在她對面，面容逐漸清晰可辨，她有些擔心，不知他是否留意到她不太對勁，因爲她還沒能控制自己的身體。但是她聽到了斷斷續續的話語，是一段熟悉的對話。

「對於妳在《神經元》雜誌上發表關於記憶描繪的文章……感興趣。」

她的肌肉控制從指尖與腳趾開始，然後慢慢往內擴，擴及到手臂與雙腿，最後終於能控制眨眼與吞嚥。忽然間，這身體總算像是屬於她的，全身充滿控制力，徹徹底底再次回到自己年輕的體內，全面占領，令她欣喜若狂。

她環視自己的辦公室，牆上全是老鼠記憶的高解析影像。片刻前，她還在加州北部外海的兩百七十八公里處，在將近兩年後的未來，置身於史萊德的油井平台三樓的剝奪槽內，奄奄一息。

成功了。

「妳沒事吧？」智雲問。

我的老天，眞的成功了。

「沒事。抱歉，你剛才說什麼？」

「我老闆對妳的工作很感興趣。」

「你的老闆有名有姓吧？」她問道。

「這要看情況。」

「比方說？」

「比方說這次談得順不順利。」

再一次進行這番對話，既覺得再正常不過，又覺得超現實得令人心驚膽戰。這無疑是她整個人生中最怪異的一刻，她必須努力地全神貫注。

她看著智雲說：「我連你代表誰來都不知道，又何必跟你談？」

「因爲妳史丹佛那筆錢再六個禮拜就要用完了。」他伸手從皮肩袋裡取出一份放在深藍色檔案夾的文件——她申請補助的提案。

當智雲以無限贊助爲誘餌，大力遊說她去爲他老闆工作時，她愣愣地盯著那份提案，暗忖：**我做到了，我造出了我的椅子，而且它的效能遠遠超過我的想像**。

「妳需要一個程式設計團隊幫忙，爲複雜的記憶分類與投影設計一套演算法。還有人體試驗的基本設備。」

長期、**外顯**、**事件記憶投影的沉浸式平台**。

她造出來了。而且運作成功。

「海倫娜？」此時，智雲正越過那張猶如災區的辦公桌看著她。

「是。」

「妳想來和馬可士·史萊德一起工作嗎？」

李德自殺那天晚上，她悄悄來到實驗室，利用後門程式進入系統（這程式是拉傑許離開前，她說服他植入的），繪製了這一刻，也就是智雲出現在她史丹佛實驗室的記憶。這段記憶留下的神經元足跡範圍夠大，因此能夠返回。於是她預設了記憶再活化程序，準備好混合藥劑，在凌晨三點半爬進水槽。

智雲說：「海倫娜？妳覺得如何？」

「我很樂意與史萊德先生合作。」

他又從袋中拿出另一份文件遞給她。

「這是什麼？」雖然已經知道，她還是問。她在上面簽過名了，只是如今已成失效記憶。

「聘雇與保密協定。沒有商量餘地。財務方面的條款應該會讓妳覺得非常慷慨。」

巴瑞　二〇〇八年一月－二〇一〇年五月

後來的生活又再次像生活了，日子一天天過去，總覺得大同小異、時光飛逝，漸漸地他再也沒去想這只是段重新來過的人生。

海倫娜 二〇〇七年十月二十二日－二〇一〇年八月

海倫娜搭電梯到神經科學大樓一樓時，電梯車廂內仍殘留著智雲的古龍水味。她已經將近兩年未曾涉足史丹佛校園，未曾涉足陸地。看見草木的青蔥綠意，幾乎讓她感動涕零。還有從微顫枝葉間篩落的陽光、花香，以及那些不會出現在海上的鳥兒的啼鳴。

這天是個爽朗溫和的秋日，她不停掀開手機蓋，盯著螢幕上的日期看，因爲內心仍不太相信今天是二〇〇七年十月二十二日。

她的吉普車在教職員專用停車場等著。她爬上太陽曬得暖烘烘的座位，從背包掏出鑰匙。不久，她便急馳於州際公路上，風竄過車頂防翻架發出淒厲嘯聲。油井平台猶如一個灰色、遠去的夢，尤其是——多虧了**她**打造的東西——椅子、水槽、史萊德都尚未出現，過去的兩年也尚未發生。

回到聖荷西的家裡，她打包了衣服、一張父母親的裱框照片，和對她來說比什麼都重要的六本書：安德雷亞斯．維薩里的《人體的構造》、亞里斯多德的《物理學》、牛頓的《自然哲學的數學原理》、達爾文的《物種起源》，還有兩本小說：卡繆的《異鄉人》和馬奎斯的《百年孤寂》。

她上銀行關掉存款帳戶與支票帳戶，總資產比五萬少一點。她領出一萬現金，其餘四萬存入證券帳戶，然後走出銀行，外頭正午的陽光正烈，拿在手上的白色信封感覺薄得可憐。

來到一號公路附近，她找了間便利商店加油，付完錢便將信用卡丟進垃圾桶，接著打開車子的軟頂篷，坐上駕駛座。她不知道要上哪去，昨晚在鑽油塔上只計畫到這一步，此時欣喜與驚恐之情在她心裡競相追逐。

杯架上有個十分錢硬幣，她拿起來往上一拋，用左手背接住。

正面，往南走。

反面，往北走。

道路沿著陡峭崎嶇的海岸線蜿蜒而行，一、兩百公尺下方，開展出一片灰濛濛的大海。

她高速駛過杉木林。

駛過海岸岬角。

經過強風吹襲的光禿土地。

穿過一些恐怕連名字都沒有的城鎮——坐落在世界邊緣的小小前哨站。

第一晚，她下榻於一間名叫原木灣的路邊汽車旅館，位於舊金山以北，約兩、三個小時車程。旅館高踞在懸崖上，能眺望大海。

她獨自坐在火盆邊，端著一杯在內陸三十公里處製造的葡萄酒，看著太陽沉落，一面思索自己人生的轉變。

她拿出手機想打給父母，卻又猶豫不決。

這個時候，史萊德正期待著她很快就會抵達他那個廢棄的鑽油塔，開始研發打造椅子，他肯定以為只有他一人知道椅子震撼人心的眞實力量。一旦她沒有出現，他不僅會懷疑她做了些什麼，還會上天下地要把她找出來，因為沒有她的話，他根本不可能造出椅子——或者也可以說是重造。

他甚至可能利用她父母來找到她。

她把手機放到地上，用靴子的鞋跟狠狠將它踩爛。

她沿著一號公路往北走，繞了一小段路到失落海岸，去一個她一直想去看看的地方——庇護灣的黑沙灘。

接著繼續穿過紅木樹叢與寧靜的海邊社區，進入太平洋西北地區。

兩、三天後，她抵達溫哥華，循英屬哥倫比亞海岸北行，從城市到小鎮到村落，再到一些她畢生從未見過、荒涼卻又美得出奇的地區。

三星期後的某天，她正迂迴行駛於加拿大北部荒野，卻在夜色降臨時遇上了暴風雪。

她剛好來到淘金潮時期遺留下的一座小村落，便在村外一間路邊小酒館停車歇腳。她坐到鑲木吧台的高腳凳上，邊喝啤酒邊和當地人打屁聊天，大大的石砌爐床裡燒著火，冬季的第一場雪咻咻拍打著窗玻璃。

就某些方面感覺起來，育空地區的海恩斯交會村就跟史萊德的鑽油塔一樣偏僻，這個位於加拿大最偏遠地區的小村莊，隱藏在一座冰河地形的山脈腳下的常綠森林內。村子裡每個人都喊她瑪麗·艾登，名字的靈感來自於研究發現放射性、首位獲得諾貝爾獎的女性，姓氏靈感則來自她最喜愛的驚悚小說作家之一。

她住在小酒館樓上的房間，週末在這裡當酒保打黑工能賺點錢。她並不需要錢，靠著她對未來市場的了解，接下來幾年的投資就能讓她賺進數百萬。不過忙一點也好，何況若無明顯的收入來源，可能會引人懷疑。

她的房間很簡單，一張床、一個梳妝台和一扇窗，窗外俯臨她有生以來所見過最空虛的公路。但至少這是她目前需要的。她結識了一些人，沒有朋友，酒吧與村裡的過客夠多，偶爾能爲她二十四小時的寂寞芳心帶來慰藉。

她十分寂寞，但這種感覺似乎是此地的常態。沒過多久她便發現海恩斯交會村是某一類人的避風港。

想尋找平靜的人。

想藏身的人。

當然，還有兩者都想的人。

她懷念工作時的腦力激盪，懷念在實驗室的日子，懷念有目標的人生。一想到父母對她忽然失蹤不知作何感想，更令她焦躁得五內俱焚。每一天、每一刻，她無不感到內疚，因爲沒能製造出記憶椅，爲那些與母親同病相憐的人留住核心記憶。

她曾經閃過一個念頭，殺死史萊德也是解決這一切問題的方法之一。要接近他易如反掌，只須打電話給智雲，說她重新考慮過他們的提議了。然而她畢竟做不出這種事。無論幸或不幸，她就不是這樣的人。

因此她會自我安慰，只要她在這個與世隔絕的角落多待一天，不讓史萊德找到，就等於讓世界多安全一天，免於被她可能創造的東西給毀滅。

兩年過後，她從黑暗網路取得假造的身分證明與文件，搬到阿拉斯加的安克拉治，志願爲大學裡一位神經科學家擔任研究助理。她老闆是個和善的人，渾然不知自己手下有一個全世界頂尖的研究科學家。她每天與阿茲海默症患者面談，記錄他們幾個星期或幾個月來記憶惡化的情形，也記錄下疾病進展過程中殘忍而無人性的階段。這份工作毫無開創性可言，但至少她將自己的才智奉獻在她熱愛的研究領域中。在育空的生活無聊又沒有目標，已經讓她瀕臨憂鬱。

有時候她滿腦子只想重新建造ＭＥＧ顯微鏡與再活化儀，以便捕捉並保留她面談的人的記憶，因為他們正慢慢失去自我，失去界定自我的記憶。然而風險太大了，有可能讓史萊德注意到她的工作，也可能會有人意外地從記憶再活化跳進記憶旅程中，像她顯然便是如此。威力如此強大的科技不能交到人類手上，想想看，原子分裂不就演變成了原子彈！改變記憶，進而改變現實的能力，至少也有那樣的危險性，部分原因就在於它太令人難以抗拒了。她自己不也是一逮到機會，就改變了過去？

既然椅子沒做成，她又銷聲匿跡，記憶與時間便不會受到威脅。如今這祕密只有她自己心裡知道，而且還會帶著一起進墳墓。

她不只一次想過要自殺，這會是最保險的做法，免得史萊德找到她後強迫她配合。她甚至於未雨綢繆，自製了一些氰化鉀錠。

她將藥錠放在銀質吊墜盒裡掛在脖子上，隨身攜帶。

海倫娜把車停在入口附近的訪客停車格，下車步入八月的酷熱暑氣。庭園維護得極好，有涼亭、有水池、有野餐區，不知父親怎麼負擔得起這種地方。

她來到櫃台登記，必須在訪客簿上簽名。櫃台人員影印駕照時，海倫娜緊張地東張西望。

她在這條時間軸已經過了三年。二〇〇九年七月六日清晨，也就是（在前一條時間軸上）她死於剝奪槽內，返回到智雲前來史丹佛實驗室找她的那段記憶的時候，史萊德應該就已經想起他們一起在他的鑽油平台上相處的僞記憶了。

就算在那之前，史萊德沒有找她，現在也會找。他極有可能買通這裡的人，要他們一看見海倫娜現身就通知他。

她確實現身了。

但並不是不知道風險才來。

假如史萊德或他的手下追蹤到她，她已經準備好應變之道。

她抬起手，抓住頸間的吊墜盒。

「好了，小姐。」行政人員將訪客證交給海倫娜。「桃樂絲住一一七號房，就在走廊盡頭。我替妳開門。」

海倫娜等候著通往記憶照護區的門緩緩開啓。

清潔劑、尿液與餐廳食物的混合味道，讓她聯想到上一次造訪成人養護機構的情形——那是二十年前，她祖父在世的最後幾個月。

她經過一個公共區，有一群因爲重度用藥而一臉茫然的居民圍坐在電視邊，現在正播放一個介紹大自然的節目。

一一七號房的門半掩著，她輕輕推開。

依照海倫娜推算起來，她已經五年沒有見到母親。

桃樂絲兩腿蓋著毯子坐在輪椅上，凝視窗外的落磯山麓，想必是從眼角餘光瞥見海倫娜，才會緩緩朝門口轉頭。

海倫娜微微一笑。

「嗨。」

母親直瞪著她，眼睛眨都沒眨。

看樣子是沒認出來。

「我可以進來嗎？」

母親只是低下頭，海倫娜自行解讀她是同意了，便往房裡走，反手將門帶上。

「我好喜歡妳的房間。」海倫娜說。電視上在播新聞，但關了靜音。**到處**都是照片：有父母親較年輕、狀況較好時，有她嬰兒時期、孩提時期，和她剛滿十六歲拿到駕照那天，坐在他們家那輛雪佛蘭 Silverado 的駕駛座。

根據父親在「愛心橋」部落格網頁的貼文，母親是在去年聖誕節過後被轉進記憶照護區，因爲她沒關爐火，險些把廚房給燒了。

海倫娜走到窗邊的小圓桌，在母親身旁坐下。桌上插了一束花，因爲放得太久，花瓶四周掉了滿滿的葉子和花瓣。

母親身子瘦弱，像小鳥一樣，大亮後的天光照得她的臉單薄如紙。雖然才六十五歲，看起來卻蒼老許多，白髮漸漸稀疏，手上布滿黃褐斑，不過那雙手依然顯得格外秀氣優雅。

「我是海倫娜，妳女兒。」

母親看著她，面露狐疑。

「妳這裡的山景眞美。」

「妳看過南西嗎？」母親問，那語氣一點也不像她，每個字都說得很慢、很費力。南西是桃樂絲的姊姊，四十多年前便死於難產，當時海倫娜都還沒出生。

「我沒有。」海倫娜說：「她已經走了很久了。」

母親望向窗外。雖然平原上與山麓地帶天氣晴朗，但更遠處的高山上已有烏雲聚集。海倫娜暗想，這個病是一種殘忍、分裂式的記憶之旅，將病患拋進漫漫的人生過程，誘使他們自以為活在過去，使他們茫然迷失在時空中。

「對不起，這麼久沒來看妳。」海倫娜說：「不是我不想來，我每天都很想妳和爸。只是最近這幾年……真的很辛苦。在這世上，我只能對妳一個人說這件事，其實我本來有機會打造我的記憶椅。我以前應該跟妳說過。我想打造那張椅子就是為了妳，我想救回妳的記憶。我以為我會改變世界，以為我得到了自己夢想的一切，可惜我失敗了，我讓妳失望，也讓所有跟妳一樣的人失望，你們原本可以用我的椅子救回一部分自己，稍微擺脫這個……該死的病。」

海倫娜揩揩眼睛。她看不出母親有沒有聽進去，或許這並不重要。「媽媽，我給世人帶來一樣可怕的東西，我不是故意的，但我就是做了，所以現在我只能一輩子躲躲藏藏。我不應該來這裡，可是……我需要再見妳最後一面，我需要妳聽我說我……」

「今天山裡會有暴風雨。」桃樂絲說道，雙眼仍看著烏雲。

海倫娜長長吐了口氣，聲音有些顫抖。「看起來好像會哦？」

「以前我常常和家人去爬那座山，去一個叫失落湖的地方。」

「我記得。我也去了，媽。」

「我們會在冰冷的水裡游泳，然後躺在暖和的石頭上。天空藍得發紫，草原上有野花，好像才不久以前的事呢。」

她們默默無語地坐著。

閃電劈向朗氏峰頂。

離得太遠，聽不到雷鳴。

海倫娜心想，不知父親多久來一次？他該有多難熬？若能再見到他，她願意付出任何代價。

海倫娜將所有照片兜攏起來，慢慢地一張一張拿給母親看，指著上頭的人臉、說出名字，同時喚醒自己的記憶。她開始挑出她認為母親覺得最特別也最重要的回憶，但隨即發覺這是他人無法替代的私密選擇。她只能分享自己的回憶。

就在此時，奇異的事情發生了。

桃樂絲看著她，眼神一度變得清明、透徹而犀利，就好像海倫娜一直以來認識的那名女子，設法衝破了癡呆的糾纏，搗毀了神經通路，只為在稍縱即逝的瞬間看女兒一眼。

「我一直都以妳為傲。」母親說。

「眞的嗎？」

「妳是我這一生最大的成就。」

海倫娜張開雙臂環抱住母親，淚流不止。

「媽，對不起，我救不了妳。」

然而當她將身子拉開，清明的一刻已然逝去。

她望著的是一雙陌生的眼睛。

巴瑞　二〇一〇年六月－二〇一八年十一月六日

一天早上，他醒過來，想到這天是梅根高中畢業的日子。她代表畢業生致詞，非常精采的一場演說。

他哭了。

接著秋天來臨，只剩下他和茱莉亞和一個靜悄悄的家。

有天晚上上床後，她轉身對他說：「你後半輩子就想這麼過嗎？」他不知道該說什麼。不對，收回。他知道，他一直都把他和茱莉亞無以爲繼的婚姻歸咎於梅根的死。牽繫他與茱莉亞的是他們的家庭，是他們三**個人**。梅根一死，那份牽繫也在一年當中瓦解了。直到現在他才能坦然承認，他們從一開始就注定要分手。在他的第二趟旅程中，梅根長大、退出三人生活，然後以自己的方式過她的人生，他的婚姻也隨著這些階段，以較慢的速度、較平和的方式邁向死亡。

所以，他是知道的，只是不肯說出來。

這段婚姻關係有一定的期限，拖不了太久。

母親去世，和他記憶中一模一樣。

他到的時候，梅根已經坐在吧台邊，一面啜著馬丁尼一面傳簡訊。有好一會兒，他沒看見她，以為她只是傍晚時分，坐在曼哈頓高級酒吧裡喝雞尾酒的另一個美女。

「嗨，小梅。」

她將手機面朝下放下，從椅子上滑下來擁抱他，比平時抱得更緊一些，用力將他拉近，不肯放手。

「你還好嗎？」她問道。

「好啊，很好。」

「眞的嗎？」

「眞的。」

她帶著懷疑打量他，他則坐到位子上，點了聖佩黎洛礦泉水加一小碟檸檬。

「工作怎麼樣？」他問道。她在一家非營利機構從事社區組織的工作，才剛進去第一年。

「忙死了，也棒死了，可是我不想談工作。」

「妳知道我很以妳為傲吧？」

「知道，每次見面你都要說一次。其實我有事情要問你。」

「說吧。」他啜了一口檸檬礦泉水。

「你們有問題多久了？」

「不知道，一陣子了，也可能好幾年了。」

「你們沒離婚是因為我嗎？」

「不是。」

「你發誓？」

「我發誓。我眞的希望能走下去，我知道妳母親也一樣。有時候就是需要一段時間才終於能放手。也許我們確實因爲妳而沒有發現自己多不快樂，但**絕對**不是因爲妳才繼續在一起。」

「你剛剛哭了嗎？」

「沒有。」

「鬼扯。」

她眞厲害。一小時前，他在律師那兒簽了分居協議，除非發生無法預料的事，否則法官會在一個月內簽發離婚判決。

到這裡來，他走了很久，而且沒錯，大部分時間他都在哭。這是紐約的一大優點——只要不見血光，沒有人會理睬你的情緒狀態。大白天在人行道上哭，和三更半夜在自家臥室裡哭同樣隱密。或許因爲沒有人在乎，或許因爲這是個殘酷的城市，每個人多少都有過相同經歷。

「麥克斯怎麼樣了？」

「麥克斯掰了。」

「怎麼回事？」

「他發現災難的徵兆了。」

「什麼災難？」

「『梅根是個工作狂。』」

巴瑞又點了一杯礦泉水。

「你看起來狀況眞的很不錯，爸。」

「是嗎？」

「是啊，我已經等不及想聽聽妳的恐怖羅曼史了。」

「我也等不及想體驗一下了。」

梅根放聲大笑，她嘴巴動的模樣讓他隱約又看見以前那個小女孩，但只有那麼一剎那。

巴瑞說：「禮拜天是妳的生日。」

「我知道。」

「我和媽媽還是想請妳吃頓早午餐。」

「你確定不會很尷尬？」

「當然會囉，但如果妳願意，我們還是想這麼做。我們希望一切能再次好起來。」

「我贊成。」梅根說。

「眞的？」

「眞的。我也希望我們能好起來。」

與梅根小酌之後，他去吃了披薩，那家店位在上西區，離他所屬的分局不遠，雖然破破舊舊，卻是全紐約他最愛的一家披薩店。是那種營業到深夜、姿態頗高的店家，照明昏暗又沒有座位，只有周邊圍了一圈吧台桌，每個人都站著，手裡拿著油膩紙盤裝的大塊披薩，和巨無霸杯裝、甜得膩人的汽水。

今天是週五夜，吵吵鬧鬧、恰到好處。

他原想喝一杯，卻又覺得剛簽字離婚就獨自喝悶酒太可悲，便往停車處走去。在自己的城市街道上開車感覺既快樂又激動，單是活在世上的奇蹟就讓他感動莫名。他希望茱莉亞沒事。

簽過字後，他傳了簡訊給她，說很高興能和她繼續當朋友，只要她有需要，他永遠都在。

塞在車陣中時，他又查看一次電話，看她有無回覆。

她也傳一則簡訊來了：

我也永遠都在，這點絕不會變。

就他記憶所及，他的情緒已許久未曾如此高漲。

他抬眼望向擋風玻璃。燈號已經變綠，車潮還是不動。前方街道上有警察在指揮車輛改道。

他搖下車窗，對著最靠近的一個警察喊道：「發生什麼事了？」

警察打手勢示意他往前開。

巴瑞打亮前大燈，鳴起警笛，吸引了那位年輕巡警的注意。他匆匆跑過來，忙不迭地道歉。「對不起，我們奉命封閉前面的道路。情況很混亂。」

「怎麼了嗎？」

「下一條街上有女子跳樓。」

「哪棟樓？」

「就是那邊那棟摩天大樓。」

巴瑞抬頭看見一棟裝飾藝術風的白色高樓，頂端有玻璃鋼鐵結構，心窩頓時糾結成團。

「哪一樓？」他問道。

「什麼？」

「她從哪一樓跳下來？」

一輛救護車尖嘯而過，一面閃燈一面鳴笛，急馳過正前方的十字路口。

「四十一樓。好像又是FMS患者自殺。」

巴瑞將車停到路邊後下車，跑過街道，拿出警徽往負責管制的巡警面前晃了一下。

接近現場後，他放慢腳步，只見一群警察、急救員與消防隊員，圍在一輛車頂被砸得嚴重變形的黑色林肯Town Car四周。

他先做好心理準備，才走過去看從一百二十米高處墜落的人體會是什麼可怕模樣，卻不料安・沃絲・彼得斯的神情幾乎一派祥和，唯一明顯的外傷就是耳朵和嘴巴流出細細的鮮血。她仰躺著，被砸爛的林肯車頂竟似搖籃般包覆著她，兩隻腳踝交叉，左臂橫過胸前貼著臉，彷彿只是睡著了。

宛如從天而降的天使。

他並沒有遺忘。關於記憶旅館，關於他死在剝奪槽內並回到梅根死去的那晚等等記憶一直都在，存在意識的周邊，是一堆灰白的記憶。

但過去這十一年的日子如夢似幻。天天被生活瑣事團團包圍，與被奪走的那段人生又無實質關連，因此輕易便能將發生過的事拋到意識與記憶最深處的角落。

然而這天早上，和茱莉亞、梅根同坐在哈德遜河畔的咖啡館，慶祝女兒二十六歲生日之際，他有種糊里糊塗的感覺，好像以前便經歷過同樣場景。霎時間，所有的記憶湧現，清澈如水。他和茱莉亞坐在離此不遠的桌位，想像梅根若還活著，會從事哪一行。他斷定她會是律師，他們爲此大笑，還追憶起她開車撞破車庫門的事，然後各自講述一家人到哈德遜河源頭度假的回憶，對照其中異同。

現在女兒就坐在他對面，這是許久以來第一次，她的存在、她存在的事實令他感到震驚。這感覺強烈到就像返回記憶的初期，當時每分每秒都閃耀如神恩。

凌晨三點，一陣劇烈敲門聲讓巴瑞哆嗦著醒來。他翻身下床，搖搖晃晃走出房間，也慢慢地走出濃重睡意。他領養的愛犬金巴正在門邊激動狂吠。

他從貓眼往外一瞄，整個人立刻清醒過來——站在走廊昏暗燈光下的竟是茱莉亞。他扭開門鎖，拔掉門鍊，將門拉開。她哭腫了雙眼，頭髮亂得不成人形，長風衣底下還穿著睡衣，肩膀上有一些雪灑落。

她說：「我打過電話，但你沒開機。」

「怎麼回事？」

「我可以進去嗎？」

他後退一步，她隨即進屋，眼中帶著一絲狂亂。他輕輕攙著她的手臂，帶她走向沙發。

「妳別嚇我，茱莉亞。發生什麼事了？」

她看著他，渾身打顫。「你聽說過僞記憶症候群嗎？」

「聽過，怎麼了？」

「我好像得了這種病。」

他的胃緊縮起來。「爲什麼這麼說？」

「一小時前，我忽然驚醒，頭痛得快裂開，而且滿腦子都是另一個人生的記憶，灰灰、淡淡的記憶。」她眼眶泛淚。「梅根念高中的時候，死於一樁肇逃的車禍，我們也在一年後離婚，我又嫁給一個叫安東尼的人。這一切實在太眞實了，好像眞的經歷過似的。昨天我和你在同一間河畔咖啡館吃早午餐，只不過梅根不在，她已經去世十一年了。今晚我醒來，床上只有我一人，沒有安東尼，又想到事實上，昨天我們倆才跟梅根吃過中飯，她還活著。」茱莉亞的手抖得好厲害。「哪個才是眞的，巴瑞？哪一個記憶才是事實？」她痛哭失聲。「我們女兒還活著嗎？」

「還活著。」

「可是我記得和你去了太平間，還看到她殘缺不全的屍身。她走了。就好像昨天才發生的事。他們不得不扶我出來，我尖叫個不停。你記得，對吧？眞有這件事嗎？你記得她死了嗎？」

巴瑞穿著四角褲坐在沙發上，慢慢醒悟到這一切都符合某種可怕的邏輯。三天前的夜晚，安．沃絲．彼得斯在波伊大樓跳樓，昨天他和梅根和茱莉亞一起吃早午餐。也就是說他正是在今晚被送回記憶中最後一次見到女兒活著的時刻。如今再回到這一刻，茱莉亞那條失效的時間軸——梅根車禍身亡那條——的記憶，想必全都釋放出來了。

「巴瑞，我是不是瘋了？」

這時他猛然驚覺，假如茱莉亞有那些記憶，梅根也會有。

他看著茱莉亞說：「我們得走了。」

「為什麼?」

他站起身來。「馬上就走。」

「巴瑞……」

「妳聽我說，妳沒有神智不清，妳沒有發瘋。」

「你也記得她死了?」

「對。」

「那怎麼可能?」

「我一定會跟妳解釋，可是現在我們得去找梅根。」

「為什麼?」

「因為她正在經歷和妳一樣的事。她也想起自己死了。」

巴瑞走西區快速道路，一路冒著暴風雪從華盛頓高地往南，進入曼哈頓北區，這麼晚了路上一輛車也沒有。

茱莉亞將手機拿在耳邊，說道:「梅根，聽到留言請打給我。我很擔心妳。我和爸爸現在馬上過去。」她越過中央置物箱看著巴瑞說:「她說不定只是睡熟了，畢竟都這麼晚了。」

他們駛過曼哈頓下城的冷清街道，轉向橫切入諾荷區，車輪在濕滑的路面上打滑。

巴瑞來到梅根的公寓大樓前停車，下車時，外頭大雪紛飛。

他在大門口按了梅根的對講機五次，她都沒回應。

他於是轉向茱莉亞。「妳有鑰匙嗎?」

「沒有。」

他開始按其他住戶的門鈴，直到終於有人替他們開門。

梅根住的大樓看起來像是草草建成的戰前建築，沒有電梯。他和茱莉亞連奔六層陰暗暗的階梯來到頂樓，再跑過昏暗不明的走廊。公寓的J室位於盡頭，只見梅根的單車斜靠在逃生梯的窗邊。

他握起拳頭猛敲門，沒有動靜。於是他後退一步，抬起右腳往門踢去，整條腿頓時一陣刺痛，門卻只是微晃一下。

他再踢一次，這次更加用力。

門倏地開啓，他們急忙衝進幽暗室內。

「梅根！」他兩手在牆上胡亂摸索，找到了電燈開關，燈光照亮一間小小套房。右手邊有個放床的壁凹——沒人，左手邊有個簡易廚房，另外有條短短的走廊通往浴室。

他正要起步走去，茱莉亞已經搶先衝過去，口中喊著女兒的名字。

到了走廊盡頭，她撲跪下來說道：「天哪，親愛的，媽媽在這裡。」

等巴瑞來到走廊盡頭，他的心不禁往下沉。梅根躺在亞麻地板上，茱莉亞則坐在她身旁的地上，不停撫摸她的頭。梅根張開了眼睛，他一度以爲她死了，那瞬間簡直悲痛欲絕。

她眨了眨眼。

巴瑞小心地拉起梅根的右臂，爲她測量脈搏。脈搏很強，也許是太強了，心跳得相當快。他暗忖道，她是否想起了被一個兩噸重、時速將近一百公里的物體撞擊的創傷？想起了自己意識停止的那一刻，與後來的一切？想起自己的死亡會是什麼感覺呢？你又怎能回想起不存在的狀態？你都已經陷入黑暗裡，變得虛無了。他忽然想到，那就像某數除以零，根本不可能。

「梅根，」他輕輕喊道：「妳聽得到我說話嗎？」

她動了一下，抬起眼注視著他，眼睛看起來有神，似乎眞的看得見他。

「爸？」

「我和媽都在這裡，親愛的。」

「我在哪裡？」

「在妳的公寓，妳浴室的地板上。」

「我死了嗎？」

「沒有，當然沒有。」

「我想起一件事，本來不存在的事。就是我十五歲的時候，正要走去冰雪皇后和朋友碰面。我在講電話，沒有注意就過馬路。我記得聽見車子的引擎聲。我轉過頭，車燈迎面而來。我記得自己被車撞到，仰躺在地，暗罵自己怎麼這麼笨。感覺不是很痛，可是身子不能動，四周一切漸漸變黑。我看不見東西，我知道接下來會怎樣，我知道一切都完了。你們確定我沒死嗎？」

「妳好好的跟我、跟媽媽在這裡呢。」巴瑞說：「一點事也沒有。」

梅根兩眼飛快地轉來轉去，活像正在處理訊息的電腦。

她說：「我不知道什麼才是眞的。」

「妳是眞的，我是眞的，這一刻是眞的。」話雖如此，他自己卻也沒有把握。巴瑞端詳著前妻，心想她完全就像本來的茱莉亞，梅根的死所帶來的沉重負擔又回到她的眼神中。

「妳覺得哪組記憶比較眞實？」他問茱莉亞。

「沒有哪一組比較眞實。」她說：「只是在我所在的世界裡，女兒活著，謝天謝地。不過我覺得兩個人生我都經歷過。這到底是怎麼回事？」

巴瑞長長吐了口氣，往後憑靠在浴室門上。

「在……我都不知道該怎麼說了……就是梅根死去的那一個過往人生裡，我在調查一件關於僞記憶症候群的案子。其中有些事兜不攏。有一天晚上，其實就是今天晚上，我發現了一間奇怪的旅館。我被人下藥，醒來以後已經被綁在椅子上，還有個男人威脅我，要是不詳細講述梅根死去那天晚上的情形就要殺了我。」

「爲什麼？」

「天曉得。我甚至不知道他叫什麼名字。後來，他們把我放進一個感官隔離槽。他麻醉了我，然後讓我心跳停止。我臨死時，開始清楚地回想起我向他描述的記憶片段。也不知道是怎麼回事，總之我五十歲的意識竟然……**回到了**三十九歲的我身上。」

茱莉亞兩眼瞪得斗大，梅根也坐直起來。

他接著說：「我知道聽起來像瘋話，但我突然間回到了梅根死去那晚。」他看著女兒。「妳剛剛走出家門，我緊跟著衝出去，就在妳要過馬路，然後被高速行駛的福特野馬撞到的幾秒鐘前，追上了妳。妳記得嗎？」

「好像記得。你情緒激動得很怪異。」

「你救了她。」茱莉亞說。

「我一直以爲一切都只是夢，或者是什麼奇怪的實驗，我隨時都可能被拉回現實。可是日子一天天過去，接著幾個月，然後幾年過去了，我完全……回到了我們生活的軌道，感覺再自然不過。過了一陣子之後，我也就沒再認眞想過自己遭遇了什麼。直到三天前。」

「三天前怎麼了？」梅根問。

「上西區有個女人跳樓，一開始就是因爲這樁事故，我才著手追查僞記憶症候群的案子。我好像從一個很長的夢醒了過來，像是做了一輩子的夢。我就是在今晚被送回另一個人生。」

茱莉亞臉上的表情是不敢置信或是震驚，他已經分不出來了。梅根的雙眼失去了光采。她說：「所以，我應該已經死了。」

他將她的頭髮輕輕塞到耳後，她小時候他常常這麼做。

「不，妳此刻就在妳應該在的地方。妳還活著。這才是眞的。」

那天早上他翹了班，不只因爲他直到七點才回到家，還擔心其他同事也在昨夜想起梅根去世的事——一個長達十一年，關於他女兒已死的假記憶。

他醒來時，手機已經快被各種通知灌爆：來自半數聯絡人的未接電話、語音留言、狂發的簡訊，全都在問梅根。他一個都沒回。她得先和茱莉亞和梅根談談。對外發言，他們必須口徑一致，只是他無法想像這一致的口徑會是什麼樣的內容。

梅根住處的轉角有一間酒吧，他走進諾荷區這家酒吧去和女兒、前妻會面，發現她們已經坐在角落的雅座等候。座位離開放式廚房很近，能感受到爐子的熱度，也能聽到鍋碗瓢盆碰撞的哐噹聲與食物在烤架上滋滋作響。

巴瑞滑坐到梅根旁邊，然後隨手將外套丟在長椅上。

她顯得精疲力竭，惶惑而震驚。

茱莉亞也好不到哪去。

「小梅，妳還好嗎？」他問道，不料女兒只是呆呆望著他，一臉空茫。

他看著茱莉亞問：「妳找安東尼談過了嗎？」

「我打過電話了，但沒找到人。」

「妳沒事吧？」

她搖搖頭，淚光閃爍。「但今天不是要談我。」

他們點了餐和飲料。

「我們該怎麼跟別人說？」茱莉亞問：「我今天已經接到十幾通電話了。」

「我也是。」巴瑞說：「我想暫時還是維持FMS的說法。至少他們可能都聽說過。」

「是不是應該說出你的遭遇，巴瑞？」茱莉亞問：「說出那間奇怪的旅館和椅子，還有你重新經歷的那十一年？」

巴瑞想起他返回梅根死亡的記憶那天晚上，那個人給他的警告。

不許告訴任何人，妻子不行，女兒不行，誰都不行。

「我們知道這件事其實很危險。」他說：「暫時誰都不能說，就盡量正常過日子吧。」

「怎麼過？」梅根問，聲音一團鬆散。「我甚至不知道該怎麼想自己的人生了。」

「一開始會覺得怪怪的，」巴瑞說：「但終究還是會回歸正軌。人類就算沒有其他優點，至少適應力很強，對吧？」

附近有個服務生打翻了托盤上的飲料。

梅根的鼻子開始流血。

他感覺眼睛後面隱隱作痛，坐在對面的茱莉亞顯然也有類似感覺。

酒吧裡安靜下來，鴉雀無聲，每個人都文風不動坐在位子上。

四下只聽見擴音器傳出的音樂與電視的嗡嗡聲響。

梅根的手在顫抖。

茱莉亞也是。

他也是。

吧台上方的電視裡，新聞主播臉上流著血，他瞪著攝影機一時詞窮。「我，呃……老實說，我不太清楚剛剛是怎麼回事。但顯然有事情發生。」

螢幕畫面轉成現場直播，鏡頭俯瞰中央公園南側邊緣。

五十九西街上出現了一座剛才還沒有的建築。

該建物高度超過六百公尺，輕易便成爲全市最高地標。它由兩棟高樓組成，一棟在第六大道，另一棟在第七大道，兩邊的樓頂相接，外形就像一個拉長的倒U字。

梅根哼了一聲，像在呻吟。

巴瑞抓起外套，滑出座位。

「你要去哪裡？」茱莉亞問。

「跟我來就是了。」

他們走出所有客人都愣然噤聲的餐廳，重新來到戶外，三人一起擠進巴瑞的維多利亞皇冠。他啓動鳴笛聲，旋即沿著百老匯往北疾馳，接著轉上第七大道。巴瑞最近只能開到五十三西街，再往前已經被車輛擠得水洩不通。

四周的民眾都紛紛下車。

於是他們也丟下巴瑞的警車，和群眾一起步行。

經過幾條街後，他們終於停在路中央親眼目睹。四面八方有成千上萬的紐約人，仰頭朝天，許多人都拿起手機拍照與錄影，記錄這個新加入曼哈頓天際線的元素：矗立於中央公園南端的U形高樓。

梅根說：「剛才還沒有，對不對？」

「對，」巴瑞說：「剛才沒有。可是也可以說……」

「已經存在很多年了。」茱莉亞說。

他們怔怔望著這個名叫「大彎曲」的工程奇蹟。巴瑞暗忖，直到目前爲止，FMS還不算引起矚目，只是一些陌生人性命受危害的個別案例。

但這個會影響到全市的人，還有世界各地的許多人。

這會改變一切。

太陽西斜的昏黃光線射在西塔的玻璃與鋼骨結構上，巴瑞與這棟建築共存的記憶也開始湧入。

「我去過它的最高處。」梅根說著流下淚來。

沒錯。

「和你去的，爸。那是我這輩子最高級的一餐。」

她社工系畢業時，他請她到頂樓的「曲線」吃飯，從餐廳可以眺望公園的壯麗景觀。令他們心動的不只是景觀而已。主廚約瑟夫・哈特的手藝讓梅根深深著迷，而巴瑞則清楚記得搭乘電梯垂直上升到第一個彎曲處改爲四十五度角爬升，然後再橫向通過建築頂端。注視得愈久，他愈覺得這樣東西屬於此刻的現實。

他的現實。

哪怕他根本已經不知道何謂現實。

「爸？」

「怎麼了？」他的心怦怦跳，人不太舒服。

「這一刻是眞的嗎？」

他低頭看著她說：「我不知道。」

兩小時後，巴瑞來到地獄廚房區，走進離小關住處不遠的那間廉價酒吧，爬上她身邊的高腳凳坐定。

「你還好嗎？」小關問。

「有誰還好嗎？」

「今天早上我打過電話給你。我一覺醒來，我們友情的歷程竟然起了變化。在另一段歷程中，梅根十五歲那年，死於一樁肇逃車禍。她還活著，對吧？」

「我剛剛見過她才來的。」

「她還好嗎？」

「想聽實話嗎？我不知道。昨晚她想起自己死去的事。」

「那怎麼可能？」

他等飲料端來後，將事情原委一五一十地告訴她，包括他坐上那張椅子的神奇經歷。

「你回到過去的記憶？」她湊上前來，小聲地問。

她身上散發的氣味混合著「野火雞」威士忌、不知哪一牌的洗髮精和火藥味，巴瑞懷疑她可能是直接從靶場過來。小關可是靶場的傳奇人物，他從未見過槍法比她更好的人。

「是的，然後我就開始活在記憶裡，不過這次梅根沒死，一直到現在為止。」

「你認為這才是FMS的真相？為了改變現實而改變記憶？」她問道。

「我知道事實就是如此。」

吧台上方，電視無聲地播放著，螢幕上出現一名男子的照片，巴瑞覺得很面善。起初，他聯想不起來。

巴瑞讀著新聞主播播報內容的隱藏字幕。

〔一個小時前，「大彎曲」的知名建築師阿莫．托爾斯被發現在自家公寓遇害……〕

「這棟大彎曲的建築是那張椅子的傑作嗎？」小關問。

「是。我在那間奇怪的旅館時，有位老紳士也在那裡。他應該是快死了。我無意中聽到他說他曾是建築師，等他回到過去的記憶，他要繼續把一棟建築蓋完，他一直很後悔當初半途而廢。事實上，他預訂坐上椅子的日期就是今天，結果我們所有人的現實都改變了。我猜他是因為違反規定才會被殺。」

「什麼規定？」

「他們跟我說只能過得比原來稍微好一點，不能投機取巧，不能有翻天覆地的改變。」

「他，那個打造椅子的人，為什麼要讓人重新過他們的人生，你知道嗎？」

巴瑞將剩下的啤酒一口喝乾。「不知道。」

小關啜飲一口威士忌。點唱機的音樂關掉了，這時酒保打開電視的聲音，開始轉台。自從今天下午那棟建築出現後，每個電視台都不斷地在報導。CNN挖出一位僞記憶症候群「專家」，請她分析曼哈頓出現的所謂「記憶失調」現象。專家說：「如果記憶不可靠，如果過去和現在能毫無預警地瞬間改變，那麼事實與眞相也就不再存在了。我們要如何活在這種世界？正因如此才會出現自殺潮。」

「你知道那間旅館在哪裡嗎？」小關問。

「已經是十一年前的事了，至少就我而言是這樣，不過應該可以再找到。我知道它在中城，如果現在還在的話。」

「如果記憶不停地改變，當下的時刻不停地轉移，這種狀態不是人心能應付得來的。萬一這只是開端呢？」小關說。

巴瑞的大腿感覺到褲袋裡的手機在震動。

「抱歉，等我一下。」

他掏出手機，看見梅根傳來的訊息：

爸，我再也受不了了。

我不知道自己是誰。

我什麼都不知道，

只知道自己不屬於這裡。

對不起。我永遠愛你。

他滑下高腳椅。

「怎麼了？」小關問。

然後往大門跑去。

梅根的手機一再轉進語音信箱，而且「大彎曲」的出現餘波未平，市區街頭依舊雍塞。

巴瑞駛向諾荷區的同時，抓起車上的無線電對講機聯絡總局，請他們派梅根住處的管區警察去查看她是否安好。

「紐約總局，一五八，你說的是龐德街的九〇四B座嗎？已經有幾組警員和消防隊員在現場了，救護車正要趕過去。」

「你在說什麼？哪棟樓？」

「龐德街十二號。」

「那是我女兒住的大樓。」

電波傳來一陣靜默。

巴瑞丟下對講機，開啓警示燈，高聲鳴笛，在車陣中穿梭、繞過公車，衝過十字路口。

幾分鐘後轉上龐德街，只見梅根住處的六樓窗戶冒出火舌，消防人員正對著大樓立面沖水柱，他將車丟在警察設置的路障旁，朝消防車跑去。現場簡直一片狼藉：一整排的緊急照明燈，警察忙著拉起封鎖線，讓鄰近大樓的居民保持安全距離，而梅根那棟大樓的住戶則從大門蜂湧而出。

有名警員試圖攔阻他，但巴瑞用力掙脫，拿出警徽晃了一下，又繼續擠過人群往消防車與大樓門口走去，炙熱火焰在他臉上逼出了一顆顆豆大的汗珠。

大樓入口的門已經被拆下，這時有個消防員揹著一名上了年紀的男子，搖搖晃晃走出來，兩人的臉都被燻黑了。

其中一位消防分隊長（是個留著大鬍子的彪形大漢）往巴瑞面前一站，擋住他的去路。「退到封鎖線外面去。」

「我是警察，我女兒住在這裡！」他舉起手指向頂樓另一端火焰急竄而出的窗戶。「冒出火的那間就是她的公寓！」

分隊長臉一沉，拉起巴瑞的手臂，將他拖到一旁，讓路給一群消防員，他們正拉著水帶往最近的消防栓跑。

「怎麼了？」巴瑞問道：「就直說吧。」

「起火點在那棟公寓的廚房。現在火勢已經往五樓和六樓延燒。」

「我女兒人呢？」

分隊長吸了口氣，轉頭往後看。

「我在問你我女兒人呢？」

「你看著我。」分隊長說。

「把她救出來了嗎？」

「她人出來了，但很遺憾，沒能活下來。」

巴瑞往後一個踉蹌。「怎麼會？」

「她床上有一瓶伏特加和一些藥丸。我們推測她是吃了藥，想泡個茶，但沒多久就昏過去了。流理台上有個東西離爐子太近。是意外事故，只可惜……」

「她在哪？」

「我們先去坐下來……」

「她人到底在哪？」

「在人行道上，那輛消防車的另一邊。」

巴瑞起步正要走過去，那人突然從後面將他熊抱住。

「你眞的想去看嗎，老兄？」

「放開！」

分隊長鬆了手，巴瑞跨過水帶，走到離火較近的消防車前面。所有的喧鬧擾嚷逐漸消失，他只看到梅根的赤腳從一塊白布底下突出來。在消防水柱的噴灑下，白布已經濕透，近乎透明。

他兩腿頓時癱軟。

他跌坐在路邊，痛哭失聲，任由水如大雨般打在身上。

許多人試著跟他說話，試著讓他跟他們離開，試著讓他移動，但他什麼也沒聽見。他的視線穿過這些人。

對空凝視。

心中想著：**這下我失去了她兩次。**

距離梅根死亡已有兩個小時，巴瑞的衣服還是濕的。

他把車停在賓州車站，從三十四街往北走，一如他從蒙托克搭夜車回來以後走的路線——就在那天晚上，他無意中闖進了記憶旅館。

那天晚上下著雪。

現在則是下著雨，五十層樓以上都籠罩在雨霧中，天氣很冷，一吐出氣息便轉爲白煙。

城裡安靜得怪異。

路上幾乎沒有車。

人行道上的行人更少。

淚水黏在臉上冷冰冰的。

經過三條街後，他撐開了傘。在他心裡，上次信步走進記憶旅館已是十一年前的事。就日期而言，卻是今天發生的事，那只是一段僞記憶。

巴瑞來到西五十街時，雨勢變大，雲層壓得更低。他有把握旅館位在五十街上，也十分確定自己是往東走。

他不斷瞥見「大彎曲」的兩根基柱在雨中閃閃發亮，彎曲的部分則被六百公尺高空的雲給遮住了。

此時此刻，他盡量不去想梅根，因爲一想到她，又會再度崩潰，而現在他必須堅強，必須冷靜。

又冷又精疲力竭之餘，他開始懷疑那天晚上會不會是往西走，而不是往東，正自想著，忽然注意到遠方一塊紅色霓虹燈招牌。

麥克拉克蘭餐廳
供應早午晚餐，二十四小時營業，全年無休

巴瑞一直走到招牌正下方，抬頭看著紅色燈光中紛落的雨絲。

他加快腳步往前走。

經過小雜貨店，這間店他記得，接著是酒品專賣店、女裝店、銀行——全都已打烊——快到路盡頭處，他在一條陰暗車道的入口停下來，車道往下鑽進一棟新哥德式建築的地下空間，這棟大樓則夾在兩棟更高的摩天大樓之間。

沿車道走下去的話，會看見一道強化鋼製的車庫門。

多年前，他就是這麼進入記憶旅館的。

他百分之百肯定。

他很想跑下去，不顧一切衝進去，開槍射死旅館裡每一個王八蛋，和那個把他綁上椅子的男人同歸於盡。梅根的思緒變得紊亂，是因爲他。梅根會死，也是因爲他。記憶旅館必須結束。

可是那麼做很可能只是去送死。

不行，他還是應該打電話給小關，向她提議找幾位特警隊同仁，進行一次私下的祕密行動。她若是堅持，他便向法官提交一份書面證詞。他們便能切斷大樓電源，配戴夜視裝備，逐樓搜索。

很顯然，有些人（譬如梅根）的心性無法應付現實的改變，而附帶的傷害也同樣悲慘：除了他女兒之外，同一棟大樓還有三人喪命火場，他開車前往賓州車站的路上，也從收音機的報導得知，有其他人因爲「大彎曲」的出現，心理一時無法平衡，而在市區引發重大災難。心神健全的人變得不健全，心神虛弱的人則被逼到了崩潰邊緣。

他掏出手機，打開聯絡資訊，滑到G字部。

他的手指懸在「小關」的名字上方，忽然聽到有人喊他。

他覷了對街一眼，發現有人朝他跑來。

一個女人的聲音高喊：「別打電話！」

這時他已經將手伸進外套內，用拇指彈開槍套的釦子，並緊緊握住超小型的克拉克手槍。他心中暗忖，不管椅子是誰打造的，她八成是那傢伙的手下，也就是說——**媽的！**——他們知道他在監視這棟大樓。

「巴瑞，拜託你別開槍。」

她放慢腳步，高舉雙手。

手是張開的，沒拿東西。

女子小心翼翼地靠近，她身高差不多只有一五〇出頭，穿著靴子和黑色皮夾克，衣服上綴滿雨珠。一頭令人側目的紅髮留到下巴高度，不過已經淋濕。她一直在雨中等他。讓他卸下心防的除了那雙綠色眼睛流露出的和善，還有一種說也奇怪的熟悉感。

她說道：「我知道你被送回到你這輩子最悲慘的記憶。那個人是馬可士．史萊德，這棟大樓就是他的。我也知道梅根剛剛發生了什麼事，我真的很遺憾，巴瑞。我還知道你想做點什麼。」

「妳在替他們做事？」

「不是。」

「妳是靈媒？」

「不是。」

「那妳怎麼可能知道我的遭遇？」

「是你告訴我的。」

「我從來沒見過妳。」

「你後來告訴我的，距離現在四個月後。」

他放下手槍，整個腦子扭成一團。「妳用了那張椅子？」

她直視著他，目光之強烈讓他感覺背脊彷彿有一道冰冷電流竄過。「椅子是我發明的。」

「妳是誰？」

「海倫娜．史密斯，你要是和小關一起進入史萊德的大樓，一切就都完了。」

第二部

時間使得一切事物不會同時發生。

——雷・卡明斯，美國科幻小說家

巴瑞　二〇一八年十一月六日

頭髮火紅的女子抓住巴瑞的手臂，拉他走過人行道，離開地下停車場的入口。

「在這裡不安全。」女子說：「到你停車的地方去吧。賓州車站，對嗎？」

巴瑞掙開手臂，開始朝反方向走。

她在背後喊道：「站在你波特蘭老家的車道上，和父親一起看日全蝕。到新罕布夏州爺爺奶奶的農場過暑假，你會坐在蘋果園裡，自己編一些精采的故事。」

他停下腳步，回頭看她。

她繼續說著：「你母親去世的時候，你非常傷心但也覺得感恩，因爲你知道她大限即將來臨，能好好地和她道別，讓她知道你愛她。和父親卻沒有這個機會，因爲他在你十五歲那年猝死。現在你偶爾半夜醒來，還會納悶他知不知道你愛他。」

走到他的維多利亞皇冠車旁時，他已渾身發抖。海倫娜往潮濕路面跪下，雙手在車底四下摸索。

「妳在做什麼？」巴瑞問道。

「確認你的車沒有被裝追蹤器。」

他們上車避雨，他打開暖氣，等候引擎將風口吹進來的冰冷空氣烘暖。

從五十街走過來的四十分鐘路程裡，她說了一個很瘋狂的故事，他並不完全相信。她說她在前一條時間軸裡，去了一個廢棄的鑽油平台，在那兒無意中造出了那張椅子。

「我還有好多話要告訴你。」海倫娜邊說邊繫上安全帶。

「可以去我住的地方。」

「那裡不安全。史萊德已經注意到你，知道你住在哪。如果將來的某個時間點，他察覺到我們倆聯手，他會利用你找到我。他可以利用椅子回到今晚，在這一刻找到我們。你必須停止線性思考。你想像不到他會做出什麼事來。」

巴特里隧道的燈光從頭頂上川流而過之際，海倫娜解釋著自己如何從史萊德的鑽油塔逃入過往記憶，然後逃到加拿大。

「我已準備好低調度過餘生，萬一被史萊德找到，我也準備好要自殺。我現在完全是孤身一人，我媽在二〇一一年過世，之後沒多久我爸也走了。到了二〇一六年，首次有報導指出有一種神祕的新疾病開始出現。」

「僞記憶症候群。」

「直到最近，民眾才充分意識到FMS的存在，但我馬上就知道是史萊德。前兩年我躲藏起來，他應該不記得我們一起待在鑽油塔的日子。在他心裡，智雲來找我爲我提供工作機會後，我就失蹤了。可是一回到二〇〇九年，我利用椅子逃離的那個晚上，史萊德就全想起來了。當然，那些是失效的記憶，不過——這也是我誤判的地方——這些記憶中已有足夠的資訊，也終究讓他自行造出了椅子與所有零件。

「紐約似乎是FMS的原爆點，我猜想史萊德在這個城市建立了新的實驗室，並開始用人來做實驗，所以我來到紐約。可是我找不到他。我們快到了。」

進了雷德胡克區深處，巴瑞緩緩駛過水邊的一排倉庫。海倫娜指出她待的那棟，卻在隔著五條街外，要巴瑞開進一條暗巷，把車停在兩個幾乎要滿出來的垃圾箱中間的陰暗處。

雨已經停了。

外頭靜得令人心驚，空氣中瀰漫著濕濕的垃圾味和雨水積聚滯留的氣味。他腦海中一再浮現瞥見梅根的最後一眼：她倒臥在住處大門前骯髒的人行道上，一雙赤腳從濕布底下跑出來。

巴瑞強壓下悲傷，打開後車廂，拿出一把戰術霰彈槍和一盒子彈。

他們沿人行道的破碎路面走了四百公尺左右，巴瑞隨時提高警覺，留意接近的車輛與腳步聲，然而四下只聽見遠處直升機繞行市區上空的隆隆聲，以及東河上平底貨船的深沉號角聲。

水邊有一棟建築還留著原先的啤酒廠標誌，海倫娜帶他走到這棟建築側面，一道毫無特色的金屬門前。

她按了門上密碼，待兩人都進入後，打開電燈。倉庫裡散發出酒粕臭味，他們的腳步聲在偌大空間裡迴響，彷彿進到一座廢棄的大教堂。他們經過一排排不鏽鋼釀酒桶、一個鏽跡斑斑的糖化槽，最後是殘留的裝瓶作業線。

他們爬上四層階梯，來到寬闊的頂樓，從大片落地窗可以俯瞰河景、總督島與微光閃閃的曼哈頓南端。

地板上滿是電纜線和一大堆拆解開來、錯綜複雜的電路板。舊磚牆邊有一整個櫃架的特製伺服器在低聲嗡鳴，還有一張看似仍在趕工中的椅子，原木框架，扶手與椅腳爬滿一束束裸露在外的電線。有個大致類似頭盔的東西固定在工作檯上，連接著各式各樣的電路線。

「妳自己在打造那張椅子？」巴瑞問。

「我把一些程式設計和工程作業外包出去，不過我已經做過兩次，所以有一些獨門捷徑，投資方面更是大有助益。從我在鑽油塔那時候到現在，電腦作業的進步讓成本降低了許多。你餓不餓？」

「不餓。」

「是嗎？我餓死了。」

伺服器背後有個簡單的廚房，廚房另一邊靠窗的地方，擺了一個梳妝台和一張床。在這裡，工作與生活空間沒有明顯分際，看起來就像是個沒日沒夜、可能有點瘋癲的科學家的實驗室。

巴瑞在浴室洗手台洗了把臉，出來時看見海倫娜站在爐子前，顧著兩只平底鍋。

他說：「我最愛墨西哥蛋餅了。」

「我知道。而且你**眞的**很愛吃我做的，不過嚴格說起來，這是我媽媽的私房菜。坐吧。」

他在一張美耐板小桌旁坐下，她端了個盤子過來。

巴瑞並不餓，但他知道該吃點東西。他切開其中一個三分熟的荷包蛋，蛋黃流進豆子和綠莎莎醬。他吃了一口。她說得沒錯，這是他嘗過最美味的墨西哥蛋餅。

海倫娜說：「現在我得告訴你一些還沒發生的事。」

巴瑞凝視著坐在對面的她，覺得她眼神飄忽不定，似乎心中另有所思。

她開口道：「在大彎曲出現後，FMS狂躁症將會達到巔峰。令人驚訝的是，雖然有一小群理論派物理學家，開始提出迷你蟲洞的概念以及有人在進行時空試驗的可能性，它卻仍被視爲一種病原不明的神祕傳染病。

「後天，你會帶著特警隊進入史萊德的旅館，他和他團隊的多數成員也都會在攻堅過程中死亡。報紙會報導說史萊德在散布一種神經病毒，會攻擊大腦儲存記憶的部位。這會成爲熱門新聞一陣子，但一個月後，集體歇斯底里的情況便會逐漸緩和。表面看起來好像謎團解開了，社會重新恢復秩序，再也不會有新的FMS病例。」

海倫娜很快地又吃了幾口，這時巴瑞才驚覺坐在對面的女子正在向他講述未來。但這還不是最奇怪的。最奇怪的是他竟開始相信她了。

海倫娜放下叉子。

接著又說：「可是我知道事情還沒結束。我想像了最糟的情形，就是在你們特警隊攻堅後，椅子落入另一人之手。因此距今一個月後，我會來找你。我會確確實實說出你在史萊德實驗室裡找到的東西，以證明我的話可信。」

「我相信妳了？」

「最後相信了。你告訴我在攻堅過程中，史萊德被殺之前曾試圖毀壞椅子與處理器，但有一部分被搶救出來。接著來了一群政府幹員，也不知道是哪個部門的，把所有東西都帶走了。我沒有辦法證明，但我猜他們並不知道那張椅子是怎麼回事，或是怎麼運作。椅子損毀了大半，但他們日以繼夜地進行逆向分析研究，你能想像萬一他們成功了會怎麼樣嗎？」

巴瑞走到冰箱前，拉開門拿出兩瓶冰涼的長頸瓶時，感覺到手微微顫慄。

他重新坐下。「所以說我突襲史萊德實驗室的行動造成了這個結果。」

「是的。那張椅子你親身體驗過，你知道它的威力。據我所知，史萊德只特別挑選了少數幾人，用椅子送他們回到過去記憶。天曉得是爲什麼。但你看看這麼做引起了多大的驚慌恐懼。拿現實來胡搞瞎搞，很快就會天下大亂。我們必須阻止他。」

「用妳的椅子？」

「這張椅子還要等四個月才能運作。時間拖得愈久，就愈可能有人搶先我們一步找到史萊德的實驗室。你已經讓小關得知此事。民眾一旦知道椅子的存在，那麼不管時間軸改變多少次，他們對椅子的記憶總會再回來。就像茱莉亞和梅根會在昨晚記起梅根死於一場肇逃車禍一樣。」

「她們想起這件事的時間點，就是我在上一個時間軸使用椅子的時間。一定都會是這樣嗎？」

「對，因爲那正是她們前一條時間軸的意識與記憶匯入這條時間軸的時刻。我把它當成是時間軸紀念時刻。」

「那麼妳認爲我們該怎麼辦？」

「我們倆明天先去占領史萊德的實驗室，把椅子、軟體、所有基本設施、所有它存在過的痕跡，一律銷毀。我已經準備好一種病毒，我們一進去就上傳到他的獨立網路，一切資料就會重新格式化。」

巴瑞喝著啤酒，胃裡的緊繃感漸漸消解。

「未來的我同意這個計畫嗎？」

海倫娜微微一笑。「事實上，這是我們一起想出來的。」

「我認爲我們有機會成功嗎？」

「老實說嗎？你不認爲。」

「那麼妳怎麼想？」

海倫娜往椅背上一靠，滿臉疲憊。「我認為我們是這世界最後的機會。」

巴瑞站在海倫娜床鋪附近有窗的牆邊，眺望墨黑河水對岸的市區。他希望茱莉亞沒事，卻不太相信。剛剛打電話給她時，她在電話中痛哭起來，隨即掛斷，不肯再接他的電話。他猜想她心裡是有點責怪他的。

如今「大彎曲」高聳於天際線上，他不知道自己是否有習慣的一天，也不知道在他與其他人眼中，它會不會永遠象徵著現實的不可靠。

海倫娜走到他身邊來。

「你還好嗎？」她問道。

「我腦海中一直出現梅根死在人行道上的模樣。他們在她身上蓋了布，我幾乎能從濕透的布看見她的臉。回到過去，重新過那十一年，結果卻是對我的家人毫無幫助。」

「我真的很遺憾，巴瑞。」

他看著她。

吸氣、吐氣。

「妳用過槍嗎？」他問。

「有。」

「最近？」

「未來的你知道只有我和你要衝進史萊德的大樓，所以就開始帶我去靶場。」

「妳確定妳應付得來？」

「我打造那張椅子是因爲我媽得了阿茲海默症，我想幫助她和其他跟她一樣的人。我以爲只要能找出捕捉記憶的方法，就會知道如何阻止記憶完全消失。椅子搞出現在這些問題，並不是我的本意。它不只毀了我的人生，也毀了其他人的人生。有人失去了摯愛，有人整個人生都被抹去，有**孩子**被抹去。」

「妳也不想發生這種事。」

「但還是發生了，都怪我野心太大，才讓這個裝置落到史萊德手上，後來又落入其他人手中。」她看著巴瑞。「你會在這裡，是因爲我。世人集體喪失心智，是因爲我。外面多了那棟昨天還沒有的要命建築，也是因爲我。所以，只要能摧毀那張椅子存在過的一切痕跡，我眞的不在乎明天的我會怎樣。如果必須付出代價，我已準備好去赴死了。」

他直到這一刻才明白，她扛著多麼沉重的負擔。那種自我憎恨與懊悔。發明出一種能毀滅記憶與時間結構的東西，會是什麼感覺？爲了壓抑那一切愧疚與厭恨與恐懼與焦慮的重擔，她又付出了什麼代價？

巴瑞說：「不管怎麼說，也是因爲妳我才能看著女兒長大。」

「這話或許不中聽，但你本來就不能。假如不能倚賴記憶，人類就會分崩離析。而且已經開始出現徵兆了。」

海倫娜凝視著對岸的市區，巴瑞覺得她此刻的脆弱模樣給人一種莫大壓力。

「也許我們應該睡一覺。」她說：「你可以睡我的床。」

「我不會搶妳的床。」

「反正我多半也都睡沙發，需要靠電視的聲音催眠。」

她說著轉身便要走開。

「海倫娜。」

「怎麼了？」

「我知道我對妳的認識不深，但我敢說妳的人生不只有那張椅子。」

「不。它界定了我這個人。我的前半生都在努力打造它，如今又要用剩餘的人生摧毀它。」

海倫娜　二〇一八年十一月七日

她面對電視躺著，螢幕的光在她閉合的眼皮上閃動，音量剛好足以轉移她躁動不已的心思。不知怎的，她突然間整個人清醒過來，猛然從沙發上坐起身。原來是巴瑞，他在房間另一頭輕聲哭泣。她很想爬上床去安慰他，但現在太快了，他們基本上還是陌生人。也許他現在需要一個人哀傷片刻。

她重新躺回靠枕上，把毯子拉高到頸肩，沙發的彈簧跟著吱嘎作響。記得未來的事有多麼奇怪，她並非毫無感覺。四個月後，她與巴瑞在這個房間裡的道別，依然讓她心痛。她漂浮在剝奪槽內，巴瑞俯身親吻她。他關上槽門時，眼中有淚。她也是。眼看他們的未來一片光明，卻被她扼殺了。

那個留在她身後的巴瑞已經知道她是否成功。當她在槽內死去的那一刻，他應該就已經知道，因爲他的現實立即便轉移到她正在創造的這個新現實。

她忍住衝動，沒有叫醒現在的巴瑞，對他據實以告。這麼做無疑是架起一道情緒的障礙，只會讓明天闖入史萊德實驗室的行動更加困難。何況她要怎麼說呢？說他們之間起了火花？互相吸引？還是照計畫來吧。明天一切順利才是最重要的。她的心智對世人造成的傷害已是覆水難收，然而或許她能爲人們療傷止血。

她曾經懷抱一個無比遠大的夢想：將破壞記憶的疾病徹底治癒。如今，爸媽都走了，也沒有知己能談心（除了在到不了的四個月後的未來，有那麼一個男人），她的夢想已經從改變世界重新設定成完完全全關乎自己。

她現在只想在夜裡平靜地、心無罣礙地躺下來。

她試著讓自己入睡，知道今晚恐怕是她這生中最需要睡眠的一晚。

因此當然就更睡不著了。

入夜後，他們從她住處的後門溜出去，先觀察附近街道片刻之後才大膽現身。這一區大多是廢棄的工業建築，人車稀少自是不在話下，毫無可疑之處。

巴瑞開著車通過布魯克林高地時，越過中央置物箱瞄了海倫娜一眼。「昨晚妳讓我看椅子的時候，說妳打造過兩次。第一次是什麼時候？」

她啜了一口隨身帶上車的咖啡——前一晚徹夜未眠的折磨，只能靠這劑特效藥來對抗了。

「在原始時間軸裡，我在舊金山一家名叫『離子』的公司，負責帶領研發團隊。他們對於將我的椅子應用在醫療方面不感興趣，只著眼於它的娛樂價值以及它所創造的財源。

「我一直在原地踏步，身心交瘁卻毫無成果。眼看公司就要終止我的研究時，有一位受試者心臟病發，死在剝奪槽裡。我們所有人都體驗到輕微的現實轉移，卻沒人察覺是怎麼回事，唯一例外的就是我的助理馬可士．史萊德。實在不得不佩服他，他甚至比我還早發現我發明了什麼。」

「後來怎麼樣了？」

「幾天後，他約我在實驗室碰面，說有急事。我到了以後，他拿出槍來。我們事先已爲他繪製了一段記憶，他逼我登入系統，爲那段記憶載入再活化程式，完成之後他便殺了我。」

「那是什麼時候的事？」

「兩天前，二〇一八年十一月五日。不過這當然是隔了好幾條時間軸以前。」

巴瑞從布魯克林大橋的出口下交流道。

「我沒有批判妳的意思，」他說：「不過妳難道不能回到另一段記憶嗎？」

「比方說阻止我自己出生，好讓椅子根本就不會誕生？」

「我不是這個意思。」

「**我自己**沒辦法回到過去，阻止自己出生。別人可以，那麼我就成了失效的記憶。可是椅子並沒有所謂的祖父悖論或任何時間悖論。凡是發生過的事，即便已經改變或解除，也會以失效記憶的形式持續。因果關係依然好端端地存在。」

「好，那麼如果回到鑽油塔的記憶呢？妳大可以把史萊德推下平台或什麼的。」

「鑽油塔上發生的一切都成了失效記憶，無法再回去。我們試過，結果很慘。但你說得沒錯，我的確應該把握機會殺死他的。」

他們已經到了橋中央，懸空桁架從頭頂上飛快掠過。可能是咖啡的緣故，也可能是接近市區了，她忽然完全清醒。

「什麼是失效的記憶？」巴瑞問。

「就是大家以爲的假記憶，只不過那不是假的，而是發生在另一條時間軸的事，卻被某人終結了。舉個例子，你女兒出車禍的那條時間軸，現在便是失效記憶。當你被史萊德殺死在剝奪槽裡，就結束了那條時間軸，同時開啓了現在這條。」

他們駛入中城，沿著第三大道北行，接著左轉上東四十九街，最後快到史萊德大樓的門面入口時靠邊停車——那入口進去只是一個虛有其表的大廳，和一排哪也去不了的電梯。要眞正進入裡面，只能從五十街的地下停車場。

他們下車時，外頭下著豆大的雨點。巴瑞從後車廂拖出一只黑色雜物袋後步上人行道，海倫娜尾隨著他走了一會兒，來到一間酒吧門口。他們在四個月後來過這裡一次，當時是爲了查探史萊德大樓的地下入口，並商討當下這一刻要進行的計畫。

出乎意外地，餿臭味瀰漫的「外交官」酒吧異常忙碌，而且一如她記憶中那般毫無人味。巴瑞的警徽吸引了矮個子酒保注意。她和巴瑞在四個月後的失效未來遇見的也是這個人，有拿破崙情結的一個混蛋，但是對警察懷有健全的敬畏，倒是一大助力。海倫娜站到巴瑞身旁，聽他自我介紹，接著介紹她是他的搭檔，並解釋昨天深夜接獲報案，說這裡的地下室發生性侵，所以需要下去看看。

有五秒鐘的時間，海倫娜認爲此計行不通。酒保瞪著她的眼神似乎全然不信她的警察身分。他可以要求看證件，也可以打電話給老闆，自己撒手不管。不料他開口高喊一個叫卡拉的人。

只見一名女侍放下擺滿空啤酒杯的托盤，閒步走了過來。

酒保說：「他們是警察，說要看地下室。」

卡拉聳聳肩，一言不發便掉頭沿著吧台走進冷藏室。她帶領他們穿過擺放得有如迷宮的銀製啤酒桶，來到冷藏室最內側角落的窄門。

她從牆上釘子取下一把鑰匙，打開門上的掛鎖。「提醒你們一聲，下面沒燈。」

巴瑞拉開雜物袋拉鍊，掏出一支手電筒。

她說：「長官是有備而來啊。那好吧，我就不奉陪了。」

巴瑞等她走後才打開地下室的門。

手電筒的光線照見一個幽閉的樓梯間，向下延伸入黑暗中，階梯是否完好無缺令人存疑。陳年潮味撲鼻而來，是一個久遭遺忘的地方的氣味。海倫娜深吸一口氣，以平息狂跳的脈搏。

「是這裡嗎？」巴瑞問道。

「是這裡。」

她跟著他走下吱吱嘎嘎響的階梯，階梯一級一級沒入地下室，裡面有一些崩壞的架子和一個鏽蝕嚴重的油桶，桶子裡裝滿燒過的垃圾。

到了地下室另一頭，巴瑞拉開另一扇門，那尖銳噪音讓人神經都快繃斷了。他們跨過門檻，進入一條拱廊，兩邊的磚牆看似隨時可能崩塌。

在市街的地底下感覺更冷，濕冷的空氣中帶有霉味，自來水滴滴答答的聲音聽得教人浮躁不安，還有遠處傳來抓撓的聲音，看不見是什麼，她很怕是老鼠。

現在換海倫娜帶路。

他們的腳步濺起水花，引起嘩嘩的回聲。每隔十五公尺，便會經過一道彷彿即將風化分解的門，通往其他建築物最不堪的樓層。到了第二個交叉口，她轉進一條新的通道，走了將近三十公尺後停下來，向巴瑞指了指一扇門，看起來和其他門並無不同。他花了九牛二虎之力才轉動了門把，然後用肩膀使勁頂門，好不容易在軋軋響聲中將門打開。

他們離開了地道，進入另一個地下室。巴瑞將雜物袋丟到石頭地上，拉開拉鍊，從中取出一把鐵撬、一包束線帶、一盒十二口徑的子彈、一支霰彈槍和四個克拉克手槍的備用彈匣。

他說：「盡量多拿一點子彈。」

海倫娜撕開盒子，動手將子彈塞進皮夾克的內口袋。巴瑞檢查一下已裝上手槍的彈匣，然後脫下風衣，將多餘的彈匣塞進口袋。接著他拿起鐵撬，走向另一邊一扇較新的門。門從另一側鎖上了。他使勁將鐵撬深深插入門的邊框，用盡力氣讓鐵撬往後扭轉。

起初毫無動靜，只有他使力的聲音。不一會兒，傳出木頭深深裂開的聲音與金屬磨損的尖響。當門砰一聲打開，巴瑞從門縫伸手過去，扯下一個生鏽壞掉的掛鎖，然後小心地將門再打開一點，讓他們倆能夠擠得過去。

通過門後便是旅館的舊鍋爐室，看樣子已經棄置了至少半個世紀。在如迷宮般的老舊機器與計量器之間迂迴前進了大半晌，終於經過巨大的鍋爐本體，隨後再通過一個出入口，來到工作人員使用的樓梯底端，只見梯身向上盤旋，沒入黑暗中。

「史萊德住的高級套房在幾樓來著?」巴瑞小聲地問。

「二十四樓。實驗室在十七樓，伺服器在十六樓。準備好了嗎?」

「要是能搭電梯就好了。」

他們的計畫是直接去找史萊德，希望他人在房間裡。一旦他聽到槍聲或任何可疑動靜，都可能會跑去坐上椅子，回到過去，在他們根本還沒機會踏進他的大樓之前就先發制人。

巴瑞開始往上爬，手電筒對著腳下照。海倫娜緊跟在後，盡可能放輕腳步，只是老舊的木梯被他們壓得往下凹，還咿呀呻吟。

幾分鐘後，巴瑞停在一道門前，門邊牆上漆著數字「8」。他關掉了燈。

「怎麼了?」海倫娜低聲問。

「聽到有動靜。」

他們站在黑暗中豎耳傾聽，她的心怦怦跳，隨著分秒過去，霰彈槍愈來愈重。她什麼也看不見，什麼也聽不見，只有一個細細、低低的咻咻聲，好像開瓶時的氣音。

頭頂高處有一盞燈從樓梯井中央射下光來，燈光橫過格紋地板，斜斜地照向他們。

「走吧。」巴瑞小聲說，同時打開門，拉她走進走廊。

他們快速通過鋪著紅毯的旅館走廊，兩側房間的房號是由對面牆上的燈投射在門上。

走到半途，八二五號房間的門忽然往內打開，走出一名中年婦人。她穿著海藍色浴袍，翻領上有「記憶旅館」的壓紋字樣，手裡拿著一個銀製冰桶。

巴瑞瞅了海倫娜一眼，她點點頭。

這時候，旅館客人離他們有三米遠，還沒看見他們。

巴瑞喊了一聲：「這位女士。」

當她朝他們看去，他拿起槍對著她。

冰桶瞬間落地。

巴瑞舉起食指放在唇上，一面和海倫娜快速向婦人靠近。

「別出聲。」他說。他們將她推回門內，並隨後進入房間。

海倫娜鎖上門鎖，又拴上門鍊。

「我有一些現金，還有信用卡……」

「我們不是爲了那個來的。坐到地上，別說話。」巴瑞說。

婦人想必剛剛洗完澡，黑色頭髮還濕濕的，臉上完全素顏。海倫娜避開了她的目光。

巴瑞將雜物袋放到地上，拉開拉鍊拿出束線帶。

「求求你們，」她哀求道：「我不想死。」

「沒有人會傷害妳。」海倫娜說。

「是我先生叫你們來的嗎？」

「不是。」巴瑞回答完，看著海倫娜說：「拿幾個枕頭去放在浴缸裡。」

海倫娜從頹廢風的四柱床上抓起三顆枕頭，放到貴妃浴缸裡。浴缸擺在一個小平台上，可以看到暮色降臨紐約，建築物也開始一一亮起燈。

當她走出浴室回到臥室，巴瑞已讓婦人趴在地上，正在綁她的手腕和腳踝。最後他將她扛上肩，帶進浴室，再輕輕放進浴缸。

「妳爲什麼來這裡？」他問道。

「你知道這是什麼地方嗎？」

「知道。」

她落下淚來。「十五年前我犯了大錯。」

「什麼錯？」海倫娜問。

「我應該離開我丈夫的，但我沒有，結果白白浪費了自己的黃金歲月。」

「待會兒會有人來放妳走。」巴瑞說著撕下一塊大力膠帶貼到她嘴上。

他們隨手關上浴室的門。瓦斯壁爐發出舒適的暖意，矮桌上有一瓶香檳，顯然是婦人準備要喝的，旁邊還有一只酒杯和一本翻開的日記，兩頁上面寫得密密麻麻。

海倫娜忍不住覷了一眼娟秀的字跡，發覺是一段記憶的敘述，也許是浴缸裡的婦人要返回的那段。

一開始寫道：「他第一次打我是在晚上十點，我站在廚房裡問他上哪去了。我還記得他滿臉通紅，氣息裡有波本的味道，眼睛濕濕的……」

海倫娜闔上日記，走到窗邊，一把拉開窗簾。

淺淡的光線幽幽灑了進來。

望向八樓下方的東四十九街，可以看到巴瑞的車就在過去一點的地方。

紐約濕而淒涼。

婦人在浴室裡哭泣。

巴瑞走過來說道：「不知道我們是不是被發現了。無論如何，現在就應該馬上去找史萊德。我們賭賭運氣搭電梯，如何？」

「你有刀子嗎？」

「有。」

「可以讓我看看嗎？」

巴瑞從口袋拿出一把折疊刀，海倫娜則脫下皮夾克，捲起灰色襯衫的袖子。

她從他手上取過刀子，坐到一張單人沙發上，打開刀刃。

「妳在做什麼？」他問道。

「建立一個保存點。」

「一個什麼？」

她將刀尖刺入左臂內側的手肘上方，隨後劃出一道傷口。

感到疼痛的同時，血也開始流出……

巴瑞　二〇一八年十一月七日

「妳在搞什麼鬼？」巴瑞問。

海倫娜閉著雙眼，嘴巴微開，全身動也不動。

巴瑞小心地取過她手裡的刀。過了好一會兒，一點動靜都沒有。接著，她那亮綠色的眼睛倏然張開。

眼神似乎變得有些不同，散發出一種原先沒有的懼怕與激動。

「妳沒事吧？」巴瑞問。

海倫娜打量了房間一番，瞄一眼手表，然後張開雙臂抱住巴瑞，力道猛烈得驚人。

「你沒死。」

「我當然沒死。妳是怎麼回事？」

她帶他走到床邊，兩人坐下後，海倫娜脫除一個枕頭套，撕下一塊布條，開始給自己刺傷的地方包紮止血。

「我剛剛用椅子回到這一刻。」她說：「我又開始一條新的時間軸了。」

「用妳的椅子？」

「不是，是十七樓那張。史萊德的椅子。」

「我不懂。」

「接下來的十五分鐘我已經經歷過了。剛才割傷自己的疼痛感是爲我帶路的麵包屑，好讓我回到這一刻。它讓我有一個鮮明的短期記憶可以返回。」

「這麼說妳知道再來會發生什麼事囉？」

「如果去頂樓套房的話，我知道。史萊德知道我們要來，他在等著我們。我們都還沒走出電梯，你的眼睛就被子彈射穿了，流了好多血，於是我也開槍射擊。史萊德一定是中槍了，所以忽然趴到客廳地上爬行。

「我搭著電梯到十七樓，找到實驗室後，用槍射開了門，那時智雲正要爬進水槽。他看見我便朝我走過來，說他知道我絕不會傷害他，畢竟他爲我做了那麼多，但他萬萬想不到這是他此生所犯的最大錯誤。

「我用一些後門憑證登入了電腦終端機，然後繪製一段記憶、爬進水槽，回到我在這個房間割傷自己的記憶。」

「妳不需要爲了我回來的。」

「老實說，我本來也不會。可是我不知道謝爾蓋上哪去了，又沒有足夠時間摧毀所有的設備。不過眞的很高興你還活著。」她又看看手表。「大約再過十二分鐘，你就會想起這一切可怕的記憶，其他所有在這棟樓裡的人也一樣，這會是個問題。」

巴瑞從床沿站起來，伸手拉海倫娜起身。

她拿起霰彈槍。

他說：「所以史萊德在頂樓套房，以爲我們會先上去找他，而我們第一次也的確先去了那裡。」

「沒錯。」

「智雲已經出發前往放椅子的十七樓，很可能正等著聽取報告，一旦確定沒有安全漏洞，他就可以跳進剝奪槽，替換這條時間軸。而謝爾蓋……」

「不知所蹤。我建議直接去實驗室，先對付智雲。無論如何都不能讓他進水槽。」

他們離開房間進入走廊。巴瑞按捺不住，不停地摸著口袋裡多餘的彈匣。

到了電梯間，他按下電梯按鈕，聽著齒輪在門的另一邊轉動，手握著他的克拉克手槍。

海倫娜說：「這部分我們經歷過了。沒有人下來。」

電梯上方的燈亮起，叮一聲鈴響。

巴瑞舉起手槍，食指擱在扳機上。

門開了。

空無一人。

他們跨進小小的電梯車廂，海倫娜按了十七樓。這部電梯內壁陳舊，鏡面留有煙垢，照著鏡子會產生一種遞迴的錯覺——無數個巴瑞與海倫娜在電梯車廂的空間裡，不斷彎折轉向。

電梯開始爬升後，巴瑞說：「我們還是靠著牆邊站。門打開時，盡量不要形成太明顯的射擊目標。史萊德用什麼武器？」

「手槍。是銀製的。」

「智雲呢？」

「終端機旁邊有一把槍，比較像你這把。」

他們每經過一樓，樓層按鍵便會亮起。

九樓。

十樓。

他忽然噁心欲嘔，是緊張的緣故。由於腎上腺素大量注入血液中，他嘴裡湧出恐懼的味道。

十一樓。

十二樓。

十三樓。

海倫娜看起來不像他感覺那麼害怕，他不由得暗暗讚嘆。不過話說回來，從她的角度看，這場混仗她已經打過一回了。

「謝謝妳為了我回來。」他說。

十四樓。

「說真的，這次盡量不要死掉。」

十五樓。

十六樓。

「到了。」她說。

電梯來到十七樓戛然而止。

巴瑞舉起手槍。

海倫娜將霰彈槍放到肩上。

門滑開後，只見空空的走廊貫穿大樓，稍遠處則岔出了其他廊道。

巴瑞小心翼翼跨出電梯。

耳邊只聽到頭上電燈發出細微的嗡嗡聲。

海倫娜來到他身旁，當她抬手撥開掉在臉上的頭髮，巴瑞忽然感覺一股強烈的保護慾襲上心頭，勢不可擋，讓他既驚恐又困惑。他認識她都還不到二十四小時。

他們往前推進。

實驗室是個潔白光亮的地方，裝設了許多炭燈和玻璃。他們經過一扇窗前，看見裡面放了十幾部MEG顯微鏡，有個年輕科學家正在焊接一塊電路板。她沒看到他們溜過去。

來到第一個交叉口時，附近有一扇門關上。巴瑞停下來，聆聽腳步聲，但還是只聽見電燈嗡鳴。

海倫娜帶路轉進另一條走道，盡頭處有一長排窗戶，可以俯瞰在這個濕冷傍晚顯得陰鬱的藍色曼哈頓，四周建物的燈光散射在朦朧暮色中。

「實驗室就在前面。」海倫娜悄聲說。

巴瑞雙手冒汗，便往褲子兩側擦擦手心，以便將手槍握牢。

他們來到一扇裝有按鍵鎖的門前停下。

「他可能已經在裡面。」她低聲說。

「妳不知道密碼嗎？」

她搖搖頭，舉起霰彈槍。「不過上一次這個奏效了。」

巴瑞留意到走廊盡頭的角落有人影閃出。

他往海倫娜身前一擋，只聽到海倫娜高喊：「智雲，不要！」

槍聲劃破寂靜，瞄準巴瑞的槍口爆出火花，巴瑞也在一陣狂亂噪音中射光了手槍子彈。

智雲消失不見。

一切都在五秒之間發生。

巴瑞卸下空彈匣，啪一聲讓新彈匣上膛，迅速彈開滑套卡榫。

他看著海倫娜。「妳還好嗎？」

「我沒事，因為你擋到我前面……天哪，你中槍了。」

巴瑞往後一個踉蹌，鮮血從腹部湧出，從褲子內側流下大腿，接著流過鞋面，在地板上留下一條長長的酒紅色汙痕。痛感慢慢出現，但腎上腺素作用太強大，他沒有意識到真正的傷勢，只覺得腹部中間偏右的地方愈來愈緊繃。

「我們得離開這條走廊。」他呻吟著吼道，一面心想：**我的肝臟裡有一顆子彈。**

海倫娜拖著他往後繞過轉角。

巴瑞不支倒地。

此時血大量湧出，幾乎是黑色的。

他抬頭看海倫娜，說道：「確認一下……他沒來。」

她往轉角另一邊探看。

巴瑞原本沒發現槍已滑落在地上，這時連忙拾起槍來。

「他們可能已經在實驗室裡。」他說。

「我會阻止他們。」

「我恐怕不行了。」

左手邊有動靜，他試圖舉起手槍，不料海倫娜搶先一步，霰彈槍發出震耳欲聾的轟然聲響，迫使一個他沒見過的男子退回走廊。

「走，」巴瑞說：「快點。」

世界慢慢變暗，他聽到耳鳴，緊接著他臉貼地躺著，生命快速流逝。

他又聽到更多槍聲。

海倫娜大喊：「謝爾蓋，別逼我。你是知道我的！」

接著霰彈槍發出兩聲轟天巨響。

隨後是尖叫聲。

他斜斜望去，看見幾個人穿過走廊交叉口，往回跑向電梯——住宿的客人與其他工作人員正急著逃離混亂現場。

他試著想起身，但全身幾乎只有手能動，身體好像黏在地上似的。

眼看一切就要結束。

他只是用手肘撐起上身，卻是他這輩子做過最困難的一件事。他想方設法地爬行，拖著身子爬過轉角，回到那條通往實驗室，有一整排窗的走廊。

他又聽見幾聲槍響。

視線一會兒清晰一會兒模糊，被射破的窗玻璃掉落在地，劃破他的手臂，一陣寒雨飄進大樓。牆上布滿彈孔，空氣中煙霧瀰漫，他喉嚨深處彷彿嘗到金屬與硫磺的味道。

巴瑞的點四〇口徑彈殼散落一地，他從中爬過，試著呼喚海倫娜的名字，但聲音一出口卻只成嗚咽。

他拖行完剩下的距離來到門口，花了點時間讓視線聚焦。海倫娜站在終端機旁，手指在一系列的鍵盤與觸控螢幕間飛快游移。他召喚著自己的聲音，希望靠意志力喊出她的名字。

她回頭瞄他一眼。「我知道你很痛，我已經盡我最快的速度了。」

「妳在做什麼?」巴瑞問道，每一口氣都讓他更加痛苦，送到大腦的氧氣也愈來愈少。

「我要回到我在旅館房間割傷自己的記憶。」

「智雲和謝爾蓋跑了。」他咳出血來。「妳就……馬上毀掉一切吧。」

「史萊德還在。」海倫娜說：「他要是逃走，就能再造一張椅子。我需要你幫我看著門。我知道你很痛，但你能做到嗎?他要是來了，告訴我一聲。」她走離終端機，爬進曲線造型的記憶椅座。

「我盡量。」巴瑞說。

他把頭靠在冰涼地板上。

「下一次不會再出錯了。」海倫娜說著舉起手，謹慎地將ＭＥＧ顯微鏡拉下來。

她繫緊下顎固定帶時，巴瑞奮力地盯著走廊看，但心裡知道若是史萊德來了，他根本無力攔阻。他甚至沒有力氣拿起武器。

他在上一條時間軸死亡的失效記憶，終於片片斷斷浮現。

面向史萊德頂樓套房入口的電梯門打開來。

史萊德站在他一塵不染、四面窗戶的客廳裡，拿著左輪手槍對準電梯車廂。

巴瑞暗罵，「媽的，他知道了。」

一道閃光，沒有聲音。

緊接著，一片虛空。

透過死亡的迷霧，巴瑞掙扎著再往實驗室瞄上最後一眼，只見海倫娜扯下身上的襯衫，讓牛仔褲往下滑落，然後爬進剝奪槽。

巴瑞衝過一條走道，鼻子流著血，頭一陣陣抽痛。在前一條時間軸中槍的痛已經消失，這條新時間軸的記憶正如瀑布般傾瀉而下。

他和海倫娜從八二五號房上樓。

跨出電梯來到十七樓，走另一條路線前往實驗室，打算將剛下電梯的智雲與史萊德逮個正著。

不料卻遇上謝爾蓋，被他纏住，浪費了太多時間。

現在他們正趕往實驗室。

巴瑞抹去鼻血，眨著被汗水刺痛的雙眼。

他們轉過轉角，到達實驗室門口，海倫娜用霰彈槍把門轟開。巴瑞率先衝入，忽然爆出兩記雷鳴般的槍聲，險些打中他的頭，相差不到三十公分。令他驚訝的是開槍的人他見過，就在十一年前，他被送回過往記憶的那個晚上。

史萊德站在六米外，終端機旁，身穿白色坦克背心和灰色短褲，彷彿剛從健身房回來，往後梳的深色鬈髮因汗水而閃閃發亮。

他手裡握著一把不鏽鋼亮面左輪手槍，用毫不陌生的眼神注視著巴瑞。

巴瑞開了一槍，射中他的右肩，史萊德往後踉蹌撞到一排控制板，接著滑倒在地，槍也跟著掉落。

海倫娜匆匆跑向剝奪槽，拉下緊急釋放桿。

當巴瑞趕到水槽邊，她已經打開槽門，只見智雲仰漂在鹽水中，拚命地想拔掉左前臂的靜脈注射座。

巴瑞將手槍插入槍套，伸手進溫水中把智雲拖出來，甩到房間另一頭去。

智雲摔到地板後，爬起身子趴跪著，抬頭看著巴瑞和海倫娜，水不斷從他赤裸的身體滴落地磚。他望向史萊德的槍，就在兩米半外，他撲身過去，巴瑞察覺了立刻開槍，海倫娜也同時開槍，全威力的大型子彈把智雲轟到牆邊，胸口開了個大洞，他的精力隨著鮮血快速流失。

巴瑞小心地朝他走去，槍口始終對準他已毀壞的身軀中央，不過到了智雲身邊才發現他已經走了，眼中蒙上了那最後的空洞虛無。

海倫娜　二〇一八年十一月七日

她終於將史萊德降伏於霰彈槍管底下，這是她零碎片段的人生中最值得感恩的時刻之一。

她從口袋掏出一個隨身碟。「我要把每一行程式碼都抹去，然後把椅子拆掉，把顯微鏡……」

「海倫娜……」

「現在是**我**在說話！還有刺激器，還有這棟大樓裡所有的硬體與軟體。讓這張椅子就好像從來沒有存在過一樣。」

史萊德斜靠在終端機底部，眼中流露出痛苦。「有好一陣子了吧？」

「對我來說，十三年了。」她說：「你呢？」

他似乎在思考這個問題，這時候巴瑞走向他，將左輪手槍踢到另一頭去。

「誰知道呢？」他終於開口。「自從妳像幽靈一樣從我的鑽油平台消失不見——順帶說一聲，幹得漂亮，我一直就沒想通妳是怎麼辦到的——從那之後，我花了好多年重建椅子。但從那時起，我度過了無數的人生，多到妳無法想像。」

「做些什麼呢？」她問。

「大部分都只是靜靜地探索我是什麼樣的人、我能成爲什麼樣的人，在不同的地點，面對不同的人。有些時候則是……比較高調。但是在最後這條時間軸，我發現我已經無法產生足夠的突觸數來繪製我自己的記憶。我的旅行太過頻繁，使得大腦充塞了太多生命，太多經歷，它已經開始碎裂。有大段大段的人生，我從來就不記得，我只是活在片段的瞬間。這間旅館不是我做的第一件事，而是最後一件。我開設旅館是爲了讓其他人來體驗這張椅子的威力，而它依然是，也永遠都是**妳的**創作。」

他費力地吸了口氣，目光轉向巴瑞，海倫娜暗想他那雙眼睛雖然明顯露出痛苦，卻仍蘊含一種深沉冷靜，像個活了很久很久的人。

「你是這樣感謝把女兒還給你的人，還眞夠有良心啊。」史萊德說。

「現在她又死了，你這個王八蛋。想起自己的死亡過程已經受到太大驚嚇，昨天又出現那棟建築，終於讓她承受不了。」

「眞的很遺憾聽到這個消息。」

「你在用椅子毀滅這個世界。」

「沒錯。」史萊德說：「一開始確實是毀滅性的，所有的進步都是如此。就像工業時代引發了兩次世界大戰，就像智人取代了尼安德塔人。但你會因爲隨後而來的結果就讓時光倒轉嗎？你能嗎？進步是無可避免的，而且那是善的力量。」

史萊德瞄一眼肩膀的穿入傷口，摸一摸，皺了一下臉，隨後又再次看著巴瑞。「你想談毀滅？那麼人類受到靈長動物感官的侷限，不得不封閉在這小小魚缸裡，封閉在這個可笑的生命中，你又怎麼說？人生是受苦的過程，但是並不一定非如此不可。你既然能改變女兒死亡的事實，又何必強迫自己接受？爲什麼一個垂死之人不能帶著豐富的智慧與知識回到年輕時代，而非得苟延殘喘度過最後時光？既然你能回到過去阻止悲劇發生，又爲什麼要讓它上演？你在捍衛的不是現實，而是一座監獄、一個謊言。」史萊德轉而看著海倫娜。「這個妳是**知道的**。妳非得明白不可。妳爲人類引進了一個新時代，讓我們再也無須經歷痛苦與死亡，讓我們能有**無數的**體驗。相信我，當妳活過數不盡的人生之後，妳的觀點也會改變。妳讓我們得以逃脫感官的限制，妳拯救了所有的人。**那張椅子**是妳留給後世的大禮。」

「我知道你在舊金山對我做了什麼。」海倫娜說：「我是說在原始時間軸裡。」史萊德定定看著她，眼睛眨都沒眨。「當你告訴我你如何意外發現椅子的功能時，卻沒提你殺了我。」

「但妳還在這裡啊。死亡再也支配不了我們。這是妳一生的成就，海倫娜，妳就欣然接受吧。」

她說：「你總不至於認爲可以把記憶椅放心地交給人類吧。」

「想想它能做多少好事。我知道妳想利用這項技術幫助人，幫助妳母親。妳可以在她去世前，在她的心智逐漸敗壞前，回到她身邊。妳可以救回她的記憶。我們可以解除智雲與謝爾蓋遭殺害的事實。就好像一切從未發生過。」他的笑容充滿痛苦。「妳難道看不出那會是個多美妙的世界？」

她朝他靠前一步。「你說得也許沒錯，也許在某個世界裡，這張椅子能讓所有人過得更好。但這不重要。重要的是，你也可能是**錯的**。重要的是，我們不知道一般人會怎麼利用這項知識。我們只知道一旦有夠多人得知椅子的事，或是得知如何打造它，就沒有回頭路可走了。椅子成爲眾所周知的事將會不斷循環，我們永遠逃脫不了。接下來的每條時間軸裡，它都會繼續存在。從今往後，我們將會讓人類萬劫不復。我寧可錯失創造豐功偉業的機會，也不想冒險孤注一擲。」

史萊德又露出那副「妳想不到我知道些什麼」的微笑，不禁讓她回想起與他在鑽油平台上共度的年月。

他說：「妳還是受到各種限制所蒙蔽，仍然看不清全貌。或許妳永遠也看不清吧，除非能像我這樣穿梭……」

「什麼意思？」

他搖搖頭。

「你在說什麼，馬可士？『像我這樣穿梭』是什麼意思？」

史萊德只是瞪著她沒說話，血繼續流著，這時量子處理器的隆隆聲逐漸停息，室內頓時安靜下來。

電腦螢幕一一變暗，正當巴瑞以狐疑的眼神望著海倫娜，所有的燈光突然閃了幾下後全滅了。

巴瑞　二〇一八年十一月七日

他看到海倫娜、史萊德和椅子的殘影。

隨後便什麼也看不見。

實驗室一片漆黑。

除了他心怦怦跳的聲音外，四下俱寂。

在正前方，幾秒鐘前史萊德坐的地方，巴瑞聽見有人爬過地板的聲響。霰彈槍一記爆破，在震耳欲聾的瞬間照亮了室內，雖然轉瞬即逝，已足以讓巴瑞看見史萊德消失在門外。

巴瑞猶豫地往前一步，剛才海倫娜開槍時的槍口閃焰讓他還有點眼花，黑暗中微微帶著橘色。周遭建築物的光線悄悄從走廊窗戶流洩進來，門口終於具體成形。

槍響造成的耳鳴稍稍恢復後，巴瑞便聽見倉促的腳步聲奔過走廊。方才在黑暗中只有幾秒鐘時間，他不認爲史萊德來得及去撿手槍，但又不敢確定。史萊德應該是拚了命衝向其中一道樓梯間，這個可能性比較大。

門口響起海倫娜的聲音，小小聲地說：「看見他了嗎？」

「沒有，妳先別動，我去看看情況。」

他從窗邊跑過去，窗外是曼哈頓的雨夜。同一層樓，不知從哪傳來**嗒—嗒—嗒**的聲音，像有人在打小鼓。

他轉過下一個轉角後，伸手不見五指，快到主廊時，腳下不知踢到什麼東西。

他彎下身，摸到史萊德身上沾滿血的背心。他還是什麼都看不見，卻聽得出破了洞、無法完全充飽氣的肺發出尖細的咻咻聲，還有個更微弱的聲音，是史萊德淹溺在自己血液中，喉嚨發出的汩汩聲。

他頓時感到不寒而慄，隨即手扶著牆面，來到走廊交叉口。

有一會兒，他只聽見史萊德在身後奄奄一息。

忽然間，有個東西颼地掠過他的鼻尖，重重一聲打進他背後的牆壁。

滅音槍響與槍口火花讓他發現電梯間有六、七名警員，全部戴著戰術頭盔、身穿防彈衣，攻擊性武器荷在肩上。

巴瑞縮身退回轉角，高喊道：「我是紐約市警局薩頓警探！第二十四分局！」

「巴瑞？」

他認得那個聲音。

「小關？」

「你在搞什麼，巴瑞？」並隨即對四周的人說：「我認識他，我認識他！」

「妳怎麼會在這裡？」巴瑞問。

「我們接獲通報，說這裡發生槍擊案。**你**又怎麼會在這裡？」

「小關，把妳的人弄出去，讓我……」

「他們不是我的人。」

「那是誰的？」

走廊另一頭傳來低沉的男性聲音。「我們的無人機偵測到你背後某個房間裡有熱訊號。」

「那不會造成威脅。」巴瑞說。

「巴瑞，你得讓這些人做他們該做的事。」小關說。

「他們是誰？」巴瑞問。

「能不能請你站出來和我們談談？我會自我介紹。你這樣搞得所有人都很緊張。」

他希望海倫娜察覺到情況不對，已經逃跑了。他得為她多爭取一點時間。只要她能回到雷德胡克區的實驗室，四個月後，就能將椅子打造完成，然後回到今天來導正這一切。

「妳沒聽懂我的意思，小關。帶著所有人回到地下停車場，然後離開。」巴瑞回頭衝著走廊另一端實驗室的方向大喊：「海倫娜，快跑！」

走廊那頭開始響起裝備摩擦碰撞的聲音，他們正朝著他移動。

巴瑞從轉角伸出槍，朝天花板開了一槍。

對方立即報以反應過度的回擊，他四周的走廊範圍陷入一陣槍林彈雨。

小關高喊：「**你不想活了嗎？**」

「海倫娜，快走！離開這棟大樓！」

這時候有樣東西滾過走廊，約在距離巴瑞一米外停住。他都還來不及思索，閃光彈便爆裂開來，一道細長的眩目火光射出，煙霧瀰漫，他眼前亮晃晃的一片白，尖銳的耳鳴導致聽覺暫時失靈，阻隔了外界所有雜音。

被第一顆子彈打中時，他絲毫不覺得痛，只感受到撞擊力。

接著第二顆、第三顆相繼而來，撕裂他的腹側、大腿、手臂，開始覺得痛的時候，他忽然想到這次不會有海倫娜來救他了。

第四部

控制過去的人控制了未來。控制現在的人控制了過去。

——喬治・歐威爾，《一九八四》

海倫娜 二〇一八年十一月十五日—二〇一九年四月十六日

【第八天】

這樣的監禁奇怪無比。

地點是薩頓廣場附近的一房公寓，天花板挑高，十分寬敞，擁有價值百萬美元的景觀，可以眺望五十九街大橋、東河，以及遠處不規則蔓延的布魯克林與皇后城區。

她不能使用電話、網路，或任何與外界聯絡的方式。

牆上裝設了四部監視器，監看著房內的每一寸空間，就連她睡覺時，上方也亮著錄影的紅燈。

看守她的是一對男女，名叫阿隆佐與潔西卡。他們表現得冷靜鎮定，一開始便已緩和她的緊張情緒。

第一天，他們讓她坐在客廳裡，對她說：「我們知道妳有很多問題，但我們無法回答。」

海倫娜照問不誤。

巴瑞怎麼樣了？

是誰去突襲史萊德的大樓？

是誰把我關在這裡？

潔西卡向前傾身說：「我們只是高價的獄卒，好嗎？如此而已。我們不知道妳爲什麼會在這裡，也**不想**知道。但是如果妳不找麻煩，那我們，還有其他和我們一起工作而妳永遠見不到的人，也不會找麻煩。」

他們為她供應三餐。

每隔一天，他們會跑一趟雜貨店，將她寫在清單上的東西全部買回。表面上，他們十分友善，但無可否認，他們眼中帶著一種冷酷，不對，是一種淡漠，讓她確信一旦接獲命令，他們對她絕不手軟。

她每天早上第一件事就是看新聞，每播完一個週期，ＦＭＳ所占的版面也會隨之縮小，因為總有源源不絕的悲劇事件與醜聞與名人八卦。

又有一所學校發生槍擊案，奪走十九條人命，這是「大彎曲」出現以來，ＦＭＳ第一次沒有占據頭條版面。

在公寓度過的第八天，海倫娜坐在廚房中島，邊吃墨西哥蛋餅當早餐，邊看著陽光從俯臨河景的窗戶灑進來。

今天早上，她在浴室照鏡子，檢視額頭上縫合的傷口與黑黑黃黃、逐漸轉淡的瘀傷，這是她試圖逃離史萊德大樓時，在樓梯間被一名特警敲昏後留下的。

疼痛雖逐日減緩，恐懼與不確定感卻與日俱增。

她慢慢吃著，盡量不去想巴瑞，因為一想到他的臉，她此刻所面臨的悲慘無助會變得難以忍受，對於自己境況的一無所知更讓她想放聲尖叫。

門鎖轉動了，海倫娜望向短通道另一邊的門廳，只見大門打開，出現了一個直到目前為止只存在於一段失效記憶中的男子。

拉傑許．阿南德對玄關的某個人說：「把門關上，關掉監視器。」

「不會吧，拉傑許？」她跳下廚房中島旁的椅凳，來到玄關連接客廳的地方迎接他。「你怎麼會在這裡？」

「來看妳啊。」他注視海倫娜的眼神多了一份自信，是他們在鑽油塔上一起工作時所沒有的。歲月增添了他的風采，鬍子刮得乾乾淨淨的臉龐更顯俊秀。他穿著西裝，左手提著公事包，臉上露出眞誠的笑容，棕色眼睛的眼角都笑皺了。

他們移步客廳，相對而坐，各坐在一張皮沙發上。

「在這裡過得還舒服嗎？」他問。

「拉傑許，這是怎麼回事？」

「妳被留置在安全屋裡。」

「誰下的命令？」

「國防高等研究計畫署。」

她的胃緊縮起來。「高研署？」

「需要我提供什麼東西給妳嗎，海倫娜？」

「答案。我被捕了嗎？」

「不是。」

「那麼是被拘禁了。」

他點點頭。

「我要找律師。」

「不可能。」

「怎麼不可能？我是美國公民。這樣不是違法嗎？」

「也許。」

拉傑許拎起公事包放到桌上。黑色皮革有幾處已經磨破，黃銅零件也嚴重變色。「我知道看起來很不體面。」他說：「這是我父親的包，他在我出發來美國那天送給我的。」

他開始東摸西摸試著開鎖時，海倫娜說道：「在十七樓的時候有個男人和我在一起……」

「巴瑞・薩頓。」

「他們不肯告訴我他怎麼樣了。」

「因為他們不知道。他死了。」

她知道。

這一整個星期被關在這座豪華監獄裡，她就有強烈的直覺。

但還是令她心碎。

哭泣時，哀傷得五官都揪成一團，她可以感覺到額頭上縫線的拉扯力道。

「我真的很遺憾。」拉傑許說：「他對特警隊員開槍啊。」

海倫娜拭去淚水，目光炯炯瞪著桌子對面的他。

「你是怎麼攪和進來的？」

「當時放棄我們在史萊德的鑽油平台上的計畫，是我這一生最大的錯誤。我以為他瘋了。我們都這麼以為。十六個月後，有一天晚上我流著鼻血醒來。我不知道是怎麼回事，也不知道那代表什麼意義，總之我們在平台上共度的時光，全部變成了假記憶。我這才領悟到妳完成了一件了不起的事。」

「這麼說你那時候就知道椅子的作用了？」

「不，我只是懷疑妳找到某種改變記憶的方法。我也想參與，便設法想找妳和史萊德，不料你們倆都人間蒸發了。當僞記憶症候群大規模爆發，我就去了一個地方，我知道他們會對我的說詞感興趣。」

「找上高研署？你眞以爲這是**好主意**？」

「所有的政府單位都搞不清楚狀況。疾管中心想找一個不存在的病原體，蘭德公司有個物理學家則寫了一篇備忘錄，主張FMS可能是時空的微變化。不過高研署相信我。我們開始追蹤FMS患者，與他們面談。上個月，我找到一個人，據說曾經坐上一張椅子，被送回過去的一段記憶。他只知道地點在曼哈頓的某間旅館。我很清楚這要不是妳就是史萊德，再不然就是你們兩人聯手。」

「你爲什麼要拿這個去找高研署呢？」

「因爲錢和資源。我帶了一組人來紐約，開始尋找那間旅館，但沒找著。後來『大彎曲』出現後，我們聽到風聲，說紐約警局特警隊計畫突襲中城的一棟大樓，因爲可能和FMS有所關連。於是我的組員就接手了。」

海倫娜從窗口望向河對岸，太陽曬得她的臉暖洋洋。

「妳本來和史萊德合作嗎？」拉傑許問。

「我是想阻止他。」

「爲什麼？」

「因爲那張椅子很危險。你用過了嗎？」

「我做了一些鑑定。主要是做好準備，以便加快運作的速度。」拉傑許彈開公事包的鎖。「其實，我明白妳的憂慮，但我們眞的可以用妳。我們有太多不明白的地方。」他從公事包拿出一疊紙，丟到矮桌上。

「這是什麼？」她問道。

「聘雇合約。」

她抬頭看著拉傑許。「你沒聽到我剛才說什麼嗎？」

「他們知道椅子能讓人返回記憶之後，妳眞以爲他們會棄之不用？那個精靈是永遠回不到瓶子裡去了。」

「那不代表我就得幫他們。」

「可是只要妳願意，身爲這項技術的發明天才，妳會受到對等的待遇。妳將會占有一席重要之地，成爲創造歷史的人。這是我的提議。可以算妳一份嗎？」

海倫娜露出可能傷人的鋒利笑容看著桌子對面。「你可以去死。」

【第一〇天】

外面下著雪，窗台上已經積了一寸高的鬆軟白雪。五十九街大橋上的車輛龜速前進，但隨著降雪強弱不定，大橋本身也忽隱忽現。

早餐過後，潔西卡打開門鎖，並要她更衣。

「爲什麼？」海倫娜問。

「馬上去。」潔西卡說。這是他們在一起這十天來，海倫娜第一次從他們兩人口中聽到威脅的口吻。

搭乘貨梯來到地下停車場後，發現那裡停了一排質樸的黑色雪佛蘭Suburban。

他們走皇后區－中城隧道，像是往拉瓜迪亞機場方向，海倫娜暗忖是不是要飛到什麼地方去，卻又不敢開口問。但他們經過了機場，繼續往法拉盛去，通過中國城色彩繽紛的店面，最後駛進一群毫無特色可言的低矮建築物。

下車後，阿隆佐拉著海倫娜的胳臂，帶她沿步道走到大門口，通過了雙開門之後，將她交到服務台旁，有個相當高大的男子（至少兩百公分左右）就站在那裡等候。

他用深沉嗓音說了一句「我會傳訊息給你」遣退阿隆佐，便將注意力轉到海倫娜身上。

「妳就是那位天才囉？」男子問道。他留了一把十分壯觀的鬍子，濃密的深色眉毛連成一線，宛如額頭下方的一道屏障。他伸出手來，說道：「我叫約翰．蕭。歡迎來到高研署。」

「您在這裡擔任什麼職務呢，蕭先生？」

「應該可以說是負責人吧。跟我來。」他說著便往安檢哨站走，她卻沒動。走了五步後，他回頭瞄她一眼。「這不是建議，海倫娜．史密斯博士。」

他拿出通行證讓兩人通過了滑動的玻璃門，然後帶她走過一條鋪著厚羊毛地毯的廊道。這棟建築外觀看似一棟粗陋的辦公大樓，不料內部燈光暗淡加上實用主義的裝潢設計，徹頭徹尾就是一座沒有靈魂的政府迷宮。

他說：「我們掏空了史萊德的實驗室，把所有東西都搬到這裡來，以便適當保存。」

「我無意幫你們，拉傑許沒有傳達我的想法嗎？」

「他傳達了。」

「那爲什麼我會在這裡？」

「我想讓妳看看我們在做什麼。」

「如果和使用椅子有關，我沒興趣。」

他們來到一道旋轉門，旁邊是一整片看似堅不可摧的玻璃，還配備了生物辨識保全系統。蕭低頭看著海倫娜，畢竟他足足高出她至少三十公分。在其他情況下，他或許會顯得和善，但此時此刻看起來卻是極度惱怒。

他又開口說話，Altoids 肉桂喉糖的氣味朝她飄來。「我希望妳明白，全世界沒有一個地方比那道玻璃的另一邊更安全了。看起來也許不像，但這棟建築扎扎實實是座堡壘，而且在高研署，祕密不會外洩。」

「那道玻璃阻擋不了那張椅子。什麼都阻擋不了。你到底爲什麼想要它？」

他的右側嘴角翹了起來，有那麼一刻，她瞥見了他眼中的冷酷狡詐。

「幫我一個忙，史密斯博士。」蕭說。

「什麼忙？」

「接下來這一個小時，請妳盡量敞開心胸。」

這間實驗室是海倫娜至今所見最先進的一間，椅子和剝奪槽並排而立，在泛光燈的強光照射下宛如重點展覽品。

他們進入時，拉傑許已經坐在終端機旁，他身後站著一位二十五、六歲的女子，身穿黑色軍服與軍靴，手臂上覆滿刺青，一頭黑髮往後紮成馬尾。

蕭帶著海倫娜朝終端機走去。

「這位是蒂莫妮・羅迪蓋茲。」

女兵向海倫娜點了點頭。「這位是？」

「海倫娜・史密斯。這些都是她發明的。拉傑許，現在怎麼樣了？」

「正在全力以赴。」他坐著旋轉椅轉過身來，抬頭看著蒂莫妮問道：「準備好了嗎？」

「應該可以了。」

海倫娜看著蕭。「怎麼回事？」

「我們要送蒂莫妮回到過去的記憶。」

「爲了什麼目的？」

「妳等著看吧。」

海倫娜轉向蒂莫妮。「妳知道他們打算在那個水槽裡殺死妳嗎？」

「蕭和拉傑許帶我來的時候，已經向我簡單說明過一切。」

「他們會麻醉妳，讓妳的心跳停止。我經歷過四次，所以可以向妳保證那是個痛苦不堪的過程，而且是避不掉的。」

「知道了。」

「妳所做的改變會影響到其他人，並爲他們帶來各種痛苦。那是他們還沒準備好要承受的痛苦。妳認爲妳有權利這麼做嗎？」

沒有人答覆海倫娜的問題。

拉傑許起身指向椅子。「坐吧，蒂莫妮。」

他從終端機旁的櫃子抓起一頂銀色瓜皮帽頭罩，拿到椅子那邊去，然後替蒂莫妮戴上，並動手爲她繫緊下顎帶。

「這是再活化的裝置？」蒂莫妮問道。

「沒錯。它會配合MEG顯微鏡記錄記憶。然後當妳移到剝奪槽時，它會儲存神經模式，以備刺激器進行再活化。」他將MEG拉低放到頭罩上。「妳想過要記錄哪段記憶了嗎？」

「蕭說他會給我一點指引。」

「我這邊只有一個限制，就是至少要是三天前的記憶。」蕭說。

拉傑許打開椅子頭靠的內嵌隔間，拉出一串鈦金屬伸縮桿，然後將伸縮桿鎖定在MEG顯微鏡外部的座體。

他說：「記憶不必很長，只需要清晰鮮明。痛苦和喜悅是不錯的標記點，強烈情緒也是。對吧，海倫娜？」

她一聲不吭。她最恐怖的噩夢正在眼前展開——椅子進了政府的實驗室。

拉傑許走向電腦終端機，備妥一個新的記錄檔案，並拿了一個充當遙控器的平板過來。

他往蒂莫妮旁邊的椅凳坐下，說道：「記錄記憶，尤其是一開始，最好的方法就是把它說出來。盡量深入一點，不要只是妳看到或感覺到的表面。要想提取鮮明的記憶，聲音、味道和氣味都十分重要。妳準備好就可以開始了。」

蒂莫妮閉上眼睛，深深吸了口氣。

她回想起格林威治村自己常去的一間威士忌酒吧，她就站在銅面吧台邊，等候她點的波本。有名女子從她旁邊擠進來，向酒保打了個手勢，卻撞到蒂莫妮，因爲靠得很近，蒂莫妮甚至可以聞到她的香水味。女子轉頭道歉，兩人就這麼互相凝視了三秒鐘。蒂莫妮知道自己這幾天就要爬進水槽受死，一想到這個，她既興奮又害怕。事實上，她那天晚上出去喝酒正是因爲需要一點肉體接觸。

「她的皮膚是咖啡奶油色，她的嘴唇簡直令我銷魂。我滿腦子只想撫摸她。天哪，我多需要來點床上的激情，不過我只是微笑著說：『沒關係，不必在意。』人生總是充滿成千上萬，像這樣的小懊悔，不是嗎？」

蒂莫妮睜開眼。「怎麼樣？」

拉傑許舉起平板給所有人看——突觸數：一五六。

「這樣夠嗎？」蕭問。

「只要高於一百二就是安全範圍。」

他將輸液管插入蒂莫妮的左前臂，再裝上注射座。接著蒂莫妮脫去軍服，往水槽走去。

拉傑許打開槽門後，由蕭扶著她爬入。

蕭看著自己的軍人漂浮在鹽水中，說道：「我們討論過的事，妳都記得吧？」

「記得。只是不知道會是什麼情況。」

「老實說，我們都不知道。我們到另一邊見了。」

拉傑許關上槽門，移身終端機旁。蕭坐在他旁邊，海倫娜也過來看螢幕。再活化的標準程序已啓動，拉傑許再次確認羅庫諾林與硫噴妥鈉的劑量。

「蕭先生？」海倫娜說。

他抬頭看她。

「現在，全世界只有我們能控制這張椅子。」

「但願如此。」

「我懇求你，要懂得節制。到目前爲止，使用它的結果都只有混亂與痛苦。」

「也許是因爲落入不當的人手上。」

「人類沒有足夠的智慧來操控這種力量。」

「我現在就要證明妳錯了。」

她必須加以阻止，然而門外站著兩名武裝警衛，她一旦輕舉妄動，只消幾秒鐘就會被制伏。

拉傑許拿起頭罩，對著麥克風說：「再十秒鐘就開始了，蒂莫妮。」

喇叭傳出女兵急促的呼吸聲。**「我準備好了。」**

拉傑許啓動注射座。史萊德的設備比起他們在鑽油塔的時候大有進步，當時需要有醫生在場，負責監看受試者的情形與指示刺激器的發射時間。現在這個新軟體能根據即時的生命跡象回報，讓施藥程序全自動化，而且只有在偵測到二甲基色胺釋出，才會啓動電磁刺激器。

「要多久才會轉移？」蕭問道。

「要看她身體對藥物的反應情形。」

羅庫諾林射出，三十秒後換成硫噴妥鈉。

蕭傾身湊向螢幕，分割畫面的左側顯示了蒂莫妮的生命跡象，右側則是夜視攝影機拍攝她在水槽內的影像。

「她的心跳破表了，可是看起來還是那麼冷靜。」

「如果你心跳停止又窒息，也會是這樣。」海倫娜說。

他們全都盯著蒂莫妮那條轉為平直的心跳曲線。

幾分鐘過去了。

蕭的側臉流下一行汗水。

「需要這麼久嗎？」他問道。

「要。」海倫娜說：「心跳停止到真正死亡就需要這麼久。我可以保證，她會覺得更久更久。」

顯示刺激器狀態的監視器閃出警語：**偵測到DMT釋出**。蒂莫妮的大腦影像原本黑黑暗暗，此時爆出一場活動的燈光秀。

「刺激器發射了。」拉傑許說。

十秒後，新的警報取代了DMT那條訊息：**記憶再活化完成**。

拉傑許望向蕭，說道：「隨時都可能……」

剎那間，海倫娜已不在終端機旁，而是坐在實驗室另一邊的會議桌前。她流著鼻血，頭陣陣抽痛。

蕭、拉傑許和蒂莫妮也圍坐在桌邊，除了蒂莫妮，其他人也都在流鼻血。

蕭大笑起來。「我的天啊。」他看著拉傑許。「成功了。真他媽的成功了！」

「你們做了什麼？」海倫娜問，一面仍努力地釐清失效記憶與新的真實記憶。

「想想兩天前的校園槍擊事件。」拉傑許說。

海倫娜試著回想這幾天早上在公寓看到的新聞報導：大批學生從學校疏散；學生用手機拍攝的恐怖畫面，披露了事件發生時餐廳內的混亂場面；震驚的家長哀求政治人物採取行動，千萬不要讓悲劇重演；執法人員的案情簡報、不眠不休……

結果什麼也沒發生。

那些都已成為失效的記憶。

取而代之的是，當槍手揹著一把AR－一五自動步槍，提著一只裝滿自製炸彈、手槍與五十個高性能彈匣的黑色雜物袋，步上學校階梯時，在距離將近三百公尺外，有一把M四〇步槍射出了一發七．六二北約彈，穿入他的後腦杓後，再從他的左鼻腔穿出。

過了二十四小時之後，原本可能成為校園殺手的嫌犯依然身分不明，倒是那個取他性命的匿名狙擊手，被全世界當成英雄稱頌。

蕭看著海倫娜。「妳的椅子救了十九條人命。」

她無言以對。

他說：「我知道，可能會有人主張應該將椅子從地表上連根拔除，因為它違反了自然秩序。可是它剛剛救了十九個孩子，也抹去了他們家人無法言喻的傷痛。」

「那是……」

「扮演上帝嗎？」

「對。」

「但是妳有那份力量卻**不**插手，不也一樣是在扮演上帝嗎？」

「我們不應該有那份力量。」

「但我們就是有，多虧了妳發明的那樣東西。」

她不禁頭暈起來。

「妳好像只看到妳的椅子可能造成的傷害。」蕭說：「妳最初開始做研究，早在妳拿老鼠做實驗的時候，引導妳的目標是什麼？」

「我一直對記憶很感興趣。在母親得了阿茲海默症後，我就想打造一個能挽救核心記憶的東西。」

「妳已經遠遠超越那個目標了。」蒂莫妮說：「妳不但救了記憶，還救了人命。」

「妳問我爲什麼想要這張椅子，」蕭說：「希望今天的事能讓妳窺見我是什麼樣的人、我想做些什麼。回家去吧，好好享受這一刻。那些孩子能活下來都是妳的功勞。」

回到公寓後，她在床上坐了一下午，看即時新聞報導那起「被解除」的校園槍擊案。原本遇害的學生站在鏡頭前，敘述自己被槍殺的假記憶。一名父親淚流滿面地講述自己前往停屍間認兒子的屍，一位頹喪的母親則說她正在準備女兒的後事，卻忽然轉移到開車送她上學的時刻。

海倫娜發現有一位原本遇害的學生，微微顯露出錯亂的眼神，她不由得納悶，是否只有她看見了。

她目睹世人試著去接受這些不可能的事，一面暗忖一般大眾心裡是怎麼想的。

宗教學者提及了奇蹟頻頻出現的古代。他們推測我們又回到那樣的時代，還說這可能是耶穌再臨的前兆。

當民眾絡繹不絕上教會之際，頂尖科學家卻只能提出「世人正在經歷另一個『集體記憶事故』」的說法。雖然他們談到現實的替換與時空的分解，神情卻比宗教人士更迷惑而驚慌。

她一再想起蕭在實驗室對她說的那句話：**妳好像只看到妳的椅子可能造成的傷害**。的確，至今爲止她考慮的都是潛在的傷害，而且自從去了史萊德的鑽油塔後，這份恐懼便成了她人生軌道的指標。

當夜色降臨曼哈頓，她站在落地窗前望向五十九街大橋，橋上鋼架已亮起燈，倒映在東河水面上，一圈圈光彩閃耀，氣象萬千。

她看著眼前景象，品嘗著改變世界的滋味。

【第二天】

次日上午，她被送到皇后區的高研署大樓，蕭又再次在安檢門外等她。回實驗室途中，他問她：「妳昨晚看新聞了嗎？」

「看了一點。」

「感覺很好吧？」

進了實驗室，發現蒂莫妮、拉傑許和兩名海倫娜從未見過的男子坐在會議桌旁。蕭爲她介紹新人，一個是海軍海豹部隊的年輕隊員，名叫史提夫，蕭形容他與蒂莫妮是互補關係，另一人打扮十分光鮮，身穿訂製的黑色西裝，名叫亞伯特·紀尼。

「亞伯特是從蘭德公司投奔來此的。」蕭說。

「椅子是妳設計的？」亞伯特邊與她握手邊問。

「很不幸，正是。」海倫娜說。

「很驚人啊。」

她挑了一張沒人坐的椅子坐下，蕭則走到首位去，站在那裡端詳在場的人。

「歡迎各位。」他說：「上星期，我已經個別和你們每個人談過我的組員修復的記憶椅。昨天下午，我們成功地運用椅子改寫了馬里蘭州校園槍擊案的結果。現在，有一派觀點認為這樣東西具有絕對的威力，不能輕易交付給我們，這個看法我尊重。史密斯博士，我無意代妳發言，但就連發明椅子的妳也是這麼想。」

「沒錯。」

「我有不同看法，經過昨天的事以後又更加堅定了。我認為世界的科技日新月異，椅子交託給我們是為了找到最好的運用方式，讓人類能永續發展，過更美好的生活。我相信這張椅子擁有極大的潛力，能為世人創造福祉。

「除了史密斯博士之外，這裡有蒂莫妮・羅迪蓋茲和史提夫・克勞德，美軍有史以來最勇敢也最能幹的兩名軍人；有拉傑許・阿南德，負責找到椅子的人；有亞伯特・紀尼，蘭德公司的系統理論學家，聰明絕頂；還有我，身為高研署副署長，我有豐富的資源能在絕對機密的掩護下，建立一個新計畫，就從今天開始。」

「你打算繼續使用椅子？」海倫娜問。

「當然。」

「什麼目的？」

「我們團隊的任務宗旨必須由我們共同擬訂。」

亞伯特問道：「所以說你把我們當成像智囊團一樣。」

「正是。至於使用準則，也要由我們一起決定。」

海倫娜把椅子往後一退，站起身來。「我不會加入。」

蕭從首位抬頭看她，下巴緊繃起來。

「這個團隊需要妳的聲音，妳的懷疑。」

「我不是懷疑。沒錯，昨天我們救了人，但是這麼做的同時，也在數百萬人心中製造了假記憶與困惑。每使用一次椅子，人類處理現實的方式就會改變一次。我們根本不知道長期下來會有什麼影響。」

「我問妳一件事。」蕭說：「那十九名學生後來**沒有**遇害，妳覺得現在有哪個正常人感到傷心嗎？我們並不是想要讓好與壞的記憶互換，或是隨意改變現實，我們在這裡只有一個目的，就是解除人類的痛苦。」

海倫娜往前傾身。「這和馬可士．史萊德利用椅子的態度並無不同。他想改變我們體驗現實的方式，但在實際執行的層面上，他讓人回到過去修正自己的人生，這對某些人是好事，對另外一些人卻是**天大禍事**。」

亞伯特說：「海倫娜的擔憂不無道理。現在已經有不少文獻在探討FMS對大腦的影響、記憶儲存過剩的問題，以及精神疾病患者出現假記憶的現象。我建議成立一個小組，搜尋所有關於這個議題的重大報告，那麼就能在掌握最新資訊的同時有所進展。理論上，如果將幹員被送回去的記憶年齡加以限制，那麼真假時間軸之間產生的認知失調也會得到控制。」

「理論上？」海倫娜問：「如果想要改變現實的本質，不是應該進一步掌握更多資訊，而不只是停留在理論層面嗎？」

「亞伯特，你這是在建議我們排除返回遙遠的過去？」蕭問道。「說實話我這裡有一份清單，」——他摸了摸一本黑色皮革記事本——「二十和二十一世紀的虐行與災難都列在上面。我隨便舉個例子，假如我們找到一個曾經接受過狙擊訓練的九十五歲老人呢？一個心思敏銳，記憶力清晰的老人。海倫娜，妳覺得把人送回過去，最好是回到幾歲以後？」

「我眞不敢相信我們竟然在討論這個。」

「只是說說罷了。在這張會議桌上，什麼想法都是好的。」

「女性大腦會在二十一歲完全成熟，」她說：「男性會晚幾年。但十六歲應該就能應付得來，這也是需要測試才能確定。如果把人送回到太年輕的記憶，他們的認知功能會徹底瓦解。將成人的意識塞進尚未發育完全的大腦，恐怕會很慘。」

「蕭，你話中的意思和我所想的一樣嗎？」亞伯特問道：「你該不會是要派幹員回到四十、五十、六十年前，趁獨裁者謀害數百萬人之前先暗殺他們？」

「或是**阻止**某個殺人事件，以免觸發歷史大悲劇——例如加夫里洛·普林西普，一個波士尼亞的塞爾維亞人，他在一九一四年謀殺了斐迪南大公，繼而引發一連串骨牌效應，最後導致第一次世界大戰爆發。我只是提出一個可能性供大家討論。我們現在正和一部威力卓絕的機器共處一室呢。」

眾人頓時沉默不語，陷入沉思。

海倫娜往後靠到椅背上，只覺得心跳飛快，口乾舌燥。

她說：「我之所以還坐在這裡只有一個原因，那就是這裡需要一個理性的聲音。」

「我再同意不過了。」蕭說。

「改變過去幾天的事件是一回事。不過別弄錯我的意思，那畢竟還是很危險，你們絕不能再重蹈覆轍。至於拯救半世紀以前的數百萬條人命，又完全是另一回事了。我做個假設，純粹爲了討論之便，如果我們想出方法阻止第二次大戰發生，會怎麼樣？如果因爲我們的行動，原本應該死亡的三千萬人活過來了，會怎麼樣？也許你們覺得聽起來很棒，但再仔細想想。你要如何評估那些死去的人可能是好還是壞？誰敢說像希特勒、史達林或赤柬領導人波布這些人的獸行，不是阻止了另一個更可怕的人面禽獸崛起？就算退一萬步來說，這種規模的變化肯定會對現在造成超乎想像的改變。它會抹去數百萬人的婚姻與誕生。若沒有希特勒，有一整個世代的移民根本不會來美國。或者說得更簡單一點，如果你曾祖母的高中情人沒有死於戰場，她就會嫁給他，而不會嫁給你曾祖父。你的祖父母就不會出生，你的父母也不會出生，你更不會出生──這麼淺顯的道理連白癡都懂。」

她看向桌子對面的亞伯特。「你是系統理論家吧？你能推演出任何一種模型，稍微預測這種程度的改變會對全球人口造成什麼影響嗎？」

「我是可以建立一些模型，但誠如妳所說，數據如此龐大，要追蹤因果幾乎是不可能。我同意妳的說法，我們太貼近始料不及定律了，十分危險。這還眞像是個快問快答的假想實驗。」

「如果我們做了什麼事，使得英國沒有加入對德的戰爭，那麼艾倫．圖靈，電腦與人工智慧之父，就不會被迫去破解德軍的加密技術。沒錯，他可能還是會爲我們現代這個微晶片導向的世界打下基礎，但也可能不會，或者貢獻沒那麼大。而這一切保護我們的科技拯救過多少人呢？比第二次大戰死去的人還多嗎？這些假設會像滾雪球一樣，無窮無盡愈滾愈大。」

蕭說：「明白了。我們需要的就是這類的討論。」他看著海倫娜。「所以我才希望妳留下來。妳阻止不了我運用那張椅子，但也許妳能幫助我們明智地運用。」

【第一七天】

第一個星期，他們絞盡腦汁討論出基本規則——

只有受過訓練的幹員能使用椅子，例如蒂莫妮與史提夫。

絕不能利用椅子來改變組員個人或其親友的過去事件。

絕不能利用椅子將幹員送回五天以前的過去。

椅子只能用來解除想像不到的悲劇與災難，而且是只須靠一名幹員以匿名方式就能輕易解決的事。

凡是要使用椅子，都必須投票表決。

亞伯特最先給小組起名爲「反轉超慘鳥事部」，但和其他許多名稱一樣，原本只是惡作劇的玩笑話，卻因爲沒有快速正名，也就沿用下去了。

【第二五天】

一週後，蕭提出下一趟任務的對象人選供組員考慮，甚至還帶了照片來補充說明。

二十四小時前，在懷俄明州的藍德爾，有個十一歲女孩被發現陳屍在自己的臥室裡，詭異的是犯案手法和另外五起兇殺案很類似，而那五起命案分別在八週的時間內發生於美西的幾個偏遠城鎮。

歹徒是在深夜十一點到凌晨四點之間，利用玻璃切割刀侵入臥室。他封住被害人的嘴巴後加以性侵，這段時間女孩的父母就睡在走廊對面的房間，卻渾然不覺。

「和前幾樁案件不同的是，」蕭說：「之前的被害人都是在數天或數星期後才被發現，這次兇手直接把女孩留在床上，蓋在被子底下，隔天早上父母親就發現了。也就是說命案發生的時間有確切的範圍，也有確切的地點。這個禽獸不如的傢伙會再重施故技，幾乎是毫無疑問。我想提議使用椅子，請各位投票表決，我投贊成。」

蒂莫妮和史提夫也立刻舉手贊成。

亞伯特問道：「你打算讓史提夫怎麼解決兇手？」

「什麼意思？」

「唔，可以有低調安靜的做法，讓他攔截那個傢伙之後帶到荒郊野外，挖個坑埋了，永遠不會被發現。也可以有高調聲張的做法，就是讓殺人嫌犯被割喉的屍體，出現在他正要爬進去的窗戶底下的矮樹叢中，手裡還拿著玻璃切割刀和刀子。若是高調聲張，事實上就等於宣布我們這個反轉超慘鳥事部的存在。或許應該宣布，也或許不應該。我只是提出問題。」

海倫娜一直瞪著照片看，她這輩子從未見過如此令人心驚的景象，她的理智正在悄悄瓦解。此時此刻，她只想讓做這件事的人受折磨。

她說：「我選擇我們拆掉這間實驗室，抹除伺服器。但如果你們決定放手去做——我明白我阻止不了你們——那麼就殺了這個畜生，把他的屍體和犯案工具留在女孩的窗子底下。」

「爲什麼，海倫娜？」蕭問道。

「因爲如果民眾知道在這些現實轉移的背後有某個人、某個實體存在，那麼這份意識也會讓你們的工作蒙上一層神祕色彩。」

「妳是說像蝙蝠俠那樣？」亞伯特扁嘴笑了笑問道。

海倫娜翻了個白眼說：「假如你們的目的是想矯正人們做的惡事，也許最好是讓惡人害怕你們。再說，要是相關單位發現這傢伙在現場，正準備入侵一戶人家，就會把他連結到其他命案，希望能因此讓其他受苦家庭的案情也水落石出。」

蒂莫妮說：「妳是說要我們變成鬼見愁？」

「如果有人因爲害怕一個具有操控記憶與時間能力的影子團體，而選擇不犯下令人髮指的罪行，那就是一個你們永遠無須面對的任務，也是你們永遠無須製造的假記憶。所以沒錯，就成爲鬼見愁吧。」

【第二四天】

史提夫在凌晨一點三十五分，找到了殺害孩子的兇手，當時他正要動手在黛西．羅賓森的臥室窗戶上割洞。史提夫用膠帶貼住他的嘴和手腕，慢慢地從一邊耳朵劃一刀到另一邊耳朵，同時看著他在屋子側邊的土地上扭動掙扎，流血至死。

【第三一天】

隔週，德州丘陵區發生火車出軌事件，九人喪命，更多人受傷，但他們決定不插手。

【第五四天】

有一架小型客機墜毀在西雅圖南方的常綠森林，他們仍選擇不使用椅子，組員提出的理由和出軌事件一樣，等到事故原因確定再派史提夫或蒂莫妮回去，已經隔太長時間了。

【第五八天】

隨著日子一天天過去，他們愈來愈清楚哪一類悲劇最適合挽救，倘若有絲毫猶豫或疑慮之處，也總是偏向於不插手，這點讓海倫娜大大鬆了口氣。

她仍繼續被關在薩頓廣場附近的公寓大樓裡。阿隆佐和潔西卡已經允許她在夜間散步，他們倆則是一個隔著半條街的距離尾隨在後，另一個保持在前面半條街的距離。

這是一月的第一個禮拜，呼嘯於大樓之間的風吹來，猶如極地旋風打在臉上。然而走在紐約的夜裡有一種自由的假象，她沉浸其中，想像自己眞的是獨立自主。

現在的她經常陷入沉思，想著父母，想著巴瑞。她不斷回憶起他的最後身影：就在燈滅的前一刻，站在史萊德實驗室裡。接著一分鐘後，他的聲音響起，高喊著叫她走。

淚水流下她的臉頰，冰冰冷冷。

她生命中最重要的三個人都走了，再也見不到面。意識到這點之後孤獨無依的感覺讓她痛徹心扉。

她已經四十九歲，不知道所謂覺得老了是否就是這麼回事——不單只是肉體，還有人際關係的衰敗。你最愛的人，形塑並定義你世界的人，一個個變得沉寂無聲，而你還要繼續走向未知的將來。

沒有出口，看不見終點，她所愛的每個人都不在了，她不確定自己還能再撐多久。

【第六一天】

蒂莫妮回到過去，阻止了一個五十二歲、精神失常的保險從業員走進柏克萊校園的政治示威現場，以衝鋒步槍殺害二十八名學生。

【第七〇天】

史提夫闖入里茲的一棟公寓，目標是正在裝填炸彈背心的男子。史提夫用戰鬥刀刃插入男子的顱底，攪糊了延腦，留下他臉朝下，趴在桌面的一堆釘子、螺絲和螺釘上。這些零件本來會在第二天早上，在倫敦地鐵內將十二個人炸得血肉模糊。

【第九〇天】

在計畫實行滿三個月時，《紐約時報》出現一篇報導，概略描述他們的八次任務，並揣測那些行動失敗的殺人兇手、校園槍擊犯與一名自殺炸彈客的死亡，顯示有一個神祕組織正利用某種超乎所有人理解的科技在執行任務。

【第一一五天】

海倫娜躺在床上正快要睡著，忽然一陣猛烈的敲門聲嚇得她心驚肉跳。這要是自己家，她大可以假裝不在，靜候這位深夜來客離開，只可惜她受到監視，況且門鎖已經開始轉動。

她爬下床，披上毛巾布浴袍，走進客廳，約翰．蕭也正好打開前門。

「快快請進，」她說：「千萬別客氣。」

「抱歉，這麼晚過來眞的很抱歉。」他走過玄關走廊進入客廳。「這地方不錯。」

她聞到他口氣中有火辣辣的波本酒味，還帶著肉桂味，看來喝了不少。「是啊，這是租金管制公寓，什麼都管制。」

她原本可以請他喝點啤酒什麼的，但是她沒有。

蕭坐到廚房中島的軟墊高腳凳上，她則隔著中島站在他對面，心中暗想他從未顯得如此若有所思又心煩意亂。

「你找我做什麼，約翰？」

「我知道妳始終不信任我們在做的事。」

「這是眞的。」

「但我很慶幸妳願意談論，才會讓我們做得更好。妳還不是十分了解我，其實我一直都沒有……欸，有沒有什麼可以喝的？」

她走到 Sub-Zero 冰箱前，拎出兩瓶從布魯克林啤酒廠買回來的酒，打開瓶蓋。

蕭喝了一大口，才又說：「我負責替軍方打造一些亂七八糟的東西，好讓他們以最有效率的方式殺人。有一些眞正可怕的技術就是出自我的手。不過這幾個月可以說是我一生中最棒的時刻。每天晚上入睡前，我會想到我們抹除掉的悲傷，會想到我們救活的人或他們心愛的人的臉，會想到躲過一死的黛西．羅賓森，想到他們每一個人。」

「我知道你很想做對的事情。」

「我是啊，說不定還是有生以來頭一次。」他喝著啤酒。「我還沒告訴其他人，不過高層開始向我施壓了。」

「什麼樣的壓力？」

「基於我過往經歷，上頭對我的束縛和監督非常寬鬆，但畢竟還是有頂頭上司在，而且不知他們是不是起了疑心，總之他們想知道我在做什麼。」

「能怎麼辦呢？」她問道。

「可以有幾種做法。譬如製造一個假面計畫，給他們看點好看的東西，但是和我們在做的事不全然相似。這樣也許能替我們爭取一點時間，不過，較好的做法是實話實說。」

「不能這麼做。」

「國防高等研究計畫署的第一要務就是突破新科技，強化國防，而且以軍事應用為主。海倫娜，這只是遲早的問題。我不可能永遠瞞著他們。」

「軍方會怎麼用這張椅子？」

「有什麼不能用的呢？昨天，一〇一空降師的一個小隊在坎達哈省遭到伏擊，有八名陸戰隊員在行動中喪生，這個消息尚未公開。上個月，一架黑鷹直升機在夏威夷執行夜間訓練勤務時墜毀，五人死亡。一旦錯失敵軍幾天或幾小時的情報，或是地點對了，時間錯誤，會有多少任務失敗，妳知道嗎？他們會把椅子視為工具，讓指揮官有編輯戰爭的能力。」

「萬一他們對於應該如何使用椅子的看法和你不同呢？」

「噢，那是一定的。」蕭將啤酒一飲而盡，然後解開衣領，拉鬆領帶。「我不是想嚇妳，不過打椅子主意的不只有國防部。中情局、國安局、聯邦調查局——只要走漏了風聲，每個單位都會想分一杯羹。我們是國防部的下屬單位，可以提供一點掩護，但是他們全都會要求取椅子一用。」

「不會吧。消息會走漏嗎？」

「難說，但妳能想像如果這項技術落到司法部手裡，會怎麼樣嗎？他們會把整個國家變成電影《**關鍵報告**》的劇情。」

「把椅子毀了。」

「海倫娜……」

「怎樣？這有多難嗎？趁這些事都還沒發生，趕快毀了吧。」

「它可能帶來的好處太多了，我們已經加以證明了，不是嗎？總不能因爲擔心**可能**發生什麼，就毀了它。」

公寓裡沉靜了下來。海倫娜十指包覆著冰涼冒汗的啤酒瓶。

「那麼你有什麼計畫？」她問道。

「沒有。還沒有。我只是要妳知道接下來的情況。」

【第一三六天】

誰也沒想到事情這麼快就發生了。

三月二十二日，蕭走進實驗室進行每天的例行簡報，聽取過去二十四小時內世界各地發生了哪些可怕的鳥事。他告訴眾人：「我們有了第一項指定任務。」

「誰指定的？」拉傑許問。

「在食物鏈頂端的人。」

「這麼說他們知道了？」海倫娜問。

「是的。」他打開一個蓋著「極機密」紅印的牛皮紙檔案袋。「這件事還沒上新聞。一月五日，也就是七十五天前，有一架第六代戰鬥機發生故障，墜落在烏克蘭與白俄羅斯邊境附近。軍方認爲戰機沒有毀損，而且十分確定駕駛被俘。我現在說的是波音F／A－XX戰鬥機，目前還在開發階段，是高度機密，而且上面有各種先進的小玩意是我們不希望俄國人拿到的。

「上頭要我派人回到一月四號，告訴我這次墜機的消息，再由我轉告國防部副部長，他會確實傳達命令給下面的人，讓飛機試飛前做好檢測，並且不要飛到俄國領土附近。」

「七十六天前？」海倫娜問。

「沒錯。」

亞伯特說：「你有沒有告訴他們我們不用椅子回到那麼久以前？」

「我沒有說得這麼直白，但我說了。」

「然後呢？」

「他們說：『你只要聽命行事就好，少囉嗦。』」

他們於是在三月二十二日上午十點鐘將蒂莫妮送回。

到了十一點，海倫娜與其他組員都坐在電視前，驚愕地緊盯著CNN新聞。這是他們首度使用椅子回到上一次干預行動的日期**之前**，從新聞報導內容看來，似乎產生了異常的後果。到目前爲止，僞記憶現象始終遵守著預定模式，固定在個別的時間軸紀念時刻。換句話說，當執行還原任務者改換了時間軸，那條「失效」時間軸的僞記憶，總會在執行者死於水槽的那一刻出現。然而這一次，那些紀念時間點似乎都被推翻了，不是抹除，而是推遲到今天上午十點，亦即蒂莫妮最後一次使用椅子回到過去，向蕭傳達戰鬥機墜毀消息的那一刻。因此人們不是一一記起無效的時間軸，而是一口氣承受所有失效記憶的衝擊，也就是今天早上十點，每個人都同時想起了一月四日以來所有迴避掉的大屠殺，包括柏克萊校園與倫敦地鐵自殺攻擊等事件。

在幾個月的時間當中，一個一個接收這些假記憶已經夠令人混亂了，現在一下子全部一起出現，更是加倍混亂。

目前，媒體還沒有報導有人因爲這次的突襲而死亡或崩潰，但海倫娜徹底警覺到自己發明的機器實在太過神祕、危險且不可知，絕不能留。

【第一四〇天】

蕭依然得以自由地干涉平民百姓的悲慘遭遇，不過他們的工作愈來愈偏軍事取向。

他們利用椅子回去解除一個無人機攻擊行動，那是個婚禮現場，死的多半是阿富汗婦孺，目標對象則安然無恙，因爲他根本沒出席。

【第一四六天】

他們修正了B－1「槍騎兵」轟炸機的一次空襲行動。當時由於飛彈瞄準失誤，本來應該轟炸塔利班武裝分子，卻誤殺了阿富汗扎布爾省一整個特種部隊。

【第一五二天】

四名軍人在巡視尼日沙漠時，遭受伊斯蘭激進分子攻擊身亡，後來因爲蒂莫妮死於水槽後，向蕭傳達了即將發生的伏襲細節，使得他們四人死而復生。

椅子使用得極爲頻繁，現在至少一星期一次，因此蕭帶來一名新幹員，以減輕史提夫與蒂莫妮的負擔。他二人在一次又一次經歷死亡的壓力下，已開始出現智力退化的初期跡象。

【第一六〇天】

海倫娜搭電梯來到大樓的地下停車場，與阿隆佐和潔西卡一起走向黑色 Suburban，內心感到前所未有的絕望。不能再這麼下去了。軍方在利用她的椅子，她卻無力阻止。記憶椅一天二十四小時都受到監管，她無法進入系統。即使她成功逃離阿隆佐和潔西卡，考慮到她所掌握的內情，政府也絕不會停止搜捕她。再說，蕭只須派人回到過去，就能讓她毫無逃跑的機會。

晦暗的思緒又再次向她耳語。

沿著羅斯福大道南行時，手機在她口袋裡震動起來，是約翰．蕭打來的。

她接起電話：「嗨，我已經在路上了。」

「我想先告訴妳一聲。」

「什麼事？」

「今天早上接到一個新任務。」

「什麼任務？」

天空瞬間消失，他們正從曼哈頓側的入口駛進了皇后區中城隧道。

「他們要我們送人回到將近一年前。」

「爲什麼？要做什麼？」

潔西卡忽然緊急剎車，海倫娜猛地往前，安全帶也瞬間拉緊。從擋風玻璃看出去，一片紅色車尾燈海照亮隧道前方，還伴隨著開始此起彼落的喇叭聲。

「是暗殺事件。」

隧道深處遠遠地爆發出亮光，緊接著一聲雷鳴般的巨響。窗戶空隆空隆作響，車身在她底下抖動，頭頂上的燈倏地熄滅，度過恐怖的一瞬間後又亮了起來。

「是怎麼搞的？」阿隆佐問。

「約翰，我再回電給你。」海倫娜放下電話，問道：「怎麼回事？」

「前面好像出車禍。」

此時民眾紛紛下車。

阿隆佐打開車門，下車進入隧道。

潔西卡隨後跟著。

從風口灌進來的煙味讓海倫娜當下清醒過來。她往後車窗瞄了一眼，後方車輛大排長龍。這時候更多人過來了，全都面露驚恐，慌慌張張穿梭在車陣間，往回走向曼哈頓，彷彿在逃避什麼。

海倫娜也打開車門下車。

隧道牆壁間回響著民眾害怕與絕望的騷動，而且愈來愈嘈雜，蓋過了上千輛汽車引擎怠速的聲音。

「阿隆佐？」

「不知道出了什麼事，」他說：「總之不是好事。」

空氣味道不對，不只是引擎排放的廢氣，還有汽油味和東西融化的氣味。

隧道前方冒出滾滾濃煙，許多人踉踉蹌蹌朝她而來，神色惶恐，被燻黑的臉上流著血。

空氣品質迅速惡化，她開始覺得雙眼灼熱，幾乎看不清眼前景物。

潔西卡說：「我們得離開這裡，阿隆佐。馬上就走。」

他們正轉身要走，從煙霧中走出一個男人，抱著腹側一跛一跛的，顯然疼痛不堪。

海倫娜朝著開始咳嗽起來的男子衝過去，一靠近才發現他抱住的部位插了一塊玻璃碎片。他雙手沾滿了血，被煙燻黑的臉痛苦得扭曲變形。

「海倫娜！」潔西卡大喊：「我們要走了！」

「他需要幫忙。」

男子跌向海倫娜，大口大口喘著氣。阿隆佐連忙趕過來，和海倫娜各拉起他一條手臂搭放在自己肩上。此人十分壯碩，至少有一百公斤以上，身上的襯衫已半燒毀，胸前口袋上有他的名字和一家快遞公司的標誌。

往出口走讓人覺得鬆了口氣。那人左腳的鞋子漸漸積滿了血，每走一步就發出嘎吱嘎吱的聲音。

「你看見出什麼事了嗎？」海倫娜問他。

「有兩輛聯結車忽然停下來，就在我前面一點的地方，把兩邊車道都堵住了。大家都在按喇叭。沒多久就有人下車往卡車走去，想看看是怎麼回事。正當有個人踩上其中一輛卡車，我就看到一道很亮的閃光，然後一聲巨響，我這輩子沒聽過那麼大的聲響。忽然間冒出一團火球，很快地竄過所有車頂。我就在它竄到我車子的一秒鐘前，彎低身子到地板上，可是擋風玻璃爆裂，車內跟著起火。我還以爲自己會被燒死，但終究還是……」

男子就此打住。

海倫娜低頭凝視著腳下微微顫動的路面，隨後他們一齊望向皇后區方向的隧道。起初因爲濃煙而看不清楚，但很快地，遠處的動靜逐漸清晰起來：一群人正朝他們跑來，尖叫聲愈來愈響，並不斷在牆壁間到處彈射。

海倫娜一抬頭正好瞧見三米半高的天花板中央，成直角裂開一條縫，接著一塊塊鋼筋水泥紛紛落下，砸在擋風玻璃與人身上。她感覺涼風吹在臉上，這個時候，除了驚叫聲之外，有個類似白噪音與雷鳴的隆隆聲，每過一秒便加倍響亮。

那個快遞員呻吟了一聲。

阿隆佐咒道：「媽的。」

海倫娜覺得臉上有水霧，緊接著一面水牆從煙霧中爆破，人車全被沖了出來。

海倫娜彷彿被一道冷冰冰的磚牆擊中，瞬間失去重心，摔進一個無情而兇猛的漩渦中，衝撞著牆壁、天花板，接著碰撞到一個穿套裝的女人，她二人四目交會了兩秒鐘。超現實的兩秒鐘後，海倫娜隨即像標槍一樣射穿一輛聯邦快遞貨車的擋風玻璃。

海倫娜站在自家客廳窗前，鼻子流著血，頭陣陣抽痛，正努力釐清剛才發生了什麼事。

雖然她仍感受得到被夾雜人車殘骸的水浪衝過隧道的恐懼，但她在隧道內的死亡從未發生。

一切都只是失效的記憶。

她醒來、做早餐、漱洗更衣後正要出門，忽然聽見兩聲爆炸巨響，離得好近，震得地板晃動、玻璃哐啷作響。

她跑回客廳，望出窗外，五十九街大橋起火燃燒的規模，讓她簡直驚呆了。五分鐘後，她接收到了死在隧道內的假記憶。

此時，五十九街大橋上分立於羅斯福島兩端的高塔已陷入火海，宛如兩根扭曲的火柱直竄上一、兩百公尺高空。那熊熊烈火，連置身於三百公尺外的她，隔著窗戶都能感受到熱度。

到底是怎麼搞的？

從曼哈頓到羅斯福島之間的橋段好像斷了的肌腱垂在東河河面，鋼架仍連接著曼哈頓端的高塔。車輛從陡斜的橋面滑落河中，民眾攀附在欄杆上，同一時間，水流緩緩地將斷橋扯離它的關節，那尖銳的扭轉摩擦聲，她打心底感受得到。

她拭去鼻血時才想到，**我經歷了現實的轉移，我剛才死在隧道裡，現在人卻在這裡。有人使用了椅子。**

連接羅斯福島與皇后區的橋面已徹底斷離，下游處，她看見一段三百公尺長、燃燒中的橋面車道撞上一艘貨櫃船，而斷裂的金屬桁架就像尖矛一樣刺穿船身。

即便在公寓裡，也能聞到應該燒不起來的東西的燃燒味道，數百輛趕往現場的緊急救援車輛發出淒厲尖嘯，震耳欲聾。

她身後，放在廚房中島上的電話震動起來，而橋上最後幾條鋼索也啪地從曼哈頓橋塔綳斷鬆脫，在一聲驚天怒吼中，橋面斷裂，急速墜落四十公尺，雙層車道從鋼筋水泥建築間砸落在羅斯福大道上，壓毀了車輛、夷平了岸邊群樹，然後慢慢擦過五十九街與五十八街末端，一棟摩天樓的東北面整個被剷除，最後斷橋滑入東河，海倫娜住的大樓驚險逃過一劫。

她連忙跑進廚房接起電話，劈頭就問：「是誰在用椅子？」

「不是我們。」約翰·蕭說。

「放屁。我剛剛從中城隧道的瀕死狀態轉移到站在自己的公寓裡，看著那座橋燒毀。」

「妳趕快過來就對了。」

「爲什麼？」

「我們完蛋了，海倫娜。徹底完蛋了。」

她公寓的門轟然打開，阿隆佐與潔西卡衝進來，兩人流著鼻血，一臉驚魂未定。

海倫娜感覺到所有動作放慢了。

又要轉移了嗎？

潔西卡說：「這到底……」

此時，海倫娜透過車後座的染色玻璃，順著東河往北望向哈林區與布朗克斯區。

她沒有死在隧道裡。

五十九街大橋燒毀事件也沒有發生。

事實上，他們正行駛在五十九街大橋上層車道，已經走了一半，此時此刻毫髮無傷。坐在駕駛座的潔西卡驚呼一聲：「天哪。」

他們的車突然滑進隔壁車道，阿隆佐連忙從副駕駛座伸手抓住方向盤，將車急轉回原車道。

正前方有一輛巴士忽然轉進他們的車道，擦刮過三輛車，還把車擠進路中央的水泥護欄，頓時間火花與碎玻璃四濺。

潔西卡猛力一轉方向盤，車身片刻間打斜，只有兩輪著地，但也及時避開了連環衝撞。

「看我們後面。」她說。

海倫娜往後一瞥，只見中城區冒出好幾根巨大煙柱。

「這是什麼僞記憶之類的，對吧？」潔西卡說。

海倫娜打電話給蕭，電話拿在耳邊，心裡暗忖：**有人在用椅子將現實從一個災難轉移到另一個災難。**

「所有線路忙線中，請稍後再撥。」

阿隆佐打開收音機。

「……獲報有兩輛聯結車在大中央車站附近爆炸。現場十分混亂。稍早據說在皇后區─中城隧道發生某種意外事故，而且我記得親眼看到五十九街大橋崩塌，可是……我不知道這怎麼可能，但我現在就從攝影鏡頭上看到它好端端地站在……」

……他們來到東五十七街被迫停下，空氣中濃煙嗆人，她開始耳鳴。

又頭痛起來。

又流了鼻血。

又一次轉移。

隧道的事從未發生。

大橋的事從未發生。

大中央車站的事從未發生。

那些事件只留下失效記憶充塞在她心裡，彷彿夢的記憶。

她醒來、做早餐、漱洗更衣後，和潔西卡、阿隆佐一起搭電梯到地下停車場，一如每隔兩天早上要做的例行公事。他們沿東五十七街西行，正要轉上橋，忽見一道眩目閃光劃過天空，連帶一聲巨響，就好像上千顆砲彈齊發，在鄰近建築間來回彈跳爆破。

這時候他們已經塞在車陣中，四周圍有大批民眾站在人行道上，神色惶恐地看著川普大樓籠罩在熊熊烈焰與滾滾煙霧中。

一到十樓宛如一張融化的臉漸漸往下垂，各個廳室的內部暴露出來，像一個個玩具小房間。較高樓層多半尚未被波及，裡面的人彷彿站在新出現的懸崖上，怔怔望著底下的大坑洞，那裡原來是五十七街與第五大道路口。

由遠而近的鳴笛聲響徹市區，潔西卡不由得尖叫：「這是怎麼了？這是**怎麼回事啊？**」

正前方，有一個人從天而降，摔落在一輛計程車頂。

另一個人摔下來，砸碎了他們後面那輛車的擋風玻璃。

接著第三人墜落，穿破一間私人運動俱樂部的遮陽篷。海倫娜暗自尋思，這些人是否因爲承受不了心理壓力才跳樓？就算是，她也不驚訝。倘若她不知道椅子的事，對於這座城市、對於時間、對於現實本身發生的情形，她會作何感想？

潔西卡哭了。

阿隆佐說：「感覺好像世界末日。」

海倫娜透過窗戶往上看，剛好看見一名金髮女子從已經爆破碎裂的辦公室窗口往下跳。她好似火箭，頭朝下，尖叫著迎向衝擊，海倫娜正想掉過頭去，卻做不到。

一切動作又再度放慢。

混濁的煙。

火焰。

墜落的女子驀地進入極度慢動作狀態，她的頭一寸一寸地靠近路面。

一切都停了。

這條時間軸正在死去。

潔西卡的手就這麼永遠的抓著方向盤。

海倫娜的視線永遠無法從跳樓者身上移開，跳樓者也永遠無法墜地，因爲她被凍結在半空中，頭頂離地面僅三十公分遠，金黃色的頭髮披散開來，雙眼緊閉，臉部凝結成永恆的痛苦表情，準備迎接衝擊……

接著海倫娜走過高研署大樓的雙開門，蕭就站在安檢門外。

他們注視著彼此，在伴隨而來的替代記憶蹦入腦中之際，試著消化這個新的現實。

什麼都沒發生。

無論是隧道、大橋、大中央車站或川普大樓。海倫娜醒來、漱洗更衣後被載到這裡來，一如每隔兩天的上午，沒有意外。

她張口欲言，蕭卻搶先一步說：「別在這裡說。」

拉傑許和亞伯特坐在實驗室的會議桌旁，看著牆上電視播新聞。螢幕分割成四個即時攝影畫面，分別呈現五十九街大橋、大中央車站、川普大樓與皇后區－中城隧道，全都完好無瑕，下方橫幅標題寫著：「曼哈頓集體記憶失調」。

「這到底是怎麼回事？」海倫娜問。

她身體在發抖，因爲雖然事情從未發生，她卻仍感受得到水牆迎面撞來的衝力，也聽得到四周圍人體墜落撞擊車子的聲音，甚至聽得到橋拉扯斷裂時的尖嘎聲。

「坐吧。」蕭說。

她坐到拉傑許對面，他的臉色完全就像砲彈創傷症候群患者。

蕭繼續站著，說道：「椅子的構造圖、水槽、我們的軟體、操作過程，全部外洩了。」

海倫娜指著電視螢幕。「那是其他人做的？」

「是。」

「誰？」

「不知道。」

「如果只是照著藍圖做，至少要花兩、三個月才能完成椅子。」她說。

「一年前就外洩了。」

「那怎麼可能？一年前你根本還沒有椅子……」

「史萊德在那間旅館行動已經超過一年。有人好奇想知道他在做什麼，就駭入他的伺服器。拉傑許剛剛找到被入侵的證明。」

「那是很嚴重的資料外洩。」拉傑許說：「他們隱藏得很好，所有資料都拿到了。」

蕭看著亞伯特。「告訴她你發現了什麼。」

「其他現實轉移的實證。」

「在哪裡？」

「香港、首爾、東京、莫斯科，巴黎四起，格拉斯哥兩起，奧斯陸一起。和去年FMS案例剛剛在美國出現的情形非常類似。」

「所以說眞的有人在使用椅子。」

「是眞的。我甚至發現聖保羅有一間公司把它用在旅遊業。」

「我的老天哪。這些事情發生多久了？」

「差不多有三個月。」

蕭說：「中國和俄國政府都出面表示他們擁有這項技術。」

「你說的話好像一句比一句可怕。」

「所以更可怕的還在後面……」他打開桌上的筆電，鍵入一個網址。「這個五分鐘前剛出來，媒體還沒報導。」

她湊向螢幕。

是維基解密的網頁。

在「戰爭與軍事」的項目中，她看見一張士兵坐在椅子上的圖像，那椅子和放在這個房間正中央的那張一模一樣。底下標題寫著：

美國軍事記憶機器（US Military Memory Machine）是一部據稱可將士兵送回過往記憶的儀器，已有數千頁完整圖解資料。過去六個月間無數悲劇得以反轉，或許能從這裡得到解釋。

她開始覺得胸悶。

視野中到處閃著黑星。

她問道：「維基解密怎麼會把椅子和政府連結在一起？」

「不知道。」

亞伯特說：「再強調一遍，史萊德的伺服器被駭了。內部資料很可能賣給多方買家。從其中一個或更多的買家，又或是駭客本身，計畫持續外洩。現在，很可能在世界各地許多國家裡都有人在使用椅子。中國和俄國有這張椅子，如今維基解密又公布了圖示，任何公司、獨裁者，或是有兩千五百萬美元沒地方花的有錢人，都可以打造他們私人的記憶機器。」

拉傑許說：「別忘了，以擁有椅子自豪的新主人當中好像有一個號稱恐怖組織的團體，他們在全世界人口最密集的大都市之一尋找不同地標，然後利用椅子重複同樣的攻擊行動。」

海倫娜轉頭望向椅子。

水槽。

終端機。

空氣中隱隱然聽到了嗡嗡聲響。

電視螢幕上，新聞正在報導舊金山一起新的攻擊事件，金門大橋上一根根黑色煙柱直衝上清晨的天空。她內心試著去全盤理解眼下的情勢，但是太廣泛、太龐雜、太亂糟糟了。

「最糟的情況會怎樣，亞伯特？」蕭問道。

「我想現在就是了。」

「不，我是說再來會發生什麼事？」

亞伯特向來臨危不亂，就像受到大智慧光環的保護，讓他凌駕於一切之上。但今天不然。今天的他面露懼色。

他說：「現在還不清楚俄國或中國是只拿到椅子的藍圖，或是已經打造完成。假如是前者，你們放心，他們一定會和世界其他國家爭相建造。」

「爲什麼？」海倫娜問。

「因爲那是一種武器，終極武器。記得嗎？我們第一次坐在這張桌子開會時，提到過送一個九十五歲的狙擊手回到過去改變戰爭結果。我們的敵人當中，還不止，甚至是朋友當中，有誰會因爲利用椅子對付我們而得利？」

「有誰不會嗎？」蕭說。

「所以這就類似核子僵局囉？」拉傑許問。

「恰恰相反。政府不使用核子武器，是因爲一旦按下按鈕，對手也會這麼做。對手報復的威脅太具震懾力。但是椅子呢，既沒有報復的威脅也不一定會兩敗俱傷。第一個成功加以運用的政府、公司或個人，不管是改變戰爭結果或暗殺早已死亡的獨裁者或什麼的，他都是贏家。」

海倫娜說：「你的意思是說使用椅子對每個人都有好處。」

「完全正確，而且愈快愈好。凡是率先爲自己利益改寫歷史的人，就是贏家。這個賭注太大，絕不能讓其他人捷足先登。」

海倫娜又瞄一眼電視。

現在舊金山金融區內的泛美金字塔正在起火燃燒。

「這些攻擊行動的幕後黑手有可能是外國政府。」海倫娜說。

「不是。」亞伯特盯著手上的電話說：「有個匿名團體剛剛在推特上承認是他們做的。」

「他們想要什麼？」

「不知道。到最後往往只是純粹爲了製造混亂和恐懼。」

這時候螢幕上有一名女子坐在主播台前，對著鏡頭說話時神情驚惶。

「轉大聲點，亞伯特。」蕭說。

「關於紐約與舊金山的幾起恐怖攻擊眾說紛紜，其中《衛報》的葛倫．格林沃剛剛發表一篇報導，宣稱美國政府至少從六個月前便擁有一項名爲記憶椅的新技術，而該技術是剽竊自一家私人企業。格林沃先生斷言坐上這張記憶椅之後，意識便能回到過去，根據他保密的消息來源表示，這張椅子正是僞記憶症候群的眞正主因，那神祕的……」

亞伯特將電視關成靜音。

「我們現在一定要做點什麼。」他說：「我們隨時都可能隨著現實轉移到不同的世界，或甚至再也不存在。」

蕭本來一直在踱步，現在卻一屁股坐下來，看著海倫娜。「早知道就該聽妳的。」

「現在不是……」

「我以為我們能用它做好事。我都已經準備奉獻我的餘生……」

「沒有關係。如果你真照我說的把椅子毀了，我們現在就真的無望了。」

蕭瞅了一眼手機。「我的幾個上司正在來的路上。」

「還有多少時間？」海倫娜問。

「他們要從華盛頓特區搭飛機過來，大約三十分鐘吧。他們會接手所有的事。」

「我們再也不可能進這裡來了。」亞伯特說。

「我們送蒂莫妮回去吧。」蕭說。

「回到什麼時候？」亞伯特問。

「回到史萊德的實驗室被駭以前。既然已經知道他的大樓地點，就能早一點突襲。那麼電腦資料就不會遭竊取，我們也會成為椅子的唯一監護者。」

「直到又回到這一刻為止。」亞伯特說：「然後全世界的人都會記起今天早上發生的一切亂象。」

海倫娜說：「而現在擁有椅子的人也可以靠著假記憶再重新打造一張。就像史萊德一樣。沒有藍圖會困難一點，但並非不可能。我們需要更早一點的時間。」

海倫娜起身走向電腦，取下一頂瓜皮帽頭罩後爬上椅子。

「妳在做什麼？」蕭問道。

「我看起來像在做什麼？拉傑許，過來幫我一下好嗎？我需要繪製一段記憶。」

拉傑許、蕭與亞伯特隔著桌子互相交換了一個眼神。

「妳在做什麼，海倫娜？」蕭再問一次。

「讓我們脫離這個困境。」

「有什麼辦法？」

「拜託，你能不能就相信我一次啊，蕭？」她吼著說：「我們沒時間了。之前我在一旁待命、提供意見，全都照**你的**遊戲規則走。現在也該輪到我主導了吧。」

蕭嘆了口氣，十分沮喪。放棄椅子的痛苦，她了解。不只是感到失望，因爲只要置於理想的條件下，它原本能在科學與人道方面有所貢獻。更令人難受的是，她醒悟到人類有太大的缺陷，永遠無法掌控如此強大的力量。

「好吧。」蕭終於鬆口。「拉傑許，啓動椅子。」

女孩有生以來第一次嘗到自由的滋味。

傍晚時分，她走出兩層樓的農舍，爬上他們家唯一的交通工具：一輛七八年產，藍白相間的雪佛蘭 Silverado。

兩天前，她想都沒想到父母會在她十六歲生日這天送她一輛車。她原本計畫這個暑假去打工當救生員、幫人照顧小孩，希望能存到足夠的錢給自己買車。

此時父母站在微微凹陷的前門廊上，驕傲地看著她將鑰匙插入啟動孔。母親拍了一張拍立得照片。

當引擎發出隆隆聲，她感覺最深刻的是皮卡小貨車內空無他人。

沒有爸爸坐在副駕駛座。

沒有媽媽坐在他們中間。

只有她一人。

她想聽什麼音樂就聽什麼音樂，想開多大聲就開多大聲。她想去哪就去哪，想開多快就開多快。

不過，她當然不會這樣。

這是她的駕車處女秀，她打算深入兩公里半外的便利商店，前進那個危險而遙遠的未知之地，探險一番。

她精力充沛地將排檔桿打到D，慢慢加速，駛出門前長長的車道，一面將左臂伸出窗外向父母揮手。

家門口那條鄉村道路空空盪盪。

她駛上道路，打開收音機。波德市的大學廣播電台正在播放喬治·麥可的新歌〈信念〉，她大聲跟著唱和，車外開闊的田野飛掠而過，她感覺離未來前所未有的近，彷彿近在眼前。

遠處亮著加油站的燈光，當她的腳從剎車踏板上鬆開，忽然覺得眼球背後一陣刺痛。

接著視線變得模糊，腦袋裡像有什麼東西在重重敲擊，她險些便撞上加油機。

她將車停在商店旁的停車格，熄掉引擎，用拇指按摩疼痛難忍的太陽穴，然而痛感持續加劇，痛到她擔心自己生病了。

接下來奇怪無比的事發生了。

她的右手伸向方向盤下方，抓住鑰匙。

她開口說：「搞什麼啊？」

因為她沒有移動手臂。

緊接著，她看著自己的手腕轉動鑰匙，重新發動引擎，然後手移到排檔桿上，打到倒車檔。

她不由自主地回過頭，從後車窗看出去，將車倒出停車場，再打到開車檔位。

她心裡不斷想著，「不是我在開車，這些動作都不是我做的。」而同一時間，車子正快速沿著公路駛回家。

她的視線邊緣有一片陰暗悄悄靠近，弗朗特嶺與波德的燈火逐漸模糊、變小，她彷彿慢慢掉落一口深井。

她想要尖叫，想阻止這一切發生，可是如今她只是這副軀殼的過客，完全喪失說話、嗅聞或感覺的能力。

收音機的聲音只比垂死的呢喃大不了多少。

霎時間，她僅剩的一丁點意識微光熄滅了。

海倫娜 一九八六年十月十五日

海倫娜從鄉村道路轉進兩層樓農舍的車道，這裡是她從小生長的地方，此時待在自己較年輕的身軀內，熟悉感與時俱增。

農舍看起來比較小，比起她印象中的家，微不足道得多，而且不容否認的是，屋後十五公里外一大片藍色山牆從平原拔地而起，使得屋舍更顯脆弱。

她停好車，熄了引擎，從後照鏡看著自己十六歲的臉龐。

沒有皺紋。

許多雀斑。

兩眼清澈、碧綠、明亮。

還是個孩子。

她用肩膀去頂車門，門咿呀一聲打開，她下車踩進草地。微風中可以聞到附近一座酪農場香甜濃郁的氣味，這無疑是最能讓她聯想到家的味道。

步上飽受風吹雨打的門廊階梯時，她覺得無比輕盈。

打開前門進屋後，第一個聽到的是電視隱約的嘈雜聲。玄關走廊從樓梯旁經過，她聽見走廊另一端的廚房裡有動靜：攪拌聲、和料聲、鍋具哐啷聲、流水聲。整個屋內都是烤雞的香味。

海倫娜覷了客廳一眼。

只見父親坐在躺椅上，翹起雙腳，看他的《ABC世界新聞》，這是她小時候，他每週一到週五晚上的例行公事。

彼得・詹寧斯正在報導埃利・維瑟爾獲得諾貝爾和平獎的新聞。

「開車開得怎麼樣？」父親問道。

她頓時發覺，小孩子總是年紀太輕、只顧著自己，無法眞正看見父母青春正茂的模樣。但此刻她看見了她從未見過的父親。

他是那麼年輕英俊。

四十歲都不到。

她看得目不轉睛。

「很好玩。」她的聲音聽起來怪怪的，又尖又細。

他又回頭去看電視，沒發現她伸手拭淚。

「明天我不用車，所以妳去問問媽媽，如果她也不需要用，妳就開車去上學吧。」

這個現實一分一秒愈來愈扎實而具體。

她走到躺椅旁，彎下身，環抱住父親的脖子。

「這是怎麼啦？」他問。

歐仕派男性用品的香味，加上他鬍子像沙紙般輕微刮擦的觸感，開始變得明顯，讓她幾乎按捺不住情緒。

「因爲你是我爸。」她低聲說。

她穿過餐廳走進廚房，看見母親倚著流理台，邊抽菸邊看一本平裝版羅曼史。

海倫娜最後一次見到她是在波德附近的安養中心，距今已有二十四年，當時的她身體孱弱、心智已毀。

這一切依然會發生，但眼下這一刻，她穿著藍色牛仔褲和扣領襯衫，燙了個八〇年代的髮型加瀏海，完全處於人生巔峰。

海倫娜走過小廚房，一把將母親擁入懷中。

她又哭了，停不下來。

「怎麼了，海倫娜？」

「沒事。」

「開車出了什麼狀況嗎？」

海倫娜搖搖頭。「我只是一時情緒上來。」

「爲了什麼？」

「我自己也不知道。」

她感覺到母親的手輕柔地撫摸著她的頭髮，聞到她平常搽的香水味——雅詩蘭黛的「白色亞麻」——混著香菸辛辣的煙味。

「長大有可能會讓人害怕。」母親說。

她人在這裡，感覺很不可思議。幾分鐘前，她人還遠在兩千四百公里外，三十三年後的未來，在一個剝奪槽裡窒息將死。

「晚飯需要幫忙嗎？」海倫娜問，也終於放開母親。

「不用，烤雞還要等一下。妳眞的沒事嗎？」

「眞的。」

「準備上桌的時候我會喊妳。」

海倫娜走過廚房，沿走廊來到樓梯口。這樓梯比她印象中還要陡，吱吱嘎嘎聲也更響。

她的房間一團亂。

向來如此。

後來的公寓和辦公室也都是這樣。

她看見一些早已遺忘的衣服。

一隻獨臂泰迪熊，上大學以後弄丟了。

一部隨身聽，打開一看，裡面有一張印艾克斯合唱團的透明卡帶專輯《偷聽》。

她在小書桌前坐下來，凝視著扭曲得相當好看的窗玻璃。窗外可以看到三十公里外丹佛的點點燈火，還有東邊的紫色平原，和從平原後方逼近卻看不見的遼闊荒野。她時常坐在這裡作白日夢，幻想未來的人生會是什麼樣子。

她哪裡想像得到呢。

桌上有一份今晚要做完的分子生物學開卷測驗，旁邊擺著攤開的科學課本。

她在中間抽屜找到一本黑白顏色的作文簿，封面寫著「海倫娜」。

這個，她記得。

她翻開簿子，一頁一頁瀏覽著自己年少時的潦草字跡。

之前使用記憶椅後，從來沒有忘記過原先時間軸的記憶，但這次她擔心可能會。因爲這次涉足的是未知領域，她從未倒退這麼久的時間，也不曾回到這麼年輕的自己。她很有可能會忘記自己來自何處，所爲何來。

她拿起筆，將日記翻到空白頁，寫下日期後，開始給自己寫備忘錄，原原本本地說明自己昔日的人生：

親愛的海倫娜：

二〇一九年四月十六日，世人會想起一張妳發明的椅子。妳有三十三年的時間可以設法去阻止這件事。也只有妳有辦法阻止了……

第五部

當一個人死亡，只是看似死亡，其實還生龍活虎地活在過去……所有的時刻，無論是過去、現在或未來，都一直存在，將來也會一直存在。我們在地球上，時間一刻接著一刻，像串珠似的，而且一旦逝去便永不復返，其實這只是一種錯覺。

——馮內果，《第五號屠宰場》

巴瑞　二〇一九年四月十六日

巴瑞坐在陰影下的一張椅子，遠望著天光初露的沙漠中一大片巨人柱仙人掌。幸好，眼睛背後的劇痛逐漸緩和了。

他倒在曼哈頓一棟大樓十七樓的地上，子彈咻咻亂飛，他的身體被打得千瘡百孔，血流如注，這時他想到女兒的臉龐。

接著一發子彈打中他的頭，而後他卻在這裡。

「巴瑞。」他轉頭面向坐在身旁的女子：紅色短髮、綠色眼眸、有著克爾特人的蒼白膚色。海倫娜。「你流血了。」

她遞給他一張面紙，他接過後放到鼻孔下擦血。

「親愛的，跟我說說。」她說：「這是新境界。三十三年份的失效記憶突然湧現，你現在心裡想到什麼？」

「不知道。我……我好像只是在一間旅館。」

「馬可士．史萊德的？」

「對。我被槍打中，奄奄一息。我還可以感覺到子彈射在身上。我喊著要妳快跑，然後忽然就到這裡來了。時間好像無縫接軌一樣。不過現在我對那間旅館的記憶好像失效了，變得黑黑灰灰。」

「你覺得自己比較像是那時候的巴瑞還是現在這個？」

「當時那個。我不知道自己現在在哪裡，唯一熟悉的只有妳。」

「你很快就會有這條時間軸的記憶了。」

「很多嗎？」

「一輩子的記憶。我也不知道你會怎樣，也許會有很不協調的感覺。」

他望著那片棕色山脈。沙漠裡開花了，鳥兒在啼鳴。一點風也沒有，夜裡的寒意仍逗留在空氣中。

「我以前從沒看過這個地方。」

「這是我們的家，巴瑞。」

他等了一會兒，讓記憶浮現。

「今天幾號？」

「二〇一九年四月十六號。在你死去的那條時間軸裡，我利用高研署的剝奪槽回到三十三年前，也就是一九八六年。然後我重新度過我的人生，直到這一刻，試著要找出方法阻止今天的事情發生。」

「今天發生了什麼事？」

「你在史萊德的旅館死去後，椅子的事外洩，全世界的人都瘋了。今天就是世人想起這一切的日子。在今天以前，只有你我知道。」

「我覺得……很奇怪。」他說。

他從桌上端起冰水喝下。

他的手開始顫抖。

海倫娜注意到了，於是說：「要是沒有好轉，我有這個。」她從桌上拿起一根蓋著蓋子的針筒。

「那是什麼？」

「一種鎮定劑。需要的時候才打。」

一開始有如即將來臨的夏日暴風雨。

只是零零星星幾滴超冷的雨點。

遠方雷聲隆隆。

雲對地閃電劈過整個地平線。

這條時間軸的初始記憶找上他了。

第一次見到海倫娜是在奧勒岡州波特蘭的一家社區酒吧，她坐上他旁邊的高腳椅說：「你好像想請我喝一杯。」當時已經很晚，他也醉了，又從來沒見過像她這樣的人——才二十出頭，卻有個老靈魂，還是他所遇過最聰明的一個。和她在一起很快就感到熟悉，不僅僅像是認識了一輩子的朋友，也有種第一次清醒過來的感覺。他們聊天打屁直到酒吧打烊，然後她帶他回她下榻的汽車旅館，和他展開激情床戰，彷彿世界末日一般。

接著另一個……

他們在一起幾個月後，他已經深深愛上她時，她忽然對他說她能預知未來。

他說：「鬼扯。」

她說：「總有一天我會證明給你看。」

她不是鄭重其事地說，只是隨口一提，幾乎像是開玩笑，後來他也忘得一乾二淨。直到一九九〇年十二月某天晚上，他們一起看新聞時，她告訴他：下個月，美國會將伊拉克軍隊趕出科威特，這項任務名叫「沙漠風暴行動」。另外還有其他事例。

進電影院看《沉默的羔羊》時，她告訴他這部電影會在明年的奧斯卡橫掃千軍。

那年春天，在他們住的小公寓裡，她叫他坐下來，交給他一部手持錄音機，開始唱起超脫樂團《彷彿青春氣息》的副歌，而那首歌直到兩個月後才發行。接著她自己錄下要告訴他的話，說阿肯色州州長會在年底宣布競選總統，而且明年還會打敗尋求連任的候選人與實力堅強的第三方挑戰者，贏得大選。

交往將近兩年時，他要求她老實說出她怎麼可能知道這些事。這已不是他第一次問她。當時他們坐在西雅圖一間酒吧，看著一九九二年大選的開票結果。由於她的做法——沒有先要求巴瑞相信，而是先展現誠意，說出一個關於一張記憶椅與他們已經生活過的未來的瘋狂故事——他相信了她，即使她說他還要過二十七年才會想起過去的人生，而足以讓她打造出椅子的科技也還要等十五年才會出現。

「你還好嗎？」海倫娜問。

他的注意力回到了當下，發現自己坐在他們家後院的水泥平台上，看著一隻蜜蜂繞著吃剩的早餐飛旋。

「這感覺眞是太奇怪了。」他說。

「你能試著描述一下嗎？」

「就好像……兩個個別的人，兩種不同的意識，有著截然不同的際遇與經驗，在我體內合而爲一。」

「有沒有哪一個感覺更強烈？」

「沒有。一開始感覺比較像在旅館中槍的我，但現在對這個現實也同樣感到自在了。」

在六十秒當中回想起一生，可眞夠受的。

他面對的是記憶海嘯，然而衝擊最大的卻是平靜的時刻……

一個下雪的聖誕節，與海倫娜和她父母一起在他們位於波德的農舍度過，桃樂絲忘了將火雞放進烤箱，所有人都一笑置之，只有海倫娜例外，因為她知道母親的心智已經開始衰退。

他們在阿魯巴島的婚禮。

二〇〇一年夏天，去了一趟南極洲，就他們兩人，目睹了帝王企鵝的遷徙。後來他們都認為這是自己一生中最美好的時光——為了修補迫在眉睫的未來，無時無刻不在與時間競賽，而那趟旅行是好不容易能趁機喘一口氣。

有幾次為了生孩子的事爆發激烈口角，海倫娜認為這個世界可能再過二十年就會毀滅，因此堅持不想把孩子帶到世上。

幾場葬禮，先是他母親，接著是她母親，最近則是她父親。

有一次她問巴瑞想不想知道以前那個人生的任何事情，巴瑞說他除了現在這個現實，其他都不想知道。

還有，她第一次展示椅子的力量的情形。

這時候，他們共度的時光慢慢出現了清晰全貌。

他們一生都致力於祕密打造記憶椅，並試圖找出方法防止世人想起如何打造它。雖然在前一條時間軸裡，椅子已被用過無數次，但「最近」一次，海倫娜（在高研署實驗室）使用椅子後，其他所有偽記憶的紀念時間點都被推翻了。也就是說沒有人會知道以前那些時間軸，包括史萊德在內。

直到二〇一九年四月十六日。

到那時，只有到那時，一切過往的假記憶才會在每個人心裡一股腦兒地湧現。

二〇〇一年他們攢足了一大筆錢，在二〇〇七年造出一張能夠運作的椅子。

椅子造好後，他們又花十年時間做實驗，為彼此的大腦攝影，觀察研究在現實轉移、失效記憶湧現那一刻的神經活動，尋找伴隨新資訊泉湧而來的神經元。

他們希望能設法在不傷害大腦的情形下，阻止舊時間軸的失效記憶閃現。然而最後的成果卻只是記錄了與失效記憶相關的神經活動，在尋找方法保護大腦不受那些記憶入侵方面，毫無所獲。

巴瑞望著二十四年的結髮妻子，與片刻前的他已是截然不同。

「我們失敗了。」他說。

「對。」

雙重身分中的另一個他，也就是活過這條時間軸每分每秒的他，剛剛經歷了梅根與茱莉亞的那段假記憶。他在紐約市當警探、女兒去世、離婚後墮入頹喪與懊悔、遇見史萊德並返回十一年前去救梅根、再一次失去她、海倫娜闖入他的生活、兩人有了感情、他死在史萊德的旅館。

「你哭了。」海倫娜說。

「很難承受。」

她拉起他的手握在手中。

他說：「我終於想起來了。」

「什麼？」

「我第一次和小關去突襲史萊德的旅館後，和妳在紐約度過的那幾個月。我記起了在那條時間軸最後，當妳漂浮在剝奪槽內，即將死去的時候，我俯身親吻妳。我愛上妳了。」

「眞的嗎？」

「瘋狂地愛上了。」

他們沉默片刻，望向遼闊的索諾拉沙漠，他倆後來都不約而同愛上這番景致，無論是相較於他年輕時在太平洋西北地區走過的蓊鬱林木，或是海倫娜家鄉的常綠森林，這片風景迥然不同。

對他們來說這裡是好地方。

「我們應該去看看新聞。」海倫娜說。

「等一下吧。」巴瑞說。

「等待有什麼用？」

「讓我們抱著希望，但願誰也不會想起來，再多待一會兒吧。」

「你明知道那是不可能的事。」

「妳還是那麼實際。」

海倫娜淡淡一笑，眼角淚光閃爍。

巴瑞從椅子起身，轉頭看著他們這間占地廣闊、形狀不規則的沙漠之家的背面。屋子以夯土與大片玻璃建成，跟周遭環境融合得天衣無縫。

他進屋後穿過廚房、經過餐桌，來到起居室的電視前，拿起遙控器，略一遲疑之際，海倫娜已赤腳走過涼爽地磚向他靠近。

她從他手中取過遙控器，按下電源開關。

他第一眼看到的是螢幕下方的橫幅字幕：

世界各地傳出多起集體自殺事件

海倫娜脫口發出痛苦的嘆息聲。

有人用手機拍下市區街頭影像，只見一具具軀體從空中掉落在路面上，好像下起某種可怕的人形冰雹。

世人和巴瑞一樣，剛剛都想起了前一條時間軸的事，椅子的存在也變成眾所周知。紐約市遭到攻擊、維基解密、椅子在全球各地廣泛使用。

巴瑞說：「也許之後就沒事了。也許史萊德說得對，人類會適應進而接受。」

海倫娜轉了台。

一個滿臉疲憊的主播極力想保持些許專業形象。「俄國與中國剛剛在聯合國發表一份聯合聲明，指責美國爲了阻止其他國家使用記憶椅而竊取了現實。中俄兩國誓言要立刻重建該技術，同時提出警告，若再有進一步使用椅子的情形將視爲有意挑起戰火。美國方面暫無回應……」

她又轉台。

又是一個飽受震驚的主播：「除了集體自殺事件，各大都市的醫院也傳出大量湧入僵直症患者，那是一種毫無反應的木僵狀態，起因於……」

這時，共同主播打斷了他：「很抱歉要插個話，大衛。聯邦航空總署報告說……天哪……過去十五分鐘內，在美國領空發生四十架商用機墜機事件……」

海倫娜關掉電視，將遙控器扔到沙發上，轉身走進門廳。巴瑞也跟在後面，往她拉開的前門走去。

從門廊可以俯瞰碎石車道，以及沙漠的坡度緩緩下降，朝土桑市方向綿延二十公里。這片景象在遠處熚熚生輝，仿如海市蜃樓。

「還這麼寧靜。」她說：「眞難相信外面的世界正在瓦解。」

巴瑞過去三十三年的人生慢慢在他心底扎了根，每吸吐一口氣，便多一分眞實感。他不是在史萊德旅館的那個人。他不是和海倫娜生活了二十四年，試圖拯救世人免於遭遇今日的那個人。他好像兩個都是。

他說：「我內心有一部分並不相信它會發生。」

「是啊。」

海倫娜猛然轉身用力抱他，力氣大到讓他朝門倒退了好幾步。

「對不起。」他低聲說。

「我不想這麼做。」

「做什麼？」

「這個！我的人生！回到一九八六年，找到你，說服你相信我沒瘋。攢錢、打造椅子、努力阻止失效記憶出現、失敗、眼睜睜看著世人回想起來、清除一切、從頭再來。難道我許許多多的後半輩子都只能不斷設法擺脫這個無法逃避的循環嗎？」

他低頭看著她，雙手捧起她的臉，說道：「我有個主意。我們把這一切全忘了吧。」

「你在說什麼？」

「今天我們就好好地在一起。我們就好好地活一天。」

「不行。這些事全發生了，這是現實。」

「我知道，但我們可以等到今晚再讓你回到一九八六年去。我們知道接下來會怎樣，會發生什麼事，所以不需要多想。我們就好好把握剩下能在一起的時間吧。」

◻　◇　◻

他們出發展開兩人最喜愛的沙漠健行，強迫自己不去看新聞。

這條路徑是他們歷經多年開發出來的，就在屋後，往上通往滿布巨人柱仙人掌的山丘。

巴瑞汗流浹背，但這正是他需要的——他需要一個管道來消耗早上那份超現實的驚愕。

中午時分，他們爬到了突出於屋子上方一百多公尺的岩石上，但從這個高度幾乎看不見他們家，因爲家和沙漠融爲一體了。

巴瑞打開背包拿出一瓶一公升裝的水。兩人輪流喝，順便喘口氣。到處都毫無動靜。

沙漠安靜得猶如教堂。

巴瑞心想，岩石與古老的仙人掌隱隱然暗示著一段死去的記憶，凍結後超越時空的永恆。

他看著海倫娜。

她往臉上倒了點水，然後將水瓶給他。

「下一次我可以自己來。」她說。

「我們相處的這幾個小時當中，妳就在想這個？」

她摸摸他的臉頰。「你已經爲我分擔這張椅子的負擔幾十年了，你也知道這一天遲早會來，而且很可能會終結一切，然後我又得回到一九八六年，全部從頭再試一次。」

「海倫娜……」

「你想要孩子，我不想。你犧牲了你的興趣幫助我。」

「那都是我的選擇。」

「下一次，你可以過不一樣的人生，不需要知道將來會如何。我只是想告訴你這個。你可以有你自己……」

「妳不想和我一起做這件事？」

「不，不管要經歷多少時間軸，我人生中每分每秒都想和你呼吸相同的空氣。所以當初我才會找上你。可是這張椅子是我要背負的十字架。」

「妳不需要我。」

「我不是這個意思。我當然需要你了，我需要你的愛、你的心、你的支持，我全都需要。但我要你知道……」

「海倫娜，不要。」

「讓我說完！每次看著椅子毀滅全世界，看著我做出的某樣東西迫使民眾跳樓，我已經受夠了。更何況還要看著它毀滅我心愛的人的一生。」

「和妳共度的人生並沒有被毀滅。」

「但你也知道這個人生只能是這樣：困在三十三年的循環裡，想方設法要阻止這一天來臨。我只是想說，如果你想好好過你的人生，不想再為了保存世界完好無瑕而承受壓力，沒有關係。」

「妳看著我。」

她塗了防曬乳，方才倒在臉上的水在表層結成水珠。他凝視著她的碧綠眼眸，陽光下顯得清徹透亮。

「我不知道妳是怎麼做的，娜，不知道妳是怎麼負起這個重擔。但只要它壓在妳肩上，就同樣也壓在我肩上。我們會找出解決方法的。如果不是下一個人生，那就是再下一個。即便不是那一個，那就是……」

她在他們的山頂上吻了他。

□　◇　□

他們離家約一百米處，聽見身後直升機的聲音愈來愈響，接著疾飛剛過正午不久的天空。巴瑞停下來看著它朝土桑飛去。

「是黑鷹。」他說：「不知道城裡出了什麼事。」

不料，直升機一個急轉左傾，放慢了對地飛行速度，隨後從一百五十米高度往地面下降，並朝他們的方向飛來。

海倫娜說：「是來找我們的。」

他們起步飛奔回家，此時黑鷹盤旋在沙漠上方二十米處，轟隆作響的旋翼捲起一片飛沙煙塵。巴瑞離得夠近，清楚看到起落架上方打開的機艙兩側各垂著三雙腿。

海倫娜的靴尖踢到小徑上一顆半突出的石頭，重重摔了一跤。巴瑞抓住她兩邊腋下，拉她重新站起，卻見她的右膝流出血來。

「快走吧！」她尖聲喊道。

他們經過鹽水池，來到上午吃早餐的後院平台。

粗粗的繩索從黑鷹機艙拋出，像觸手似的，已經有士兵沿繩索滑降下來。

巴瑞拉開後側拉門後，兩人匆匆穿越廚房，轉進玄關走廊。他從屋子另一邊面向沙漠的窗戶，看見一群身穿沙漠迷彩服、全副武裝的士兵，呈戰術隊形，快步通過有景觀設計的前院，朝著前門而來。

海倫娜拐著摔傷的腿，搶在他前面。

他們競相奔過工作室與客房，透過另一扇窗，巴瑞瞥見黑鷹降落在車道上，他們的車後面。

他們來到走廊盡頭停下腳步，海倫娜按下河石牆面的一塊石頭，牆壁隨即打開，原來是一道祕密暗門。

她和巴瑞快速閃了進去，同一時間，一個小小爆破聲撼動整棟房子。

接下來就只有他二人，在漆黑中大口喘息。

「他們進屋了。」巴瑞悄聲說道。

「你能開燈嗎？」

他摸索著牆面，直到手指拂過開關。

「妳確定他們看不見嗎？」

「不確定，但我沒辦法摸黑做。」

巴瑞於是開了燈，頭頂上單獨一盞沒有燈罩的燈泡照射下來。他們站在一個類似休息室的房間裡，比廚房的儲藏室大不了多少。內部的門無論大小形狀都與一般標準門無異，只不過重達兩百七十公斤，是由層層鋼板打造而成，有五公分之厚，而且一啓動就會往門框射出十道巨大門鎖。

海倫娜用鍵盤敲打密碼時，至少有五、六名士兵的腳步聲沿著走廊向他們移動，巴瑞想像他們正步步逼近末端的河石牆，低語聲、靴子踩踏聲與裝備的碰撞聲愈來愈近了。

屋子另一頭，很可能是他們的主臥房，傳來高喊，回聲響徹長廊。

「東邊沒人！」

「不可能。明明看見他們進屋的。衣櫥、床底下都看過了嗎？」

在燈光顯示下，巴瑞看著海倫娜鍵入最後一個數字。

休息室內已可聽見內部裝置尖銳的颼颼運轉聲，外面恐怕也聽得到。巴瑞與海倫娜彼此凝視，聽著十道門鎖一一撤開，好像消音的槍聲。

暗門另一邊有女子的聲音說：「你聽到了嗎？」

「從這面牆裡面傳出來的。」

巴瑞聽到像是手摸索著假石牆的聲音。海倫娜用力拉開厚重的門後，巴瑞隨她跨入另一個黑暗處，而暗門也在同一時間轟然開啓。

有一名軍人大喊：「那裡面有東西！」

海倫娜將保險門拉上，在這一側的按鍵鎖鍵入鎖門密碼，十道門鎖隨即再次鎖回原位。

她打開燈，出現了一道十分狹窄的金屬梯，往地底迴旋而下九米深。

他們愈往下爬，氣溫愈低。

士兵們開始重重拍打保險門。

「他們會有辦法進來的。」巴瑞說。

「那我們得快點了。」

深入地下三層樓後，梯子底端有個入口通往一間五十六坪大的實驗室，過去十五年來，他們清醒的時刻多半都在此度過。這裡無論怎麼看都像座掩體，有專用的空氣再循環與過濾系統，有獨立的太陽能發電系統，有個二字型廚房和臥室區，還有一年份的食物和水。

「妳的腿怎麼樣了？」巴瑞問道。

「沒事。」

海倫娜一跛一跛經過那張由 Eames 休閒椅改造的記憶椅，接著又經過一個區域，是他們用來做腦部攝影與研究分析失效記憶的地方。

她坐到終端機前，載入記憶再活化程式，爲了以防萬一，他們一直讓這個程式處於怠速運轉狀態。由於她已經繪製過十六歲生日當天第一次獨自駕車的記憶，因此可以直接進剝奪槽。

「我本來以為今天可以有多一點時間的。」巴瑞說。

「我也是。」

上頭一聲爆炸震得地板直晃，牆壁嘎搭嘎搭響，灰泥塵屑像細雪般從天花板灑落。

巴瑞匆匆經過實驗室來到樓梯底端。空氣中灰塵瀰漫，但尚未聽到有人聲或腳步聲接近。

當他再回到實驗室，看見海倫娜正脫去襯衫和運動內衣，接著褪下短褲。

她赤條條站在他面前，戴上瓜皮帽頭罩繫緊，她的右腿還在流血，臉上滿是淚水。

他走向妻子，擁抱她時，又一記爆破聲響起，撼動了地下實驗室的地基。

「別讓他們進來。」她說。

她擦擦眼睛，親吻他，接著巴瑞扶她進入水槽。

當她浮在水中，他低頭看著她說：「一九九〇年十月，我會在波特蘭那間酒吧等妳。」

「你根本不會認得我。」

「我的靈魂認得妳的靈魂。不論何時何地。」

他關上槽門，移步到電腦前。四下一度變得安靜，只聽到伺服器的嗡嗡聲。

他啓動再活化程式後，靠坐到椅子上，試著專心迎接即將到來的事。

一個驚天動地的爆破聲炸裂了牆壁與腳下的水泥地板，巴瑞不禁懷疑黑鷹是否往他們家丟了炸彈。

濃煙從通風口灌入，天花板燈閃爍不定，但再活化程式還在繼續跑。

他又去了一次樓梯口，那是進出實驗室的唯一通道。

這時他聽見上方有說話聲，也看見塵土瀰漫的煙霧中有光束晃動。

他們已經突破保險門，靴子奔下金屬梯空隆哐噹響。

巴瑞砰地關上實驗室門，鎖上門鎖。這只是一道金屬防火門，很可能一踢就破。

他回到電腦前面，查看海倫娜的生命跡象數據。她心跳停止到現在已經幾分鐘了。

門的另一邊傳來撞擊聲。

又一聲。

再一聲。

有一部機關槍開火，接著不知道是腳還是肩膀還是破門槌撞在金屬門上。

門沒破，奇蹟似的。

「快點。」巴瑞說。

他聽到樓梯間有人大喊，緊接著一聲震耳欲聾的爆破轟得他耳鳴，要不是手榴彈就是炸藥。

原先門的地方出現一道煙牆，一名士兵踩著倒下的門板走進來，拿著自動步槍指向巴瑞。

巴瑞將雙手高舉過頭，慢慢從椅子上站起來，接著又有更多士兵湧入實驗室。

顯示刺激器狀態的電腦螢幕上跳出警語：**偵測到ＤＭＴ釋出**。

快點，快點。

水槽內的海倫娜瀕臨死亡，大腦最後釋放的化學物質，將會送她回到三十年前的記憶。

帶頭的士兵朝巴瑞靠近，不知大喊些什麼，他聽不清，因為嗡嗚聲在……

血從他的鼻子滴落，在雪地上融出幾個酒紅色的洞。

他環顧四周幽幽暗暗的常綠樹，因爲最近一場暴風雪，把枝幹都壓彎了。

他看著海倫娜，她的頭髮和上次他在索諾拉沙漠地下實驗室看到的不一樣。現在是均勻的紅白相間，而且留長了綁成馬尾，臉上神色似乎顯得更堅毅。

「今天幾號？」他問。

「二〇一九年四月十六日。我在高研署水槽裡死後的第二條時間軸紀念日。」

他們穿著雪鞋站在山林中一處空地，眺望下方平原上十五公里外的城市。

「那是丹佛。」海倫娜說：「我們把實驗室建在這裡，讓我可以離爸媽近一點。」她看著他問道：「還是沒想到什麼？」

「感覺好像幾秒鐘前我還在我們土桑的家。」

「很遺憾，你剛剛從一個很慘的二〇一九年四月十六日轉移到了另一個。」

「妳在說什麼？」

「我們又失敗了。」

他們在波特蘭的酒吧邂逅。第二次。聲稱可以預知未來。他更快地墜入愛河，因為她似乎比他更了解他自己。

這一回，記憶湧入的力道更加強烈。

幾乎是痛苦的。

過去與海倫娜共同度過的二十九年猶如記憶列車撞進他的腦海，他痛得倒在雪地裡。

在尚未有足夠技術打造椅子的前十年，他們都在研究時空，研究物質的本質、維數與量子纏結。他們盡可能地學習所有關於時間物理學的知識，但是不夠，遠遠不夠。

後來他們嘗試了一些方法，不利用水槽返回記憶，希望找到更快的途徑。然而少了感覺的剝奪，他們最終只是一而再、再而三地殺死自己罷了。

接下來的記憶令他痛不欲生。

再次失去母親。

為了生不生小孩的事與海倫娜爭吵（事情再次重演，想必更令她憤怒）。

性、愛、美好的愛。

知道世上只有他二人在努力拯救世界，而深感歡欣。

同樣的體認，卻又發現努力無效，而深感恐懼。

然後他的記憶徹底融合了。這個巴瑞已想起所有時間軸的記憶。

他看著海倫娜。她坐在他身旁的雪地上，眼睛盯著高度一點五公里下方的城市，依然是去年那種空茫眼神，因爲知道除非奇蹟發生，否則這一天終究會來臨。

比較了這兩條新舊時間軸後，海倫娜的改變令人擔憂。由於重複之前的經歷，這次的她有些退步，尤其在較爲平靜的時刻最明顯。

較沒耐心。

較爲疏遠。

較容易生氣。

較容易沮喪。

較鐵石心腸。

在展開一段關係前便已知道其中所有的優缺點，卻仍得從頭來過，這會是什麼感覺？她又該如何與他、與懵懂無知的他溝通？有時候想必就像對小孩說話，因爲他雖然嚴格說起來是同一個人，但五分鐘前的他和此刻擁有全部記憶的他之間，可說隔了一條思想鴻溝。直到現在他才是眞正的他。

他說：「對不起，娜。」

「爲什麼？」

「重新經歷我們這段關係，肯定快把妳逼瘋了。」

她幾乎露出微笑。「我的確幾乎常常想殺了你。」

「妳覺得無趣嗎？」

「當然不會。」

空氣中充滿了問號。

「妳不需要再重蹈覆轍。」他說。

「什麼意思？」

「和我在一起。」

她看著他，露出受傷的表情。「你是說你不想？」

「我不是那個意思，完全不是。」

「你要是不想也沒關係。」

「我沒有。」

「你想再和我度過一次人生嗎？」她問道。

「我愛妳。」

「這不算是答案。」

「我想和妳共度每一個人生。上禮拜我就告訴過妳了。」他說。

「現在情況不同，你已經恢復每條時間軸的完整記憶了，不是嗎？」

「我跟定妳了，海倫娜。我們只了解時間物理學的一點皮毛，還有很多很多要學習。」

他感覺到電話在毛皮外套口袋裡震動。一起做最後一次健行，來到他們心愛的地方，的確很值得，可惜現在該離開了。該回歸文明了。去看著世人想起一切，然後在軍人找上門之前趕緊離開，不過他不太相信他們會這麼快找到他和海倫娜。這次他們改換了新身分。

海倫娜拿出手機，解開鎖定的主螢幕。

她驚呼一聲：「天哪。」

接著翻身爬起，直接穿著雪鞋跑了起來，姿勢怪異地循步道下山。

「妳在做什麼？」他問道。

「我們得走了！」

「出什麼事了？」他衝著她身後大喊。

她喊了回來：「我不管你囉！」

他連忙爬起，隨後追上去。

穿過樅樹林下山有四百公尺距離。他的手機叮咚響個不停，有人在狂傳簡訊。儘管鞋具笨重，他還是不到五分鐘就來到步道口，砰一聲趴在吉普車引擎蓋上氣喘吁吁，冬衣底下都開始冒汗了。

海倫娜已經上了駕駛座，他也連忙爬上副駕駛座，腳上還穿著雪鞋。她很快發動引擎，衝出沒停幾輛車的停車場，輪胎在結冰的路面上空轉了一下。

「妳在搞什麼，海倫娜？」

「看看你的手機。」

他從外套掏出手機。

主螢幕上有一則緊急訊息，前幾行寫道：

【緊急警報】

彈道飛彈瞄準了美國境內多處目標。立刻尋找掩護。這不是演習。更多詳情……

「我們早該想到的。」她說：「記得上一條時間軸裡，他們在聯合國的聲明嗎？」

「『再有進一步使用記憶椅的情形將視爲有意挑起戰火。』」

海倫娜在一個急轉彎道車速過快，輪胎打滑撞到雪堆，防鎖死剎車系統旋即啓動。

「妳要是撞上了樹，我們就永遠……」

「我是在這裡長大的，我會不知道怎麼在雪地開車嗎？」

她馬上又加足油門繼續上路，呼嘯下山的途中，密密麻麻的樅樹從兩旁飛掠而過。

「他們非攻擊我們不可。」海倫娜說。

「爲什麼這麼說？」

「為了我在高研署的時候討論過的所有理由。每個人都認為最糟的情況就是某個國家派人回到半世紀以前，抹去數十億人的生命。他們一定要想盡辦法攻打我們，希望能在我們使用記憶椅之前將它摧毀。」

海倫娜打開收音機，同時駛離州立公園出口。他們已經下降了六百多公尺的高度，此時只剩陰暗處的地面還留有斑駁殘雪。

「……新聞插播。發布國家級警報。接下來將有重要的指示訊息。」車內，緊急警報系統提示音大作，聽得人心驚膽跳。「以下訊息乃應美國政府要求傳達。這不是測試。北美空防司令部偵測到中俄兩國發射了洲際彈道飛彈，預計在十到十五分鐘後，攻擊北美洲多處目標。這是攻擊警報廣播，再說一次，這是攻擊警報廣播。攻擊警報表示已偵測到我國確實遭受攻擊，國民應採取防護措施。請所有國民立刻尋找掩護，移到地下室或堅固建築物較低樓層的室內。遠離窗户。假如人在户外或車上，趕快前往避難所。如果一時找不到，就趴平在溝渠或其他凹地內。」

海倫娜在鄉村道路上加速到時速一百六，從側面與車內後照鏡可以看到山麓小丘遠遠落到後面去。

巴瑞彎下身，動手解開將雪鞋與沾滿白雪的登山靴綁在一起的繩帶。

轉上州際公路後，海倫娜把引擎催逼到臨界點。

過了一公里半，便進入市郊範圍。

愈來愈多車停上路肩，門敞開著，駕駛全都棄車尋找掩護去了。

海倫娜不得不踩剎車，因為所有車道都堵塞了。民眾成群逃離自己的車，跳過護欄，衝下一道堤防，堤防底部的溪水在雪融後變得湍急混濁。

「能到下一個出口嗎？」巴瑞問。

「不知道。」

海倫娜繼續挺進，避開人潮，駛經幾輛開著門的車，爲了要通過，不得不用吉普車的前保險桿把門一一撞斷。出口的交流道下不去，她便將車開上一道陡峭草坡，上到路肩，最後從一輛UPS快遞貨車與一輛敞篷車中間擠過去，來到高架橋上。

市區馬路與州際公路恰恰相反，幾乎空空如也，她在馬路中央奔馳前進時，警報喇叭又再次響起。

他們的實驗室在雷克伍德，位於丹佛西郊，是一棟紅磚建築，以前是消防隊所在。現在只差一公里半多一點就到了，巴瑞直瞪著窗外，到處幾乎毫無動靜的感覺好奇怪。

路上沒有其他車輛。

戶外也幾乎空無一人。

據他估計，第一次緊急警報廣播到現在至少有十分鐘了。

他轉頭面向海倫娜，想把說過的話再說一遍，說無論如何，他都想和她再經歷一次這個人生，還沒開口便從她那側車窗瞥見他有生以來見過最熾亮的光——一朵白燦燦的花開放在東邊天際，靠近市中心摩天大樓密集處，那道光強烈到在突襲世界的同時也灼傷了他的眼角膜。

海倫娜的臉變得滿面紅光，他視野中的一切景物，包括天空，都失去色彩，化成一片燦爛灼熱的白。

他眼盲了五秒鐘，當視力恢復，所有事情都同時發生了。

吉普車內的玻璃全部爆裂……

正前方公園裡的松樹彎折了腰，樹梢都碰地了……

一座帶狀商場瓦解後的瓦礫碎石，被一陣劇烈強風吹到路上來……

原本推著商場推車走在人行道的一名男子，被拋飛到十五公尺高……

接著他們的吉普車翻覆，衝擊波將他們掃過馬路，金屬刮過地面的聲音震天價響，火星飛撲到巴瑞臉上。

當吉普車撞到路邊停下，爆破的響聲傳來了，他從來沒聽過這麼大的聲音，大到足以終結全世界，大到足以將胸口擊碎，此時他心裡只閃過一個念頭：爆炸的音波來得太快了。

只有幾秒鐘。

他們離原爆點太近，活不了多久。

一切都靜定下來。

他耳中嗡嗡鳴響。

他的衣服處處燒焦，還有小火圈繼續在侵蝕布料。

放在其中一個杯架裡的一張收據焚燒起來。

煙從通風口湧入。

吉普車往副駕駛座這一側翻倒，他還繫著安全帶，以傾斜的姿勢面對殘餘的世界。他伸長脖子往上看海倫娜，她也還被安全帶固定在駕駛座，垂著頭，動也不動。

他喊著她的名字，卻連自己也聽不見自己的聲音。

只能感覺到喉頭在震動。

他解開安全帶，費力地轉向妻子。

她眼睛閉著，臉上紅通通，左側臉頰插滿窗玻璃碎片。

他伸手過去爲她解開安全帶，當她從座位摔落在他身上，雙眼隨即睜開，猛然倒抽了一大口氣。

她動動嘴唇，試著想說什麼，但一發現他們倆都聽不見也就住嘴了。隨後舉起一隻二度燒傷泛紅的手，指向已經全碎的擋風玻璃。

巴瑞點點頭，兩人便爬了出去，掙扎半天好不容易終於站到路中央，放眼所及，盡是噩夢中才可能出現的殘破景象。

天空不見了。

樹木只剩枯枝，燃燒中的樹葉從枝幹上飄落，宛如火雨。

海倫娜已經踉踉蹌蹌沿路走去。巴瑞追上去時，才在爆炸後第一次注意到自己的手。那雙手和海倫娜的臉一樣紅，而且已經因爲熱輻射的熾熱閃光冒出水泡。

他抬起手觸摸臉和頭，竟摸下一簇頭髮。

我的天啊。

他頓時驚慌不已。

連忙來到海倫娜身邊，她正跛著腳一跳一跳地穿過路面上處處冒煙的破瓦殘礫。

四下暗得彷彿天黑，太陽不見蹤影。

疼痛不斷擴散。

臉、雙手、眼睛。

聽力恢復了。

聽見他的腳步聲。

車輛的警報器。

有人在遠處高聲哭喊。

整座城市愕然沉默得嚇人。

他們轉進下一條街道，巴瑞估計離消防屋還有半哩路。

海倫娜驀然停下腳步，彎身，在路中央吐了起來。

他本想拍拍她的背，但手掌一觸及她的外衣，立刻痛得縮手。

「我快死了，巴瑞。你也是。」

她挺直身子，擦擦嘴巴。

海倫娜的頭髮不停掉落，呼吸聽起來粗啞而痛苦。

就和他一樣。

「我想我們可以辦到。」他說。

「我們非辦到不可。他們爲什麼會攻擊丹佛？」

「如果他們火力全開，就有數千個彈頭瞄準美國每個大都市，八成是希望運氣夠好，一舉毀了椅子。」

「說不定眞的毀了。」

他們繼續往前走，不明的距離外仍有煙塵烈焰翻騰繚繞，從聳入雲霄的蕈狀雲看來，離原爆點愈來愈近了。

他們經過一輛翻覆的校車，黃色車身已變黑，玻璃爆裂，車內哭喊聲連連。

巴瑞放慢步伐，正準備走過去，海倫娜卻說：「我們唯一能幫他們的方法就是趕快回家。」

他知道她說得有理，但他必須用盡全身力氣才能阻止自己不試著伸出援手，甚至不出言安慰。

他說：「眞希望不必活到今天看到這一幕。」

他們跑著經過一棵燃燒的樹，有個機車騎士連人帶車被轟到十米高的樹枝上。

接著有名女子禿頭裸體、步伐蹣跚地走在大街上，皮膚像白楊樹皮似的層層剝落，眼珠異常地大又白，好像吸收了周遭的恐怖氛圍而脹大。但事實上，她是瞎了。

「別說了。」海倫娜哭著說：「我們會改變這一切的。」

巴瑞嘗到嘴裡有血味，他整個人漸漸被痛楚包圍。

感覺好像五臟六腑都融化了。

又是一聲爆炸巨響震撼腳下的土地，這次距離遠得多。

「到了。」海倫娜說。

消防屋就在眼前。

他們就站在自己的社區裡，他幾乎渾然不覺。

因爲太痛了。

但主要還是因爲看起來一點都不像。

所有木造房屋都被夷平，電線桿傾倒，樹木也被火燒得不剩一絲綠意。

車輛到處散落，有些被彈飛到屋頂上，有些側翻在地，有些還在燃燒著。

煙灰與輻射塵紛落，天黑前若還待在這個人間地獄，便會產生急性輻射中毒。

四下唯一可見的動靜，都是焦黑形體在地上扭曲打滾。

在街上。

在昔日住宅門前冒煙悶燒的院子裡。

巴瑞看出這些都是人之後，頓時感到無助欲嘔。

他們的消防屋還屹立著。

窗戶都碎了，彷彿睜大的黑眼洞，紅磚也變成焦炭顏色。

當他們爬上門口階梯，踩著裂開平躺在門廳的大門進屋時，巴瑞的臉和手都疼痛難耐。

然而再痛也比不上看到住了二十一年的家變成這副模樣的震驚痛心。

微弱光線從窗口滲入，照見滿目瘡痍。

大多數家具都炸得四分五裂。

廚房裡瀰漫著瓦斯味，屋子另一頭的角落裡，煙從敞開的門漫入他們的臥房，房內牆上還能看見火光閃爍。

匆匆奔過屋內時，巴瑞在餐廳與客廳間的拱門下一個重心不穩，險些絆倒，他急忙抓住拱門側邊穩住腳步，但隨即痛得大叫，並在牆上留下血手印和一層皮。

他們隱密實驗室的入口是另一道保險門，這回設在開放式的儲藏室兼衣櫥，以前原本是工作室。門本身的線路與房子其他部分是連通的，所以按鍵鎖不能用了。海倫娜打開手機的手電筒，在半昏暗中手動開啓五個數字的密碼鎖。

她正準備轉動轉輪，卻聽見巴瑞說：「我來。」

「沒關係。」

「妳還得死在水槽裡呢。」

「有理。」

他走到門前面，握住三輻軸的轉輪手把，一面使力扭轉一面痛苦呻吟。然而轉輪文風不動，反倒是他脫了好幾層皮，同時浮現一個可怕的念頭：萬一爆炸的熱度把門內一切都融化了呢？他彷彿看見他們共度的最後一天：在燒到只剩外殼的家裡，慢慢忍受熱輻射的烹煮，無法取用記憶椅，坐看他們的失敗。當下一次轉移發生（倘若眞有這麼一天），他們若非轉眼消失無蹤，便是進入其他人創造的世界。

轉輪鬆動了，終於開始轉動。

門栓鎖縮退，門應聲而開，裡面有一道螺旋梯向下通往實驗室，和他們在土桑城外沙漠裡建造的那間幾乎一模一樣，差只差在這裡沒有挖入土地深處，而是給舊消防屋的石砌地下室加裝鋼鐵牆。

門內沒有光。

巴瑞從轉輪上鬆手時，又留下了部分皮肉，然後尾隨海倫娜，靠著她手機相機閃光燈持續亮著的微弱光源，順梯而下。

實驗室靜得出奇。

沒有爲伺服器降溫的風扇聲。

也沒有加熱幫浦的運轉聲，這是爲了讓剝奪槽裡的水溫穩定保持在人體表皮的溫度。

隨著手機的光線掃過牆面，他們朝伺服器機架末端走去，那兒有一個鋰電池充電座，是實驗室裡唯一發光的東西。

牆上有個開關面板，可以將電力系統由電網供電改爲電池供電，巴瑞走過去時又面臨另一個驚恐萬分的時刻。萬一爆炸損壞了電池或任何設備的連接器，這一切全都枉費了。

「巴瑞，你在等什麼？」海倫娜說。

他打開開關。

頭上的燈閃了一下亮起。

伺服器開始嗡嗡運轉。

海倫娜已經坐進終端機前的椅子，電腦的開機程序也啓動了。

「電池只能供應三十分鐘電力。」她說。

「我們有發電機，也有充足的瓦斯。」

「是沒錯，但要重設供電線路太花時間。」

他脫下燒焦的毛皮外套和雪褲，坐到海倫娜身邊，儘管指尖嚴重燒傷，嘴角與眼角流著血，她還是盡快敲著鍵盤。

她開始脫去冬衣後，巴瑞走到櫥櫃拿出僅剩的一頂充飽電的頭罩，打開電源後，小心地戴到妻子布滿水泡的頭上。

他臉上的二度灼傷漸漸進入劇痛程度，醫藥箱裡有嗎啡在呼喚他，但也沒時間了。

「我自己會把頭罩戴好，」她說：「你去拿注射座吧。」

他抓起注射座，開啓電源，確認藍芽裝置已與電腦連線。

海倫娜因爲有毛皮外套外加好幾層襯衫和發熱衣的保護，前臂未受最初的閃爆波及，依然乳白細滑，與受輻射灼傷的雙手形成強烈對比。巴瑞用重傷的手指試著將靜脈導管插入她的血管，試了好幾次才終於將注射座固定在她的前臂，然後走向剝奪槽。水溫比理想的攝氏三十七度低了零點八度，但也只能將就了。

他打開槽門，轉向海倫娜，只見她跌跌撞撞朝他走來，有如折翼天使。

他知道自己也好不到哪去。

「眞希望我能替妳做接下來這一部分。」他說。

「只會多痛一下子而已。」她說著，淚水撲簌簌滑落。「再說，這是我的報應。」

「不是這樣的。」

「你不必再一次陪我走這條路。」她說。

「不管要走多少次，我都願意。」

「你確定？」

「百分之百確定。」

她抓住水槽邊，把腿晃進去。

手碰到水的時候，她大喊了一聲。

「怎麼了？」巴瑞問道。

「鹽水，我的老天……」

「我去拿嗎啡。」

「不行，可能會搞砸記憶再活化。就快點吧，拜託。」

「好，我們回頭見。」

他關上槽門，讓妻子痛苦地漂浮在鹽水中。

然後急忙趕回電腦前，啓動注射程序。麻醉藥發射後，他想坐下來，但全身疼痛不堪，根本坐不住。

於是他穿過實驗室，爬上螺旋梯，走過工作室與他和海倫娜的家——如今已被炸成廢墟。

重新回到消防屋外的階梯上時，天色暗得有如夜晚，天上不斷有點點火星飄落。

巴瑞步下階梯，走到街道中央。

有一張燃燒著的報紙飛過路面。

對街有一具焦黑形體蜷縮成胎兒姿勢，躺在路邊，從此安息。

空氣中熱風呢喃。

遠處聲聲尖叫與呻吟。

除此之外，別無其他。

想想眞不可思議，不到一小時前，他還坐在三千公尺高的林間雪地，眺望丹佛市美好的午後春景。

是我們自作孽，才能如此輕易地自我毀滅。

幾乎再也站不住了。

他膝蓋一彎，癱倒在地。

此時坐在消防屋前的路中央，看著世界焚燒，他努力地不讓自己被痛楚擊垮。

離開實驗室已有幾分鐘了。

海倫娜在水槽裡奄奄一息。

他在外面這裡奄奄一息。

他往地上躺下，仰望著從黑色天空落下的火雨。

一根白鐵桿棍像刀子一樣劃過他的後腦杓，他意識到自己舒了口氣，因爲知道這意味著接近尾聲了，DMT正淹沒海倫娜的大腦，她也將穿越隧道回到昔日記憶：十六歲的她走向一輛藍白相間的雪佛蘭，眼前有一整個人生等著她。

他們會全部重新再來一遍，希望下一次會更好。

漸漸地，火星微粒愈飄愈慢，最後懸浮在他周遭，彷彿數億隻螢火蟲……

□ ◇ □

感覺又濕又冷。

他聞到海鹽的味道。

聽到海浪拍打岩石，與開闊水面上清揚的鳥啼聲。

他的視線快速聚焦。

數百公尺外有一道崎嶇的海岸線，藍灰色水面上霧氣瀰漫，遠方岸邊站著一排雲杉，在薄霧中若隱若現，好似一行帶有鬼魅氣息的書寫字體。

他臉上燒熔的疼痛感不見了。

此時穿著潛水衣坐在海洋獨木舟裡，腿上橫擺著一支槳，一面擦去鼻血一面狐疑自己身在何處。

海倫娜人在何處。

爲什麼這條時間軸的記憶還不出現。

幾秒鐘前，他還躺在他們位於丹佛的消防屋前的街上，痛苦地看著天空降下火雨。

現在他……也不知道在哪裡。他的人生好像一場夢，在現實間飛移，記憶變成現實，現實變成噩夢。一切暫時都是眞的，卻只是曇花一現。景物與情緒不斷變遷，卻又毫無邏輯可言，就像只有身在夢裡，夢境才說得通。

他把槳插入水中，讓獨木舟往前行。

一個隱蔽的小海灣漸漸映入眼簾，小島緩緩爬升上百公尺，一片蓊鬱暗沉的雲杉林，白楊夾雜其中，零星點綴了幾抹白。

在較低的山坡上，有一棟房子坐落在遼闊的翠綠草地，四周環繞著幾棟較小的建築：兩間客屋、一座涼亭，底下岸邊還有一間船屋和碼頭。

他搖槳划進小灣，接近陸地時加快速度，最後將獨木舟划上岸邊的碎石床。當他姿勢笨拙地爬出小船，腦中只浮現一段記憶：

坐在波特蘭那間酒吧時，海倫娜爬上他旁邊的高腳椅，這是他們怪異的遞迴人生中第三次了。

「你好像想請我喝一杯。」

多奇怪！基本上是同一時間，卻有三段不同的記憶。

他赤腳走過岩石海岸來到草地，一心準備迎接記憶浪潮，但今天卻遲遲不來。

屋子建在石基上，歷經數十年鹽分、陽光、風與嚴酷寒冬的侵蝕，木板牆已變成漂流木般的灰色。

一隻龐然大狗從院子另一頭蹦跳著前來迎接他。一頭蘇格蘭獵鹿犬，毛色與飽受風吹雨打的牆板顏色一樣。牠流著口水熱情歡迎巴瑞，直起身子與他四目相交，一面猛舔他的臉。

巴瑞爬上陽台階梯，從陽台上可以眺望海灣與背後大海的美景。

他拉開玻璃門，進入環繞一座獨立石爐打造的溫暖客廳，而石爐就矗立在屋子正中央。

小小的火在爐架上燃燒，室內充滿柴煙的香味。

「海倫娜？」

沒有回應。

屋裡悄然無聲。

他穿過一個屋梁外露的法式鄉村廚房，大大的中島台上放了砧板，四周擺著長凳。

接著走過一條陰暗長廊，感覺好像非法入侵別人家。他來到走廊盡頭的一個門口，停了下來，裡面是一間凌亂卻散發溫馨氣氛的工作室，有一個柴爐、一扇俯臨森林的窗戶，房間中央還有一張舊桌，被堆疊的書壓凹了。桌旁架了一塊黑板，上面寫滿令人費解的方程式與圖表，似乎與複雜分岔的時間軸有關。

記憶在瞬間浮現。

前一刻還一片空白。

下一刻，他清清楚楚知道自己在哪裡，知道自己被海倫娜找到之後完整的人生軌跡，也完全明白黑板上那些方程式的意義。

因爲那是他寫的。

那些是史瓦西解的外推，史瓦西的方程式定義了一個物體，依據其質量，必須具有多大半徑才能形成奇異點。之後那個奇異點又會形成愛因斯坦－羅森蟲洞，理論上蟲洞可以在瞬間連結遙遠的空間區域，甚至於時間區域。

由於他前一條時間軸與這一條時間軸的意識融合在一起，因此對於他們倆過去這十年的努力，他有種矛盾的感覺，既像是全新的經驗又感覺親密而熟悉。他看待這段關係的眼光，既新鮮卻也完全失去客觀。

在這個人生中，他大部分時間都在研究黑洞物理學。一開始海倫娜都陪在他身邊，但最近這五年，隨著二〇一九年四月十六日逐漸接近，卻沒有突破性的進展，她便開始退縮了。

知道自己非得再重來一遍，她實在難以承受。

俯瞰樹林的窗玻璃上，有他多年前用黑色馬克筆寫下的一些基本問題，至今依然無解，困擾著他……

- 記憶的史瓦西半徑為何？
- 一個瘋狂的想法……人死後，記憶崩毀的巨大重力是否會製造一個微黑洞？
- 一個更瘋狂的想法……死亡時的記憶再活化過程是否會開啟一個蟲洞，將我們的意識連接到更年輕時的自己？

他將會失去這所有的知識。其實這些一直也都只是理論，只是他試圖拉開布幕，去理解海倫娜的椅子何以有那樣的能力。少了科學測試，他的知識毫無意義。直到過去兩、三年，巴瑞才想到應該把他們的設備搬到瑞士日內瓦的歐洲核子研究組織（CERN）實驗室，在配備有大強子對撞機粒子探測器的情形下讓某人死在水槽裡。假如能證明人在水槽死亡的那一刻，出現了微蟲洞入口，而且當意識在較年輕時的自己體內重生時，出現了蟲洞出口，或許便能初步了解記憶回轉的眞正運作模式。

這個想法海倫娜無法接受。她認爲不值得爲了獲取知識，冒險讓他們的技術再次淪入失控狀態；而且只要他們與大強子對撞機的科學研究團體分享記憶椅的知識，失控的情形幾乎肯定會發生。何況，要說服當權者准許他們使用粒子探測器，恐怕需要好幾年的時間，若還要科學團隊寫出演算法與軟體以取得系統中的物理數據，又得好幾年。到頭來，研究椅子的粒子物理特性反而比實際打造更困難也更費時得多。

不過他們有的是時間。

「巴瑞。」

他轉過身。

海倫娜就站在門口，這回出現在眼前的妻子與前兩次簡直判若兩人，震驚之餘他心裡也響起了警報。她看起來好像他心愛女子的崩壞版：骨瘦如柴、雙眼凹陷、有黑眼圈，眼眶骨也太突出了些。

有一段記憶變清晰了：

兩年前她企圖自殺，前臂上的白色疤痕依然明顯可見。家裡的老舊貴妃浴缸擺在一處壁凹，可以從窗口眺望海景，他在浴缸裡發現她時，水已經變成酒紅色。他還記得從水裡抱起她毫無生氣、濕答答的身體，放到地磚上，發了瘋似的用紗布纏她的手腕，及時止住了血。

她差點就沒命了。

她最辛苦的地方就是沒有人能談心，也不能找精神科醫生分擔她的人生重擔。她只有巴瑞，但只有他還不夠，這份愧疚感折磨了他多年。

此時此刻，注視著門口的她，巴瑞心裡充滿對這個女人的愛意。

他說：「妳是我所認識最勇敢的人。」

她拿起電話。「飛彈在十分鐘前發射了。我們又失敗了。」她啜了一口手裡的紅酒。

「妳就要進水槽了，不該喝那個。」

她一飲而盡，說道：「只是喝一點點鎮定神經。」

他們之間變得很冷淡。他已記不得最後一次是什麼時候與她同床，什麼時候有過魚水之歡，什麼時候一起笑談某件蠢事。但是怪不得她。對他而言，在每次的循環中，他們的關係都是從波特蘭那家酒吧開始的，他二十一歲，她二十歲。他們共度了二十九年，雖然每次的重複對他都是全新經歷（直到這個末日時刻來臨，恢復了舊時間軸的記憶），然而就她的角度，她已經和同一個男人生活了八十七年，從二十歲到四十九歲，歲歲年年、一再反覆。

同樣的爭執。

同樣的恐懼。

同樣的動力。

同樣的……一切。

毫無驚喜可言。

只有到了現在這短暫的一刻，他們才是對等的。以前海倫娜曾試著解釋，但直到最後他才明白，而這番領悟讓他想起史萊德在旅館實驗室裡，臨死前說的話：**當你活過數不盡的人生之後，你的觀點也會改變**。

也許史萊德說到重點了。除非活過無數人生，否則無法眞正了解自己。也許那個人不是完全瘋狂到無藥可救。

海倫娜走進工作室來。

「妳準備好了嗎？」他問道。

「你就不能輕鬆個一分鐘嗎？不會有人把核子彈射到緬因海岸邊來。這裡會有波士頓、紐約和中西部的輻射塵，不過那是幾個小時以後的事。」

他們也曾經爲了這個時刻起過爭執。前兩年，當他們清楚意識到在這次的循環中也找不到解決之道，巴瑞便主張提早結束這條時間軸，送海倫娜回去，讓世人無須想起自己在前一條時間軸的慘痛遭遇，也無須在這條時間軸再重新經歷一次。海倫娜則認爲哪怕只有一丁點機會，也應該等到最後，也許假記憶不會再出現。不過更重要的是，她希望能和想起所有時間軸、想起他二人共度的人生的巴瑞相處片刻，哪怕只是須臾片刻都好。要他老實說的話，他也希望能這樣。

在他們整個共同的人生中，這是唯一能眞正面對彼此的時刻。

她來到窗前，站在他身旁。

然後伸出一根手指，開始擦去窗上的字。

「全部都是白費，對吧？」她說。

「我們應該去找ＣＥＲＮ的。」

「就算證明了你的蟲洞理論正確，那又怎麼樣？」

「我還是認爲，只要能了解椅子是怎麼樣又爲什麼能將我們的意識送回過去的記憶，就更有機會知道如何阻止假記憶出現。」

「你就沒想過這也許是不可知的？」

「妳絕望了嗎？」他問。

「唉，親愛的，希望早就沒了。除了我本身的痛苦之外，每次我一回去，那個走出家門、坐上皮卡貨車、準備享受第一次眞正自由的十六歲少女，意識就會被摧毀。我一而再、再而三地殺了她。她始終沒有機會過自己的人生。因爲史萊德，因爲我。」

「那麼暫時就讓我爲我們兩人抱著希望吧。」

「一直都是這樣。」

「讓我繼續下去吧。」

她看著他。「你還是相信我們能找到方法解決。」

「對。」

「什麼時候？下一個循環嗎？第三十次的循環嗎？」

「好奇怪。」他說。

「什麼？」

「五分鐘前我走進這個房間，完全看不懂那些方程式。然後忽然間就想起這條時間軸的記憶，也了解了偏微分方程式。」發生在另一個人生的一段對話，在他大腦的神經元構造中閃現。他說：「妳記得我們在那間旅館用槍指著史萊德的時候，他說了什麼嗎？」

「你應該知道，對我來說，那幾乎是將近百年前，三條時間軸以前的事了。」

「妳跟他說一旦世人得知椅子的存在，這份認知就永遠收不回了。也就是我們一直在努力對抗的情形。記得嗎？」

「好像有這麼回事。」

「他說妳受到妳自己各種限制所蒙蔽，說妳仍看不清全貌，還說除非像他那樣穿梭，否則永遠看不清。」

「他瘋了。」

「我本來也這麼想。可是在那第一條時間軸的妳和現在的妳確實不一樣，也許妳快被逼瘋了，但妳也精通了整個科學領域，這些人生是第一個海倫娜作夢也想不到的。妳正在用她從未有過的眼光看這個世界。我也一樣。誰知道史萊德活過多少個人生，又知道了些什麼？說不定他眞的想出了什麼辦法，眞的發現了失效記憶問題的漏洞呢。而妳要自己找到這個答案，不知道還要經過多少次的循環。會不會一直以來，我們都忽略了某個重要關鍵？」

「比方說？」

「我也不知道，不過妳不想問問史萊德嗎？」

「你認爲我們要怎麼才能去問他呢，警探大人？」

「不知道，總之不能就這麼放棄。」

「不，**我**是不能放棄的。至於你隨時可以認輸退場，去過你自己的幸福人生，完全不知道會有這一天來臨。」

「妳眞的覺得我的存在對妳這麼不重要？」

她嘆了口氣。「當然不是。」

背後桌上的紙鎮忽然開始震動起來。

窗玻璃出現蜘蛛網狀裂痕。

遠處爆炸的隆隆聲直震到他們的骨子裡。

「這簡直就像地獄。」她鬱鬱地說：「親愛的，準備好進實驗室再殺我一次了嗎？」

◇ ◇ ◇

巴瑞已經不在他與海倫娜在緬因外島打造的地下實驗室裡，而是坐在一個熟悉的房間，一張熟悉的辦公桌前。他頭痛欲裂，似乎有好一段時間沒這麼痛過——眼睛背後一陣陣抽痛，像是嚴重宿醉。

他盯著面前電腦螢幕上的一份供詞，但仍毫無這條時間軸的記憶。他逐漸察覺到自己所在之處是紐約市警局二十四分局的四樓辦公室，驚恐之情隨之加劇。

西第一百街。

上西區。

曼哈頓。

他在這裡工作過。不只是在這棟大樓、這一層樓、這個地點，也不只是一張**類似的**辦公桌，而完全是同一張。他甚至認出一處原子筆漏水沾染的汙漬。

他掏出手機，看了看主螢幕：二〇一九年四月十六日。

海倫娜死在高研署實驗室的第四條時間軸紀念日。

搞什麼鬼？

他從椅子上起身——比在緬因、科羅拉多和亞利桑納的他都重得多——外套底下可以感覺到某件東西的重量，是他許久未曾佩戴的東西：槍套。

整個半開放式的四樓空間瀰漫著詭異的靜謐。

沒有人在打字。

沒有人在說話。

一片鴉雀無聲。

他望向對面的女警，他記得她，不是在這條時間軸，而是原始的那條，在時間被海倫娜的椅子弄得支離破碎之前。她是兇案組的警探，名叫席拉・雷德林，在他們的壘球隊擔任游擊手。她臂力驚人，酒量也是組上最好。此時，席拉流下鼻血，染到了白襯衫，臉上表情無疑像個備受驚嚇的女人。

再過去那個座位的男警也在流鼻血，同時也在流淚。

同一層樓的另一邊，一記槍響劃破寂靜——連根針落地都聽得見的寂靜。緊接著，小隔間如迷宮般的辦公區傳出一聲聲倒吸氣與尖叫。

又是一記槍聲，這次離得較近。

有人高聲喊道：「**這是他媽的怎麼回事？他媽的怎麼回事？**」

第三聲槍響後，巴瑞伸手掏槍，懷疑警局受到攻擊，只是附近完全看不到任何威脅。

只有一張張驚惶失措的臉。

席拉突然站起來，拔槍抵住自己的頭，然後開槍。

當她摔倒在地，與她一板之隔的男同事隨即從座位上衝出去，抓起她掉在血泊中的槍，放進自己嘴巴裡。

巴瑞大喊：「不要！」

當他開了槍，倒臥在席拉身上時，巴瑞發覺這一切似乎都有某種恐怖的跡象可循。他前一條時間軸的記憶是和海倫娜在緬因州海岸，但這些人卻正在紐約市遭受核武攻擊，所有人不是死了就是處於臨死前的痛苦掙扎，而且他們剛剛才在更前一條時間軸遭受過同樣命運，因爲在那裡也剛剛發生一起核子攻擊。

這時候，巴瑞在這條時間軸的記憶猶如洶湧巨浪破空而出。

他二十出頭時搬到紐約，成了警察。

他娶了茱莉亞。

在紐約市警局一路爬升到中央強盜案組的警探職位。

他又重過了一遍原始的人生。

他猛然想起一事，心痛欲碎：海倫娜沒來波特蘭的酒吧找他。他始終沒有遇見她，沒有她的消息。不知爲何，她選擇不與他一起度過這條時間軸。他只有在失效的記憶裡才認識她。

他拿出手機想打電話給她，試著回想她的電話號碼，但發覺在這條時間軸，號碼不可能一樣。他無法聯絡她，此刻那種無力感幾乎讓他承受不住，千頭萬緒撕扯著他的心……

這表示她與他斷絕關係了嗎？

她找到另外的人了嗎？

終於受不了和同一個男人再經歷同樣一個二十九年的循環了嗎？

當四周不斷爆出槍聲，眾人開始逃離，他回想起與海倫娜在緬因家中最後一次談話，以及他想去找史萊德的念頭。

繼續專注在這一點上面。如果過去的人生有任何引導作用，在紐約淪爲人間地獄之前，你也只有極有限的時間。

他屏除一切混亂，將椅子滑回桌前，叫醒電腦。

Google「馬可士．史萊德」的名字後，出現了《舊金山紀事報》的一則訃聞，史萊德已於去年聖誕死於藥物過量。

該死。

接著他搜尋「智雲．契爾柯佛」，找到不少結果。契爾柯佛在上東區經營一家創投公司，名叫「頂尖投資」。巴瑞用螢幕快照從他們的網站擷取聯絡資訊後，抓起鑰匙便衝向樓梯間。

一面奔下樓，一面打電話給「頂尖」。

「所有線路忙線中，請稍後再……」

他衝過一樓大廳，進入傍晚的天色中，上氣不接下氣地步上西一百街人行道，卻見到手機主螢幕亮起新的警報：

【緊急警報】

彈道飛彈瞄準了美國境內多處目標。立刻尋找掩護。這不是演習。更多詳情……

天啊。

在擁有這條時間軸的記憶的同時，他的身分認同也短暫地涵蓋了以前的所有人生。只可惜當飛彈一打來，便會終結這多條時間軸並存的意識。

他暗忖：他剩下的人生是否只能這樣度過？

是否每個人都一樣？

半個小時的時間，一再重複同樣的、永無止境的恐懼。

猶如煉獄。

對街一棟大樓的十五樓，破了一扇窗，玻璃紛紛落在路面上，隨後而來的是一張椅子和一個穿條紋西裝的男子。

他頭下腳上砸在一輛車頂，車子的警報器開始發出刺耳響聲。

許多人從巴瑞旁邊跑過去。

在人行道上。

在馬路上。

也有更多男女從高樓墜下，因爲記起了在核子攻擊中死去的感覺。

防空警報聲開始大響，人潮像老鼠般從鄰近建築湧出，衝入一處地下停車場尋找掩護。

巴瑞跳上車，啓動引擎。「頂尖」位於上東城，就在公園另一頭，從目前的位置過去幾乎不到六段長街區的距離。

他將車駛上馬路，卻只能在絡繹不絕的人群中緩緩前進。

他猛按喇叭，最後好不容易轉進哥倫布大道，但這裡人潮擁擠的情形也好不了多少。

他於是逆向行駛，碰到第一條巷道立刻右轉，在公寓大樓間的陰影中奔馳。

他開啓了閃燈與警笛，火力全開，又駛過兩條街，街上仍充斥著歇斯底里的瘋狂民眾。

隨後他加速駛過中央公園的一條步道，一面試著再給「頂尖」打電話。

這回，電話通了。

還在響。

還在響。

拜託，拜託，快接電話。

前面的小徑上太多人，因此他轉進北草原，直接衝過棒球場，他以前常在這裡打球。

「喂？」

巴瑞立刻緊急剎車，讓車停在球場正中央，然後打開擴音。

「你是哪位？」

「智雲．契爾柯佛。是巴瑞嗎？」

「你怎麼知道？」

「我還在想你會不會打來。」

巴瑞最後一次與智雲的互動，是上次和海倫娜在史萊德的實驗室裡開槍射他，因爲全身赤裸的他企圖撲身奪槍。

「你現在人在哪裡？」巴瑞問。

「我在三十樓的辦公室，看著窗外的市區，等著再死一遍，和所有人一樣。是你和海倫娜做的嗎？」

「我們一直試著要阻止。我想找到馬可士．史萊德……」

「他去年死了。」

「我知道，所以我得問你。我和海倫娜在旅館找到史萊德的時候，他暗示說有辦法能解除失效記憶，能以某種不同方式穿梭時空，使用記憶椅。」

電話另一頭陷入沉默。

「你是說你殺死我那次。」

「對。」

「後來是怎麼……」

「等等，沒有時間了。我需要這項訊息，你要是知道請告訴我。我和海倫娜一直陷在一個三十三年的循環中，試圖找到方法讓世人不再記得記憶椅，可是都行不通，所以我們才會一再地回到這個末日時刻。這情形還會不斷重演，除非……」

「我只能跟你說馬可士確實相信有辦法能重置時間軸，讓失效記憶不再出現，他甚至實際做過一次。我只知道這麼多了。」

「怎麼做的？」

「細節我不知道。好了，我得打電話給我爸媽。要是可以，就請你解決一下吧，我們全都活在地獄裡。」

智雲掛了電話。巴瑞把手機扔到副駕駛座，然後下車，在草地上坐下來，兩手擱在腿上。他的手腳在發抖。

全身都在發抖。

到了下一條時間軸，在二〇一九年四月十六日之前，他將不會記得剛剛與智雲的談話。

如果眞有下一條時間軸的話。

有隻鳥停歇在他身旁不遠，靜定不動地看著他。

上東區的大樓聳立在公園周邊，市區比平時更嘈雜：槍聲、尖叫聲、防空警報聲，還有消防車、警車、救護車的鳴笛聲，全部混成一首不協調的交響曲。

忽然間，一個念頭浮現。

不好的念頭。

萬一在海倫娜去波特蘭找他之前，就是從一九八六到一九九〇那四年期間，她先死了呢？就算一個人幸運地**沒有**不小心給公車撞死，她又是否眞的能左右現實的走向？

或者她會不會決定什麼都不做？就好好過自己的日子，不去打造記憶椅，任由世人自我毀滅？即便如此也不能怪她，只不過下一次現實轉移將會是另一人選擇的結果。又或者世人成功地自我消滅，也就根本無所謂轉移了。

他四周的建築與開闊草地與樹木，發出巴瑞前所未見的白熱亮光，甚至比丹佛那次還亮。

沒有聲音。

亮度已逐漸消退，繼之而起的是大火，從上東區方向來勢洶洶，熱氣逼人，但才半秒鐘不到，已經延燒到巴瑞臉部的神經末梢。

遠遠地，他看見許多人奔過草地，拚命地不讓生命的最後一刻追上自己。

熊熊烈焰與死亡有如一道熔岩高牆從中央公園往外擴散，他靜靜等著被吞噬，不料衝擊波先到一步，以不可思議的速度將他震飛過草原，隨後速度突然放慢下來。

慢下來。

慢下來。

不只是他。

一切都是。

他始終清醒地意識到這條時間軸從減速到靜止，最後他懸空掛在離地九米高處，四周全是在衝擊波中遭殃的東西：碎玻璃、碎鐵、一輛警車、臉融化變形的人。

火球在四百公尺外停住，北草原已經被燒了一半，周圍的建築物全都定在汽化的瞬間——玻璃、家具、內部物品、人，全部消失，只剩融化的鋼骨像打噴嚏一樣往外爆裂——一大片死雲從紐約市飛彈落地點往上升空，也在升上四百公尺後停住。

世界開始失去色彩，看見一切全部凍結，時間流逝，讓他心中充滿疑問……

假如物質不能創造也不能毀滅，那麼當這條時間軸不再存在，這一切物質跑哪去了？他們所留下的那些失效時間軸的物質，又怎麼樣了？被鎖在更高的、無法觸及的維度裡的時空膠囊中嗎？倘若如此，沒有了時間的物質是什麼？無法持久的物質是什麼？又會是何面貌？

在意識從這個瀕死的現實被快速拋出之前，他最後領悟到一件事：時間會放慢下來，就表示海倫娜可能還活在某處，而且此刻正在水槽裡即將死去，以便毀掉這條時間軸，另起一條。

她可能活著的事實令他感到一陣欣喜，並燃起希望：在接下來的現實中，哪怕只是短暫片刻，他也能再次與她重逢。

□ ◇ □

巴瑞躺在床上，涼爽的室內光線昏暗，敞開的窗口可以聽見淅瀝瀝的雨聲。他看看手表，晚上九點半。歐洲西部時間。比曼哈頓快五個小時。

他轉頭看結縭二十四年的妻子，她也在床上，在他身邊看書。

「現在九點半。」他說。

在上一個人生，她大約在美東時間下午四點三十五分爬進剝奪槽，所以就快到二〇一九年四月十六日第五條時間軸的紀念時間點了。

此時，巴瑞意識到的只有一個人生，就是這一個。他二十一歲那年，在波特蘭一家酒吧，海倫娜闖入他的人生，從此兩人便形影不離。當然，關於他們一同度過的前四個人生，他全都知情。他們的努力、他們的愛，還有每到二〇一九年四月十六日，當世人想起記憶椅的存在與它造成的慘況，她便會在剝奪槽內死去。上一條時間軸他們沒有一起度過，她待在波德，就近陪伴父母，自行打造椅子，並在母親的阿茲海默症發病後，利用椅子改善母親的病情。但在阻止無效記憶的突襲方面，始終毫無進展，她還信誓旦旦地說從此刻開始，那些記憶隨時會找上他。她不知道巴瑞上一個人生是怎麼過的，他自己也不知道。還不知道。在這次的人生中，他們繼續努力去了解大腦如何處理失效記憶，並更深入鑽研與運用記憶椅有關的粒子物理學。他們甚至與歐洲核子研究組織聯繫過幾次，希望能在下一條時間軸派上用場。

但事實上，一如過去一再重複的人生，他們仍未能跨出有意義的一步，以阻止即將發生的事。他們只有兩個人，要面對的問題卻是極其複雜，甚至很可能是無法克服。

海倫娜將書闔上，她看著巴瑞。他們住的是一棟十七世紀的莊園大宅，雨聲滴滴答答打在木瓦上，這可能是這世上他最喜愛的聲音了。

她說：「我擔心當你上一條時間軸的記憶回復後，你會覺得我拋棄了你，背叛了你。上一次我沒有和你一起度過，但不是因爲我不愛你或不需要你，希望你能明白。我只是想讓你過一個沒有世界末日陰影的人生，也但願是幸福的人生。希望你找到了你愛的人，我沒有，我每天都想念你，每天都需要你，經歷了這麼多次的人生，我從來沒有這麼孤單過。」

「我相信妳只是做妳該做的。我知道這對妳比對我還要艱難百倍。」

他看看手表，時間剛好從九點三十四跳到九點三十五。

她已經向他預告過所有會發生的事。頭痛、暫時失去意識與控制力，以及世界會立刻開始內爆。然而他內心仍有一部分不太相信這些事會發生。倒不是他認為海倫娜在撒謊，只是難以想像世界的紛擾會蔓延至此。

巴瑞感覺到眼睛後方一陣疼痛。

痛到目不能視。

他望向妻子說：「好像開始了。」

□ ◇ □

到了午夜，他已是經歷過許多人生的巴瑞，但說也奇怪，前一段在紐約市的記憶來得最遲。也許是因為要記起的內容太多，這次的記憶比前幾次紀念日來得都慢。

他在廚房裡喜極而泣，因為海倫娜又回到他身邊。她在小餐桌旁，坐在他腿上，親吻他的臉，輕撫他的頭髮，向他聲聲道歉，同時發誓再也不會離開他。

「該死，」巴瑞咒了一聲。「我剛剛想起來了。」

「什麼？」

他抬頭看著海倫娜。「我說得沒錯，確實有辦法脫離這個末日的循環。史萊德真的知道怎麼阻止失效記憶。」

「你在說什麼？」

「上一條時間軸快結束的時候，我上網找了史萊德。他在去年聖誕節死了，不過我和智雲說上了話。他說史萊德曾經回去開啓一條新的時間軸，而且到了時間軸紀念日都沒有引發任何失效記憶。」

「我的天哪，怎麼做到的？」

「智雲不知道。他掛斷了電話，然後世界就滅亡了。」

茶壺發出尖鳴。

海倫娜走到爐子前，提壺離火，將滾水往泡茶球沖。

「下一條時間軸，在到達紀念日之前，」巴瑞說：「我什麼都不會記得。這件事妳要負責記住。」

「我會的。」

他們倆徹夜未眠，直到天剛破曉才壯起膽子轉開新聞。這是他們第一次讓時間軸在過了時間軸紀念日後，又延續這麼久。看情形，好像全球的核子武器統統出籠了，而美國、俄國與中國的每個主要都市也都遭了殃。甚至連美國盟國的地鐵區也成爲目標，包括倫敦、巴黎、柏林與馬德里。離海倫娜與巴瑞最近的攻擊標的是往南兩百九十公里處的格拉斯哥。不過他們暫時還算安全，高速氣流將輻射塵往東吹向北歐地區了。

□　　　▱　　　□

黎明時分，他們出發穿過後院，準備將海倫娜放進剝奪槽。這塊地是他們十五年前買下的，每一寸都經過翻新。房屋已有三百多年歷史，從四周田野可以看見北海切入半島與克羅默蒂灣交會，另一邊則是高地區北部群山。

下了整夜的雨，到處濕答答。

太陽還躲在海平面下，卻已光輝滿天。儘管新聞上到處慘不忍睹，在這裡卻感覺一切如常，令人驚訝。羊群從牧草地上看著他們，四下清冷寂靜，潮濕的土味、石牆上的青苔、他們踩過碎石步道的足音。

他們來到改裝成實驗室的客屋入口停下，雙雙回頭再看一眼兩人的家，他們在那裡投注了一生，卻再也無法得見。在那麼多次的人生當中，他們倆一起打造過那麼多個家，這是巴瑞最愛的一個。

「我們是有計畫的，對吧？」他說。

「有。」

「我和妳一起下去。」他說。

「不用了，你還是去看看田野風景直到結束吧。你最愛那片景致了。」

「眞的嗎？」

「眞的。在這次的人生，我想這樣離開你。」

她吻了他。

他爲她擦去淚水。

□ ▱ □

下一個人生，巴瑞與海倫娜一齊走向馬廄。夜風舒爽，山谷四周綿延的山丘在星光下熠熠生輝著。

「還是沒想起什麼？」她問。

「沒有。」

他們打開木造廄房的門，走了進去，經過馬具間，沿著空欄之間的通道走去，這裡已經超過十年沒有養馬了。

入口隱藏在一道拉門後面。海倫娜按了密碼，他們隨即步下螺旋梯進入隔音地下室。

密室有兩側是石牆，另外兩側則是超級強化玻璃，上面鑽了通風孔。密室內有一間廁所、一個淋浴間、一張小桌子、一張床，床上躺著馬可士・史萊德。

他闔上正在看的書，坐起身來，直盯著抓他來的人。

在這條時間軸裡，他們定居在舊金山往北三十分鐘路程的馬林郡鄉下，以便接近史萊德，爲這一刻做準備。去年聖誕節前，他們趁他尚未吸毒過量前綁架了他，帶他回到農場來。

史萊德在馬廄底下這間密室醒來後，便一直被關在這裡。

巴瑞拉了張椅子到玻璃牆邊，坐了下來。

海倫娜沿著密室周邊踱步。

史萊德看著他們。

他們還沒告訴他爲什麼他會在這裡，也沒說起前幾條時間軸或記憶椅。什麼都沒說。

史萊德從床尾起身，走向玻璃牆。他低頭瞪著巴瑞，身上只穿了一條運動褲，沒穿襯衫。鬍子亂糟糟，不知多久沒洗的頭髮糾結成一團，眼神顯得既害怕又憤怒。

巴瑞隔著玻璃看他，忍不住覺得同情，儘管他在舊時間軸裡做了那些事。這個他卻不知道自己爲什麼在這裡。巴瑞與海倫娜曾多次向他保證，他們無意傷害他，但那些保證聽起來無疑只是空話。

要巴瑞老實說的話，他對於他們正在做的事深感不妥。但海倫娜有預知能力，又打造出威力驚人的記憶椅，因此他百分之百信賴妻子。即使當她告訴他，必須找到一個名叫馬可士·史萊德的人，趕在他吸毒過量死於多帕奇區頂樓公寓前先把人綁架回來，他也信任她。

「怎麼？」史萊德問：「你們終於要來跟我說爲什麼這麼做了嗎？」

「再等一下，」海倫娜說：「你就什麼都明白了。」

「這到底是……」

史萊德流出了鼻血。他往後踉蹌了一下，雙手抱住太陽穴，整張臉痛到扭曲變形，這時巴瑞眼底後方也開始劇烈抽痛，痛得他彎下身子。

時間軸紀念時刻到了，隨著舊時間軸的記憶湧現，兩個大男人都呻吟起來。

□　◇　□

此時史萊德坐在床尾，眼中已不再有恐懼，就連肢體語言也反映出原先沒有的自信與沉著。

他面帶微笑，頻頻點頭。

「巴瑞，」他說：「很高興再見到妳啊，海倫娜。」

巴瑞還在暈眩。雖然事先已聽過從前那些時間軸裡發生的事，但回想起死去的女兒，回想起一再親眼目睹世界毀滅的情形，回想起在中央公園受到震波衝擊垂死的自己，完全是另一回事。他還沒想起上一條時間軸。海倫娜說過地點在蘇格蘭，似乎是他想到的主意，只不過記憶來得好慢，像吊點滴一樣。

巴瑞看著史萊德說：「記得你在曼哈頓的旅館嗎？」

「當然。」

「你記得你在旅館死去的那一晚嗎?還有你死前對海倫娜說的話?」

「這個恐怕需要再想一想。」

「你跟她說只要能像你那樣穿梭,就能解除舊時間軸的失效記憶。」

「啊。」史萊德再次微笑。「你們兩個自己打造了椅子。」

海倫娜說:「你死在旅館以後,國防高等研究計畫署的人來帶走了所有東西。一開始還沒問題,可是到了二〇一九年四月十六日,就是六條時間軸以前的今天,這項技術完全曝光。世界各地到處有人在用記憶椅,設計藍圖也放上維基解密的網頁,現實開始不停地轉移。於是我回到三十三年前開啓一條新的時間軸,希望找到方法阻止失效記憶重現。可是就是沒辦法,不管我們怎麼做,世人總會記得椅子。」

「這麼說你們是想找到脫離這個循環的方法?想要重新設定?」

「對。」

「爲什麼?」

「因爲我跟你說過會發生的事眞的發生了。潘朵拉的盒子打開了,我不知道怎麼才能把它關上。」

史萊德走到洗手台,往臉上潑了點水。

然後又走到玻璃牆邊。

「怎麼樣才能阻止失效記憶?」她問道。

「妳在某個人生裡殺了我,又在另一個人生裡綁架我。請問一下,我爲什麼要幫妳?」

「因爲也許你還有一絲正直未泯。」

「應該要給人類一個機會，往時間牢籠以外發展，要給人類一個眞正進步的機會。妳的畢生心血是那張椅子，我的畢生心血則是把椅子獻給人類。」

巴瑞感覺到一波怒氣上湧。

「馬可士，你聽著。」他說：「沒有什麼所謂的進步。現在，全世界都想起了記憶椅的存在，那些失效記憶將會引發一場核子大災難。」

「爲什麼？」

「因爲我們的敵人認爲美國在竄改歷史。」

「你知道我聽著有什麼感覺嗎？」史萊德問：「狗屁不通。」

巴瑞起身走向玻璃。「在無數的人生中，我已經看夠了慘況。我和海倫娜在丹佛遇上飛彈攻擊，差點死去。我眼看著紐約市汽化消失。有上億人擁有四段清晰的記憶，記得自己在核子大屠殺中瀕臨死亡。」

海倫娜看著巴瑞，舉起手機。「剛剛發出警報了。我得趕快去實驗室。」

「再等一下就好。」巴瑞說。

「我們離舊金山太近。事先不是說好了嗎？」

巴瑞透過玻璃狠狠瞪著史萊德。「特殊的穿梭方法是什麼？」

史萊德後退一步，慢慢往床尾坐下。

巴瑞說：「爲了問你這個問題，我活了將近七十年，你打算就這樣默默盯著地板看嗎？」

他感覺到海倫娜拍拍他的肩膀。「我**眞的**得走了。」

「再等等。」

「**不行**。你明知道的。我愛你。我們到世界盡頭再見，還要繼續追尋微蟲洞呢。我們能做的大概只有這樣了，對吧？」

巴瑞轉身吻她。她隨即匆匆奔上樓，踩得金屬階梯哐啷哐啷響。

接下來，地下室只剩巴瑞與史萊德。

巴瑞取出手機，讓史萊德看緊急警報通知，顯示有彈道飛彈瞄準了美國境內多處目標。

史萊德微微一笑。「我說過，你們殺了我、綁架我，現在說不定也是騙我……」

「我發誓我說的是實話。」

「證明給我看。拿出證據證明這不是你自己發送到手機的假警報。讓我自己親眼去看看，不然就滾開。」

「沒時間了。」

「我有的是時間。」

巴瑞走到密室的玻璃門前，拿出鑰匙開鎖。

「怎麼？」史萊德問：「想屈打成招嗎？」

的確，巴瑞恨不得抓起史萊德的頭往石牆砸，砸到什麼都不剩。

「走吧。」巴瑞說。

「去哪？」

「我們一起去看世界毀滅。」

他們上樓後經過廄欄，走出馬廄，爬上一道長長草坡，直到來到農場高處。

月亮出來了，鄉野一片皎潔。西邊數公里外，幽暗浩瀚的太平洋微光閃耀。南邊，灣區的燈火熠熠。

他們靜坐了片刻。

然後巴瑞問道：「你在第一條時間軸為什麼要殺死海倫娜？」

史萊德嘆氣道：「我當時一文不名，是個無名小卒，日子過得渾渾噩噩。後來我卻得到這個……天賜良機。能夠全部重來一遍。要怎麼想我，隨便你，但我可沒有把記憶椅私藏起來。」

金門大橋附近爆出一團白熱光球，照亮海與天，比最明亮的白晝還要亮。由於太過刺眼，巴瑞忍不住掉過頭去。一回頭，卻見一陣衝擊波蔓延過海灣與普勒西迪奧區，朝金融區擴散。

當第二顆彈頭在帕羅奧圖市上空爆開，巴瑞看著史萊德說：「剛才那一剎那間，你覺得死了多少人？如果海倫娜不重置這條時間軸，接下來幾個小時，還會有多少人因為輻射中毒痛苦而死？舊金山的慘劇正在美國各地上演，也在我們盟國的主要都市上演，而我們也正在對中俄兩國火力全開。這就是你的偉大夢想帶來的結果，而且已經是第五次了。現在你知道自己手上沾滿這些人的血，怎麼還能無動於衷地呆坐？你不是在幫人類進步，馬可士，你是在凌遲我們。在這之後，人類已經沒有未來。」

史萊德面無表情看著兩根火柱竄上雲霄，猶如火炬。舊金山、奧克蘭與聖荷西的燈光全都滅了，卻到處冒煙，彷彿餘燼未熄。

第一顆彈頭的爆炸震盪傳了過來，從這個距離聽起來，好像在山坡上隆隆回響的砲聲。他們腳下的土地晃動起來。

史萊德搓了搓裸露的手臂。「你們得回到一切的源頭。」

「我們試過了，很多次。海倫娜回到一九八六……」

「停止線性思考。不是回到這條時間軸的開端，更不是前五、六條。你們得回到這一切的開頭事件，那是在原始時間軸。」

「原始時間軸只存在於失效的記憶裡啊。」

「沒錯。你們得回去重啓那條時間軸。只有這樣才能讓人不再想起。」

「可是失效記憶沒法繪製。」

「你們試過嗎？」

「沒有。」

「這將會是你們所做過最困難的事情。很可能會失敗，也就是可能會死，但並不是不可能。」

「你怎麼會知道？」

「海倫娜在我的鑽油塔上想出來的。」

「不可能。她要是知道，我們早就……」

史萊德笑了起來。「腦子清醒點，巴瑞。你以爲我是怎知道這法子行得通？一發現這項技術以後，我就用過了。我回到一段失效記憶，然後在她想出方法前重設了時間軸。」他彈了一下手指。「就這樣，把她發現這個方法的記憶消除了，不但是她的，還有其他所有人的。」

「爲什麼？」

「因爲一旦有人知道，就能做出你現在提議的事。他們會把記憶椅從我手上奪走，抹去它的存在。」他直視巴瑞的雙眼，瞳孔中閃爍著城市燃燒的火光。「我是個沒用的人，是個毒蟲，人生都報廢了。是這張椅子讓我變得特別，讓我有機會翻轉歷史。我不能冒著失去這些的風險。」他搖搖頭，淡淡一笑。「這樣的解決方法還挺簡單俐落的，你不覺得嗎？利用發現去抹除發現本身。」

「開啓這一切的事件是什麼？」

「我在原始時間軸的二〇一八年十一月五日殺死了海倫娜。你們就盡可能回到最近的時間……然後阻止我。」

「我們怎麼……」

又一道閃光，在南方一百六十公里處，照亮了整片海洋。

「去吧。」史萊德說：「要是沒趕上海倫娜死在水槽以前，你不會記得我剛剛說的這些，直到下一次……」

巴瑞沒把話聽完便起身急奔，朝主屋方向衝下山坡，一面掏出口袋裡的手機，摔倒又手忙腳亂爬起來，最後終於撥了海倫娜的號碼。

他往亮著燈的家跑去，電話貼在耳邊。

電話鈴響著。

繼續響著。

第二次爆炸的音波傳來了。

電話還在響。

接著進入語音信箱。

來到平地後他丟掉手機，屋子就在正前方，汗水刺痛他的眼睛。

他放聲高喊：「海倫娜！等一下！」

這是一棟大型鄉村屋舍，沿溪而建，溪水蜿蜒流過山谷。

巴瑞跑上門廊階梯，衝進前門，一面跑過客廳一面大喊海倫娜的名字，中途撞翻一張茶几和一杯水，水杯掉在地磚上摔得粉碎。

接著轉進東側走廊，經過主臥室，來到走廊盡頭，只見通往實驗室的保險門敞開著。

「海倫娜，暫停一下！」

他飛奔下樓，衝向記憶椅與剝奪槽所在的地下實驗室。他們有答案了，或者至少可以嘗試一下，不必再等三十三年。方才史萊德的臉在遠方核子火光中閃閃發亮，那表情不像在說謊，而像是對自己的所作所爲，對自己造成的痛苦恍然大悟。

巴瑞跳下最後一階進入實驗室。不見海倫娜的蹤影，顯見她已進入剝奪槽。電腦螢幕證實了這點，其中一個畫面閃著紅色訊息：**偵測到DMT釋出**。

他趕到剝奪槽，雙手放到槽門上試圖打開……

世界登時戛然而止。

實驗室流失了色彩。

他內心大聲呼喊著，他必須加以阻止，他們有答案了。

但他無法動彈，無法說話。

海倫娜消失了，這個現實也消失了。

□ ▱ □

巴瑞忽然意識到自己側身躺在漆黑中。

他坐起身來，動作觸發了上方一塊燈板，四下由昏暗慢慢變亮、變暖，隨後眼前出現一個沒有窗的小房間，裡面有床、有梳妝台和床頭櫃。

他掀開毛毯下床，腳步有些不穩。

走到門口後，踏入一條一塵不染的通道，走了十五公尺後，接上一條主廊道。主廊除了連通這條走廊與其他三條之外，另一邊還通往下一層樓的起居空間。

他看見一個設備完善的廚房。

桌球桌與撞球桌。

還有一面大電視，螢幕停格在一名女子的臉。這張臉他感覺似曾相識，卻想不起名字。他一生的歷程就隱藏在表層底下，暫時仍無法捉摸。

「有人嗎？」

他的聲音迴盪在建築當中。

沒有回應。

他沿著主廊道走去，經過通往下一條走廊的出入口，旁邊牆上釘了一塊標示牌。

二棟—二樓—實驗室

接著又有另一塊。

一棟—二樓—辦公室

然後下了幾層階梯，來到主樓層。

正前方有一條微微傾斜的通道，每往前走一步便更冷一分，到了盡頭有一道門，看起來複雜得足以密封太空艙。

門邊牆上有個數位面板，顯示了門外的即時天候狀況：

風：東北風

56.2 mph；90.45 kph

溫度：

-51.9℉；-46.6℃

風寒溫度：

-106.9℉；-77.2℃

濕度：

27%

他穿著襪子的腳都快凍僵了，從這裡面聽起來，呼號的風聲有點像嗓音低沉的鬼魂。他握住門把，依照圖解說明，朝反時鐘方向往下壓。

一連串的門鎖鬆開後，門便能自由開關。

他推開門，霎時間他生平從未遭遇過的凜冽寒風迎面襲來，完全感覺不到溫度，好像有人用指甲抓破他的皮膚。他立刻覺得鼻毛凍結，吸氣時，疼痛感一路貫穿到食道，讓他幾乎要窒息。

從打開的艙門，他看見一條通道從工作站斜斜地通往冰帽，整個世界籠罩在黑暗中，像細針般飛旋的雪刺在臉上有如炸彈碎片。

能見度不到四百公尺，但藉著月光，仍可隱約看出近處的其他建築。有一整排的大型圓筒槽，據他猜測是淨水廠。有一座搖晃的高塔，要不是某種發射台就是鑽井塔。有一架望遠鏡，被風雪吹折了。連續不斷的軌道上有大大小小的車輛。

他受不了了，便用已經開始僵硬的手指抓住門，用力關上。門自動上鎖。風從尖聲咆哮轉弱成幽靈般的呻吟，久久不斷。

他走出通道，在完好如新、看似空無一人的工作站發出的燈光下，他的臉從極輕微的凍傷狀態甦醒過來，開始有了灼熱感。

在這個當下，他是個沒有過去的人，在時空中飄流的感覺，讓人對於存在產生一種難以承受的恐懼。就好像從不安的睡眠中醒來，現實與夢境間的界線依然模糊，你只是對空無呼喊。

他只記得自己的名字，也模模糊糊知道自己是誰。

在電視周圍的座位區，他看見一個打開的DVD盒和遙控器。他往一張沙發坐下，拿起遙控器按下播放鍵。

螢幕上的女子就坐在他現在坐的位置，身上披著一條毛毯，前面桌上有一杯冒著熱氣的茶。

她對著鏡頭微笑，順手撥開掉在臉上的一綹白髮，一看見她，他不由得心跳加快。

女子緊張地笑出聲，開口說：「這樣好奇怪。你看影片時應該是二〇一九年四月十六日——史上我們最愛的一天。你的意識和記憶才剛剛從上一條時間軸轉移過來，應該是這樣。時間每循環一次，你的記憶就會來得更慢、更紊亂，有時候還會忘記整個人生。所以我錄了這段影片，首先是要告訴你別害怕，因爲你很可能覺得莫名其妙，怎麼會身在南極的研究工作站。其次是因爲我想對記起了所有時間軸的巴瑞說幾句話，那個巴瑞和現在與我一起生活的這個很不一樣。所以拜託你，先暫停一下，直到你恢復記憶。」

他於是按了停止。

這裡好靜。

除了風聲怒號，什麼也聽不見。

他走到廚房，煮咖啡的時候，胸口忽然緊縮起來。

一場情緒風暴即將來臨。

他感覺顱底砰砰抽痛，鼻子開始流血。

波特蘭酒吧。

海倫娜。

她慢慢地說出她的身分。

在千禧年之交買下這個舊工作站。

他們重新整修裝潢，然後包了一架七三七客機，將記憶椅與所有零件運過來，

飛機在南極跑道降落時驚險萬狀。

他們帶了一群粒子物理學家同來，似乎是他們在前一條時間軸探查到的人。這些人對於在此研究的真正本質毫無概念。他們在極地冰帽鑽了幾個直徑四十五公分、深達二．五公里的洞，然後將高敏度光偵測器放進冰下至少一．五公里的深處。這些感應器是用來偵測微中子，全宇宙數一數二的神祕粒子。微中子不帶電荷，幾乎不會和一般物質起反應，經常會出現在超新星、銀河系核心與黑洞等宇宙事件中（也因此成為這些事件的指標）。當微中子在地球上撞擊到

原子，會產生一種名叫緲子的粒子，它在固體中移動的速度超過光速，因而使冰發出光。緲子穿透固態冰塊產生的光波，也正是他們要尋找的。

從前幾條時間軸開始，巴瑞就一直主張：假如某人的意識在早期記憶中重生時，有微黑洞與微蟲洞明滅不定，從黑洞會釋放出微中子撞擊地球的原子核而產生緲子，那麼這些光偵測器就能捕捉到緲子所產生的光波。

他們毫無所獲。

什麼也沒發現。

粒子物理學家團隊解散回家。

耗費六個人生試圖深入了解記憶椅，最後卻只是將無可避免的結果延後而已。

他抬頭看著螢幕，看著動作到一半被定格的海倫娜。

現在，前幾條時間軸的失效記憶出現了。他們在亞利桑納、丹佛、緬因州崎嶇海岸的生活。他在紐約市、沒有她的生活，他們一起在蘇格蘭的生活。不過還有一些缺口。他有上一條時間軸裡，在舊金山附近的片段記憶，但不完整——他沒想起最後幾天的事，也就是世人回想起一切的那個時刻。

他按下播放鍵。

「你想起來了嗎？很好。你之所以在看這個只有一個原因，就是我不在了。」

淚水潰堤。這種感覺怪異到極點。雖然這條時間軸的巴瑞知道她死了，但與此同時，其他舊時間軸的巴瑞卻是第一次感受到失去她的痛苦。

「對不起，親愛的。」

他想起了她去世的那天，八個禮拜前的事。那時候的她幾乎變得像個孩子，心智已然喪失。他必須餵她吃東西、替她更衣、沐浴。

不過比起之前，這樣反而好，因爲更早一點那段時間，她還有足夠的認知功能意識到自己心神混亂。清醒時，她形容那種感覺好像迷失在夢境森林，沒有身分，不知道自己所在的時間與地點。其他時候則堅信自己還是十五歲，仍與父母住在波德，然後試著以自己認爲的地點、時間與身分來適應這個陌生環境。她經常自問，母親晚年是否便是這種感覺。

「在我無比漫長的人生中，這條時間軸——在我心智開始支離破碎前——是最棒的一條。你記得我們去看帝王企鵝遷徙那趟旅程嗎？好像是我們第一次在一起的時候。記得我們深深愛上了這片大陸嗎？它讓人覺得世上只剩下自己。還滿貼切的，不是嗎？」她望向鏡頭外說：「怎麼了？別忌妒。你總有一天會看到這支影片的。到時你會知道我們一起度過的每個時刻，總共一百四十四年。」

她重新轉向鏡頭。「我必須告訴你一件事，巴瑞，如果沒有你，我不可能撐這麼久，我不可能一再試著阻止無可避免的事。但今天我們要停止了。現在你也知道了，我已經失去繪製記憶的能力。和史萊德一樣，我使用椅子太多次了。所以我不會再回去。即使你回到某個時間點，找到意識仍年輕、未曾穿梭時空的我，也不一定就能說服我打造記憶椅。而且有什麼用呢？我們什麼都試過了。物理學、藥理學、神經學，甚至找到了史萊德也無功而返。我們是該承認失敗了，既然世人這麼想自我毀滅，就讓他們繼續吧。」

巴瑞看見自己走進鏡頭內，坐到海倫娜身邊，伸手摟住她，她把頭靠在他胸前，依偎在他懷裡。此時他也想起她決定錄製訊息的那天，那感覺非常不眞實，但這一切是爲了將來有一天會進入到他意識中的巴瑞所準備的。

「我們離末日還有四年。」

「四年五個月零八天。不過誰要算這個？」螢幕上的巴瑞說。

「我們會一起度過這段時間。你現在已經恢復這些記憶了，希望還算美好。」

很美好。

在她心智徹底瓦解前，他們過了兩年幸福生活，卸下了試圖阻止世人憶起往事的重擔。那兩年過得簡單、平靜。走到冰帽上看極光，在主樓層這裡玩遊戲、看影片、煮東西，偶爾會到紐西蘭南島或巴塔哥尼亞旅行。純粹享受兩人在一起的時光，無數渺小的時刻，卻已讓人不枉此生。

海倫娜說得對，這也是他所有人生中最美好的幾年。

「好奇怪，」她說道：「你現在在看著這個，可能是四年後的事，但我確信在我走後，你爲了看我的臉、聽我的聲音，會提早偷看影片。」

沒錯，他的確是。

「不過我覺得我的時刻很眞實，就像你也覺得你的時刻很眞實一樣。兩者都眞實嗎？這純粹是我們的意識使然。儘管此刻，在我的時刻裡，你就坐在我身邊，我卻可以想像四年後你坐在那裡的模樣，感覺好像可以把手伸入鏡頭去觸摸你。眞希望可以做到。我已經歷了兩百多年，到頭來，我認爲史萊德是對的。我們每分每秒體驗現實與時間的方式，我們區別過去、現在與未來的方式，完全是進化的產物。但我們夠聰明，即使靠著幻覺度日，還是能有所察覺。因此在這樣的時刻——當我能想像你就坐在我現在坐的地方，聽我說話、愛著我、思念我——我們卻飽受折磨，因爲我被鎖在我的時刻裡，你也被鎖在你的時刻裡。」

巴瑞伸手拭淚，與她共度的最後兩年，以及孤單寂寞的兩個月，那情感的重量扎扎實實壓上心頭。他只是想等著經歷這個第七條時間軸紀念日，看看擁有無數過往是什麼感覺，他想徹底體會。畢竟被告知自己有個女兒是一回事，記起她的笑聲、記起第一次抱她的瞬間，又完全是另一回事。所有時刻聚集起來著實令人難以負荷。

「別再回來找我，巴瑞。」

但他已經這麼做過了。那天早上翻身發現身旁的她已斷氣，他便利用記憶椅回到一個月前，好跟她多相處一段時間。後來她死後，他又這麼做。接著又一次。在這個地方，沒有她的日子是那麼淒清孤寂，爲了讓這樣的日子晚點到來，他在水槽裡自殺了十次。

海倫娜說：「『他比我早一步離開這個奇怪的世界。這並不代表什麼。像我們這些相信物理學的人都知道：過去、現在與未來的分別只是個頑強持續的幻覺罷了。』這是愛因斯坦提到好友貝索時說的話。很美吧？而且我覺得他說得沒錯。」

螢幕上的巴瑞掉淚了。

此刻的巴瑞也掉淚了。

「我想說，意外打造出一張毀滅世界的椅子很值得，因爲它讓你走進我的生命，但這麼說恐怕不恰當。假如二〇一九年四月十六日你醒來時，不知爲何世人並未想起往事，世界也沒有內爆，我希望你沒有我陪伴，也能繼續過精采的人生，去尋找你的幸福。你和我一起找到了，表示幸福並非不可企及。但如果世人恢復了記憶，我們也已經盡力，如果你在臨終前覺得孤單，巴瑞，請相信我就在你身邊。也許不是在你的時刻裡，但在我這個時刻裡，我陪著你。我的愛。」

她吻了身旁的巴瑞，並朝著鏡頭送出飛吻。

畫面隨即變暗。

他打開新聞，BBC新聞台一個神情狂亂的主播正在報導美國本土遭受數千發核彈攻擊，他看了五秒鐘便關掉電視。

□ ◇ □

巴瑞沿著通道，走向將嚴寒隔絕在外的大門。

他想起一段關於茱莉亞的陳年記憶。在那時候，她很年輕，他也是。梅根也在，他們正在阿第倫達克山上的雲淚湖露營。

那個時刻彷彿觸手可及。常綠樹的氣息，女兒的聲音，但回憶的痛有如烏雲飄浮在他胸中。

最近他都在讀一些偉大哲學家與物理學家的著作。從柏拉圖到亞里斯多德，從牛頓的絕對時間到愛因斯坦的相對論。從這些紛雜的理論與哲學當中，似乎浮現了一個事實：誰都毫無頭緒。四世紀時，希波的聖奧思定說得極好：「那麼時間是什麼呢？如果沒人問我，我知道。如果想向提問者解釋，我就不知道了。」

有些日子感覺像流水從旁經過，其他一些日子卻像是他從斜面滑落。有時候，好像所有事情都發生過了，他只是在體驗每時每刻增加出來的細碎片段，他的意識猶如唱針繞著一張既有的唱片溝紋跑——開頭、中間、結尾。

就好像選擇、命運，都在我們呼吸第一口氣時就鎖定了。

他細看門上的數據：

風：平靜
溫度：
-83.9°F；-64.4°C
風寒溫度：
-83.9°F；-64.4°C
濕度：
14%

但是在這樣的夜晚，思緒紛擾、夢魂幽幽之際，時間好像成了其次，記憶才是主角。也許記憶是最基本的，時間也是由此而生。

回憶的痛消失了，但他並不埋怨它的到訪。

他已經活得夠久，知道回憶之所以令人心痛，是因爲多年前在一條失效的時間軸裡，他曾經歷過完美的一刻。

現在幾點不重要。接下來六個月都是永夜。

風平息了，氣溫卻陡降到足以凍結睫毛的零下六十度。研究站位在八百公尺外，是廣袤的極地荒漠中唯一一點人造燈火。

沒有什麼地形可言。從他坐的地方看去，只有一大片平坦、雪白的風蝕冰原，朝四面八方延伸。

獨坐在這萬籟俱寂中，很難想像世界其他地方正在分崩離析。更奇怪的是一切都起因於他心愛的女子無意中發明的一張椅子。

她就葬在他旁邊的冰下一米二深處，棺木是他從木材行買來松木廢料製成的。他用他所能找到最好的一塊橡木做了個小墓碑，並刻上一小段銘文——這是他過去兩個月唯一的努力目標。

海倫娜・葛蕾・史密斯

1970.10.13－2019.2.14

生於科羅拉多州波德市

卒於東南極洲

一個勇敢又美麗的天才

巴瑞・薩頓的所愛

巴瑞・薩頓的救星

他望向冰帽另一頭。

一絲風都沒有。

一切靜止不動。

一個徹底冰封的世界。

彷彿脫離於時間之外。

流星劃過天空，極光剛剛開始在天際舞動，宛如閃爍不定的黃綠絲帶。

巴瑞探身往海倫娜旁邊的洞口裡看。

吸了冷冰冰的一口氣後，一條腿從邊緣滑下去，然後整個人隱沒在平原表面下。

他的肩膀貼到側邊，他的洞穴與海倫娜的洞穴之間有個挖空的地方，他能伸手過去摸到她的松木棺。

再次離她（又或是曾經的她）這麼近，感覺眞好。

夜空被他的墓穴框起。

從南極望向太空就好像從太空望向太空。今天這樣的夜晚，無風、無雪、無月，暈染開來的銀河看起來更像天火，七彩絢爛，在地球上其他地方絕對無法得見。

太空是讓他能理解時間的極少數地點之一。在理智層面上，他知道當他看著一樣東西，其實是在回顧。拿自己的手爲例，光需要花一奈秒（也就是十億分之一秒）的時間將影像傳達到眼睛。當他看著八百公尺外的研究站，看到的其實是兩千六百四十奈秒前的形體。

看起來好像是即時影像，而實際上也是。

可是望向夜空時，看見的星光卻是花了一年、一百年或甚至百萬年才傳到他這裡。觀察遙遠太空的望遠鏡看見的則是百億年前，宇宙形成之初凝聚而成的星體所發出的光芒。

他在回顧，不只是透過空間也透過時間。

現在感覺比剛才走到墓穴的時候更冷，但還不夠。他得敞開毛皮外套，脫掉幾層衣服。

他坐起來，脫去右手外層手套，將手伸入口袋。

取出了一瓶威士忌，因爲貼近身體，加上空氣被多層衣物困住，瓶身多少還有點溫度。要是放在外面，這麼冷的溫度恐怕不到一分鐘就會結冰。

接著他拿出一瓶可待因酮，裡面有五顆二十毫克的藥錠，就算不會馬上死，也肯定能讓他陷入深度昏迷，直到凍死為止。

他打開藥瓶，將藥錠全部倒入嘴裡，再喝幾口冰冷的威士忌吞下，酒到了胃裡還是覺得溫熱。

自從海倫娜死後，他滿腦子都在想像這一刻。

少了她，生活寂寞難耐，即使世界繼續存在，他也什麼都不剩了。他已經不想知道接下來會怎樣。

他躺回墓穴裡，心想等他感覺到藥效發作，再把外套敞開，這時候忽然冒出一段記憶。

他原以為全都想起來了，不料前一條時間軸的最後時刻，現在才閃現。

史萊德在說話……

「你們得回到一切的源頭。」

「我們試過了，很多次。海倫娜回到一九八六……」

「停止線性思考。不是回到這條時間軸的開端，更不是前五、六條。你們得回到這一切的開頭事件，那是在原始時間軸。」

「原始時間軸只存在失效的記憶裡啊。」

「沒錯。你們得回去重新啟動那條時間軸。只有這樣才能讓人不再想起……我在原始時間軸的二〇一八年十一月五日殺死了海倫娜。你們就盡可能回到最近的時間……然後阻止我。」

眞該死。

他想起自己跑下山坡、衝進屋、呼喊她。時間軸結束時，他兩手就定在剝奪槽門上。

也許史萊德說的是實話呢？也許那些舊時間軸還在呢？拿他對雲淚湖的記憶來說，他可以清楚看到茱莉亞和梅根的面容，他記得她們的聲音。也許只需要靠著意識的力量將生命活力灌入灰暗，便能重啓一段失效記憶呢？

這麼一來，可不可能也同時將其他所有人的意識一併推入那條失效時間軸呢？

假如他能回去，不只是回前一條，而是回到原始時間軸，就不會有後續時間軸的假記憶，當然也不會有之前的假記憶。

因爲沒有任何時間軸比原始那條更早。

那麼這一切就好像從未發生過。

他已經吞了藥，距離藥力發作可能有半小時的時間，也或許更長。

他從墓中坐起，整個人驟然清醒。

思緒飛轉。

說不定史萊德在說謊，然而待在這裡，在海倫娜遺體旁自殺，沉浸在對她的思念裡，不正像是他當年對梅根的盲目思愁嗎？只不過是再一次渴望著不可及的過去，不是嗎？

□　　　　　　　　□　　　　　　　　□

回到工作站後，巴瑞抓起頭罩與遙控電腦終端機的平板，爬上椅子，將ＭＥＧ顯微鏡降到頭罩上，頭罩隨即開始嗡嗡作響。

他以衝刺的速度從海倫娜的墓穴跑回距離八百公尺的工作站，暗自推測可待因酮的發作時間還有十到十五分鐘。

原始時間軸的事件他反覆經歷過幾次——茱莉亞、梅根、女兒的死、他的離婚、他在紐約市的警察生涯。在他心裡，這些失效記憶層層堆疊，出現在他腦海的每一個人生都像一幅散發鬼魅氣息的灰色畫作。但是愈陳舊的時間軸，顏色愈深，就像留在木桶裡的威士忌。最後他終於圈出了最早的時間軸——顏色比最陰鬱的黑色電影還深，也承載著原始時間軸明顯可感的重量。

他喚醒平板電腦，開啓新檔儲存記憶。

快要沒時間了。

他對二〇一八年十一月五日毫無印象，那只留在史萊德的腦中，以及在許久許久以前的人生曾和海倫娜談論過的一個日期。

不過十一月四日是梅根的生日。他確確實實知道自己在哪裡。

巴瑞按下錄製鍵，開始回想。

完畢後，便等候程式計算這段記憶的突觸數。他忽然想到，假如數量太少，還得進入系統程式去關掉防火牆，他可沒有這麼多時間。

平板閃出一個數字。

一二一。

剛剛好在安全範圍內。

巴瑞在左前臂裝上注射座，將混合藥劑注入裝置。

在電腦上預設記憶再活化程序時，他不斷覺得好像感受到可待因酮的初始症狀，可是沒多久他便赤身爬入水槽。

仰漂在水上之後，他伸手拉住頭上的槽門，然後關上。

他的心思往無數不同的方向竄。

這不會成功的，你會直接死在水槽裡……

全世界都去死吧，除了梅根……

回到外面去，死在妻子身旁吧，就按照你這兩個月來的計畫……

你必須繼續努力嘗試。

這會是海倫娜希望的……

左前臂感覺到微微顫動，他閉起雙眼，深吸一口氣，同時暗忖：這會不會是他的最後一口氣？

巴瑞

世界靜止如畫，沒有動靜、沒有生氣、沒有色彩，但他仍意識到自己的存在。

他只能看到面前的景象，目光朝著整齊排列的桌位往西望見河水，近乎黑色的河水。

一切都定住不動。

一切都灰濛濛。

正前方，有個服務生（陰暗得像個黑影）拿著一壺冰水。

撐起陽傘的桌位坐滿了人，全都定格在某一刻，有人在笑、有人在吃喝、有人拿起面紙抹嘴。但就是沒有動作。說他們是甕上的雕刻也不爲過。

正前方，他看見茱莉亞，已經坐在他們的位子。她在等他，停在沉思焦慮的時刻，他深深感到害怕，怕她會永遠這麼等下去。

這和回到有效時間軸的記憶截然不同。在後者的過程中，你會隨著記憶湧現的感覺慢慢具體成形，你會**開始**有動作與活力。

在這裡，什麼也沒有。

他閃過一個念頭：我終於處於「**現在**」這一刻了。

不管他現在是什麼或變成了什麼，巴瑞都感受到一種前所未有的行動自由。他不再置身於三維空間，他心想這會不會就是史萊德說的：**也許你永遠看不清，除非能像我一樣地穿梭**。史萊德就是這樣體驗宇宙的嗎？

不可思議地，他在自己體內向後轉，往後透視過……

他也不確定那是什麼。

至少現在還不確定。

他被困在某樣東西的前緣，這東西讓他聯想到縮時攝影的星跡，只不過這是他自身外延的一部分，一如手臂或思緒，只見它呈螺旋狀漸漸遠去，化成燦爛的碎形，他從未見過如此美麗又神祕的東西。也說不出爲什麼，但他就是知道這是他的原始世界線，其中包含了他由記憶形成的生命廣度。

他創造過的每段記憶。

創造了他的每段記憶。

但這不是他唯一一條世界線。還有其他線從這條岔出，自行在時空中翻轉扭曲。

他感覺到一段記憶的世界線，是他從肇逃車禍中救活梅根的記憶。

還有三條較小的世界線，每一條都以他在史萊德的旅館死去終結。

接下來的幾個人生，他與海倫娜共同努力試圖避開現實的結局。

甚至還有最後一個人生中，他在南極洲製造的一些分枝——呈輪輻般放射的記憶，組成了他在水槽裡的十次死亡，都只爲了再次與她相聚。

然而這一切都不再重要。

他現在所在的時間軸是最初的那條，他正在人生河流中加速逆流而上，不斷撞擊那些遺忘的時刻，也終於明白自己完全是由記憶造成的。

一切都是由記憶造成的。

當他的意識唱針碰觸到一段記憶，人生便開始播放，他發現自己處於一個凍結的時刻……

> 枯葉的氣息與城市秋天的微寒，坐在中央公園漫步區，因為剛剛簽了離婚協議而掉淚。

又動了起來……

這回更快速……

經過更多數不清的記憶。

多如繁星——彷彿凝視著宇宙，而這個宇宙就是他自己。

> 母親的葬禮，俯視她尚未蓋棺的靈柩，握著她的手，感受那股冰涼僵硬，一面

端詳她的臉，心中暗想：這不是妳……

停屍床上梅根的遺體——凹陷的胸腔覆蓋一大片瘀青。

在他們家附近的路旁發現她。

為什麼是這些時刻呢？他感到不解。

感恩節到聖誕節之間某個寒冷黑夜，行駛過郊區，茱莉亞坐在旁邊的副駕駛座，梅根在後座，三人都安靜而滿足地看著窗外的聖誕燈飾——人生旅途中鬆一口氣的時刻，風雨之間的寧靜，一切暫時變得井然有序。

再次被猛然拉開，現在正飛馳過一條隧道，兩邊的記憶之牆對著他排山倒海而來。

梅根坐在他的Camry的駕駛座，後半截車身撞進車庫門內，她滿臉通紅淚如雨下，兩手緊緊握住方向盤，指節發白。

六歲的梅根剛結束足球賽，膝蓋上沾了草漬，滿臉泛紅又開心。

在他們布魯克林的套房裡，梅根第一次蹣跚學步。

這一刻的現實是什麼？

他在醫院病房內頭一次碰觸女兒，他的手放在她的小臉頰側邊。

茱莉亞拉起他的手，帶他走進他們第一間公寓的臥室，要他坐下來，告訴他說她懷孕了。

這是不是我在南極的剝奪槽裡的最後時刻，正在迅速回顧自己的一生？

與茱莉亞第一次約會後開車回家，飄飄然地滿懷興奮與希望，覺得自己找到了真愛。

這會不會是我的大腦臨死前最後一次放電？是狂亂的神經元活動扭曲了我對現實的認知，喚起了紊亂的記憶？

每個人臨死前都會有這番經歷嗎？

隧道與光？

這個僞天堂？

這表示我沒能重啓原始時間軸，世界也到此終結了嗎？

或者我身在時間之外，因爲被拉進了自己記憶的強力黑洞中？

手撫父親的棺木，徹底體會到人生是痛苦的，永遠都是。

十五歲時，被叫進校長室，媽媽坐在沙發上哭泣，他們還沒開口他就知道父親出事了。

中學時初吻對象乾澀的嘴唇與顫抖的手。

一間雜貨店裡，母親推著推車走在咖啡區，他尾隨在後，口袋裡有一條偷來的糖果。

某天上午，與父親站在奧勒岡州波特蘭老家的車道上，鳥兒悄然無聲，一切靜定，空氣寒冷如夜。父親看著太陽整個被遮住時的表情比日蝕本身更動人。你有多少機會能目睹自己的父母目瞪口呆呢？

在新罕布夏州，祖父母那棟十九世紀的農舍裡，躺在二樓床上，外頭一場夏季暴風雨從白山橫掃而來，劈里啪啦打在鐵皮屋頂上，田野與蘋果樹全都濕答答。

六歲時摔壞了腳踏車，跌斷了手臂。

陽光穿透窗戶，搖籃上方的牆面有樹影搖曳。那是傍晚時分——不知道他是怎麼知道的——母親哼唱的曲調從牆外飄進育嬰室。

這是我的最初記憶。

他說不清原因，但總覺得這是他找尋了一輩子的記憶，懷舊的迷人重力不斷吸引著他的意識，因爲這不只是家的精華記憶，也是安全完美的時刻——在人生出現眞正的痛苦之前。

在他失敗之前。

在他失去心愛的人之前。

在他從驚恐中醒來，發現自己最美好的日子已經過去之前。

他猜想應該能讓意識鑽入這個記憶，就像老人鑽進溫暖舒適的被窩。

永遠活在這美好的時刻。

可能會有更糟的命運。

也許不會更好。

這就是你要的嗎？因爲人生傷了你的心，就把自己丟進記憶的靜物畫裡？

在無數個人生當中，他始終活在悔恨裡，執拗地、自我毀滅地回想著美好的時刻，回想著他希望能改變的時刻。那些人生，他多半都對著後照鏡度過。

直到遇見海倫娜。

這個念頭的出現幾乎像是祈禱——**我不想再回顧過去了。生命中偶爾會有痛苦，我已經準備好接受這個事實。不再試圖逃避，不管是透過懷想或是記憶椅。這兩者都一樣該死。**

靠作弊碼過關的人生不算是人生。生命不該是製造或更優化來讓你逃避痛苦的東西。這才是人之所以爲人——美好與痛苦，缺一不可。

他又回到咖啡館。

哈德遜河水變成藍色，開始流動。天空、客人的臉龐、建築物、每寸表面都有了顏色。他感覺到涼爽晨風從河上迎面吹來。他聞到食物的味道。世界頓時生氣蓬勃，四周充斥著人的說笑聲。

他有了呼吸。

他開始眨眼。

微笑、流淚。

最後走向茱莉亞。

尾聲

要想理解人生，只能往後看；但要體驗人生，卻得向前走。

——齊克果

巴瑞 二〇一八年十一月四日

咖啡館位在哈德遜河畔，風景如畫，一旁便是西區快速道路。巴瑞與茱莉亞短暫地、輕輕地互相擁抱一下。

「你還好嗎？」她問道。

「還好。」

「很高興你願意來。」

服務生晃過來問他們要喝什麼，接著兩人閒話家常直到咖啡端上來。

今天是星期天，吃早午餐的人潮洶湧。一開始，與茱莉亞沉默尷尬相對之際，巴瑞檢索著自己的記憶。

女兒在十一年前死亡。

沒多久，茱莉亞與他離婚。

他從未遇見過馬可士·史萊德或安·沃絲·彼得斯。

從未返回記憶去救梅根。

僞記憶症候群從未禍害世人。

現實與時間從未在數十億人心裡潰散開來。

他也從未見過海倫娜·史密斯。他們一起度過的多次人生，試圖拯救世界不受椅子影響的這一切，都被拋入了荒蕪的失效記憶。

毫無疑問，他刻骨銘心地感受到了。

這條時間軸就是原始的第一條。

巴瑞望向坐在對面的茱莉亞說：「能見到妳眞好。」

他們談起了梅根，各自想像她若活著，生涯會有何發展，巴瑞好不容易忍住衝動，不告訴茱莉亞其實他都知道，他在遙不可及的記憶裡親眼目睹過，其實他們萬萬猜想不到女兒會多麼充滿活力、多麼風趣、多麼善良。

食物上桌時，他想起梅根與他們同坐。眞的，他幾乎可以感覺到她的存在，像幻肢一樣。雖然心痛，卻不像以前那樣痛不欲生。想起女兒會心痛，是因爲他曾有過的美好經歷已隨她而逝。對茱莉亞也是一樣。對他失去過的一切都是一樣。

上一次與茱莉亞共度這一刻時，他們懷想著某次全家出遊，前往阿第倫達克山的雲淚湖，哈德遜河的源頭。

有隻蝴蝶不斷飛過來，讓他想到梅根。

茱莉亞說：「你看起來好些了。」

「眞的嗎？」

「眞的。」

城裡已現晚秋景象，巴瑞覺得這個現實愈來愈扎實，感受不到一切可能被轉移顚覆的威脅。

他開始對其他時間軸的記憶存疑。就連海倫娜也像個逐漸褪色的幻影，而不是他撫摸過、深愛過的女人。

此時此刻讓他感到眞實的，不是看著上西區在衝擊波中汽化消失的虛幻記憶，而是喧鬧市聲，是坐在四周圍的人，是他的前妻，還有他的肺葉呑吐的氣息。對每個人而言（除了他之外），過去是個單數概念。

沒有矛盾的往事。

沒有假記憶。

混亂毀滅的失效記憶只有他一人記得。

結帳時茱莉亞想付錢，但他一把搶過帳單，丟出自己的信用卡。

「謝了，巴瑞。」

他將手伸過桌面握住她的手，並發現這個親密舉動讓她眼中充滿訝異。

「有件事我得告訴妳，茱莉亞。」

他轉而望向哈德遜河。微風從河面吹來略帶寒意，陽光暖暖灑在肩上。遊船在河上來來去去，上方高速公路的嘈雜車聲不絕於耳，天空裡，數不清有多少噴射機經過，在高空留下縱橫交錯的凝結尾，而後逐漸淡去。

「有很長一段時間我很氣妳。」

「我知道。」她說。

「我覺得妳是因爲梅根才離開我。」

「也許吧，我也不知道。在那段晦暗的日子，繼續和你呼吸同樣的空氣，我眞的受不了。」

他搖搖頭。「我在想，就算我們能回到她去世以前，就算我們能讓她不死，妳也還是會走妳的陽關道，我過我的獨木橋。我認爲我們只有一段時間的緣分，也許失去梅根縮短了我們在一起的時間，但即使她還活著，到這個時候我們還是已經分手了。」

「你眞的這麼想？」

「眞的，很抱歉我一直懷有怒氣，很抱歉我到現在才想通。我們有過許多美好時刻，而且十分長久，我卻不懂得珍惜，只是沉浸在對過去的悔恨中。我想跟妳說的是：我不會做任何改變。我很慶幸妳在那個時候進入我的生命，很慶幸我們共度了一段人生，很慶幸有了梅根，也慶幸她是我們倆的結晶，而不是任何其他的兩個人。過去的每分每秒我都不願收回。」

她抹去一滴淚。「這麼多年來，我都以為你寧可從來沒遇見我。我以為你怪我毀了你的一生。」

「我只是心痛罷了。」

她緊握他的手。「很遺憾我們彼此不適合，巴瑞。這點你說對了，其他一切我也都很遺憾。」

巴瑞　二〇一八年十一月五日

公寓位在舊金山多帕奇區一間改裝倉庫的三樓，這裡是海灣邊一個舊造船區。

巴瑞將租來的車停在三條街外，徒步走到大樓門口。

濃霧瀰漫，稜稜角角的市容變得柔和，一切事物都上了一層灰灰的底色，街燈的球狀光線也隨之暈開，變成一個個空靈天體。某種程度上，這讓他想起失效記憶的色調，但他喜歡這種隱匿性。

有個女人打開前門，準備出門從事晚間活動。他從她身旁溜進大廳，爬上兩層階梯，走過一條長廊來到七號門口。

他敲敲門，等候著。

無人回應。

他再敲一次，這回更大聲，過了一會兒，從門後傳出男子的細嗓音。

「哪位？」

「我是薩頓警探。」巴瑞後退一步，將警徽舉到貓眼處。「可以跟你談談嗎？」

「有什麼事？」

「還是請你開門吧。」

五秒鐘過去。

巴瑞心想，**他不會讓我進去**。

他收起警徽，往後一步正打算踢門而入，內側的門鍊滑開了，接著門鎖轉動。

馬可士・史萊德就站在門口。

「請問是什麼事？」史萊德問。

巴瑞從他身旁走過，進入一個亂糟糟的小房間，有幾面大窗可以眺望船塢、海灣與對岸的奧克蘭燈火。

「地方不錯。」巴瑞說道，史萊德同時關上了門。

巴瑞走向廚房餐桌，拿起一本一九九〇年代的運動年鑑，接著又拿起一部厚厚的書，上面寫著：《證券投顧公司三十五年歷史股市線圖綠皮書》。

「看點閒書嗎？」他問。

史萊德顯得緊張而氣惱。他雙手用力插進綠色開襟羊毛衫的口袋，眼睛不停地東瞄西瞄，很不規律地眨動著。

「你從事什麼工作，史萊德先生？」

「我在替離子企業做事。」

「什麼職務？」

「在研發部門，擔任某位首席科學家的助理。」

「你們在製造什麼東西？」巴瑞問，一面詳讀一疊剛從網路上列印出來的紙張——**各州歷年各期彩券中獎號碼**。

史萊德走過來，從巴瑞手上搶過那些紙。

「我們的工作性質受到保密協定保護。你來這裡做什麼，薩頓警探？」

「我在調查一起謀殺案。」

史萊德身子一挺。「誰被殺了？」

「這個嘛，說來奇怪。」巴瑞直視史萊德的眼睛。「命案還沒發生。」

「我不懂。」

「我來是爲了一起今天稍晚會發生的命案。」

史萊德乾嚥一口，眨眨眼。「這和我有什麼關係？」

「命案會發生在你的工作地點，被害人名叫海倫娜．史密斯。是你老闆，對吧？」

「對。」

「也是我愛的女人。」

史萊德站在巴瑞對面，中間隔著餐桌，此時他瞪大了雙眼。巴瑞指著書說：「你把這些全背下來了？很顯然這些是帶不過去的。」

史萊德張口欲言，隨即又闔上。然後說道：「請你離開。」

「順便告訴你一聲，還眞的行得通。」

「我不知道你在說什麼……」

「你的計畫啊。可說是空前的成功，讓你名利雙收。只可惜，你今晚做的事造成數十億人的痛苦，也終結了我們所知道的現實與時間。」

「你是誰？」

「就只是個紐約市警察。」他定定注視著史萊德長達十秒鐘。

「出去。」

巴瑞沒有動。整間公寓只聽到史萊德急促而不規律的呼吸聲。史萊德放在桌上的手機響了一聲。巴瑞往下瞄，看見主螢幕出現一則來自「海倫娜·史密斯」的新訊息：

好啊，我可以跟你約兩個小時後。是什麼問題？

巴瑞終於起步走向大門。

距離門口三步處，他聽見**喀嗒**一聲，接著又一聲，然後又一聲。

巴瑞慢慢轉身，看向另一頭的史萊德，只見他愣愣地瞪著手上的點三五七手槍，那是在幾個小時後他準備用來殺死海倫娜的武器。他抬頭呆呆看著，心想巴瑞應該已經躺在地上，即將流血身亡才對。史萊德舉槍對準巴瑞扣下扳機，卻只是再次射出空彈。

「今天稍早，你還在上班的時候，我偷偷進來過。」巴瑞說：「在槍膛裡換上了空包彈。我只是想親眼看看你能做到什麼地步。」

史萊德轉頭看向臥室。

「這屋裡沒有實彈了，史萊德。不對，也不盡然如此。」巴瑞從槍套拔出他的克拉克手槍。「我的槍裡全是實彈。」

酒吧位在教會區，是一間鑲木裝潢、氣氛溫馨的酒館，名叫「修士鍋」。在這寒冷起霧的夜裡，酒館的窗子內側蒙上了白濛濛的蒸汽。海倫娜至少曾在三個人生中跟他提過這個地方。

巴瑞從霧中跨入室內，用手撥梳了一下被濕氣浸塌的頭髮。

現在是週一晚上，而且很晚了，酒吧裡幾乎沒人。

他看見她坐在吧台另一端，獨自一人，埋頭看著筆電。他走上前去，忽然緊張不已，遠比他預期的更緊張。

他口乾舌燥，手心冒汗。

她看起來很不一樣，不像是那位活力充沛、和他共度過六個人生的女子。她穿了一件灰色毛衣，被不知是貓還是狗抓出上百個像蟲卵似的小毛球，戴著髒兮兮的眼鏡，連髮型也不同：比較長，而且爲了便利，往後紮成馬尾。

看她這副模樣，顯然是被對記憶椅的執著搞得精疲力竭。他看得心都碎了。

他爬坐到她身旁的座位時，她絲毫沒有認出他的跡象。

他聞到她口氣中的啤酒味，那底下潛藏著更細膩、更基本的，屬於他妻子的氣味，無論到哪裡，即使在百萬人海中，他也認得。他盡量不去看她，但與她並肩而坐已讓他激動難抑。上一次見到她的臉，是在爲她釘上松木棺蓋的時候。因此他靜靜坐在一旁，讓她寫她的 email，心裡慢慢想著他們共度的所有人生。

那些美麗時刻。

那些醜陋時刻。

那些道別與死亡。

還有那些招呼，像現在這次。

像她找上他的那六次，在波特蘭一間破爛酒吧，她悄悄來到二十一歲的他身邊，年輕貌美、眼眸明亮、無所畏懼。

你好像想請我喝一**杯**。

他暗自竊笑，因爲此刻的她看起來一點都不想請陌生人喝酒。她看起來，怎麼說呢？就像海倫娜，深深埋首於工作中，對外界渾然不察。

酒保走過來，巴瑞點了酒，然後對著啤酒靜坐，捫心自問當下最重要的問題：眼前這個女人是你所認識最勇敢的一個，她曾和你度過六次精采人生，和你一起拯救過世界，也曾想盡各種方法救過**你**，但現在的她根本不知道有你的存在，而你該對她說些什麼呢？

巴瑞啜了一口啤酒，放下酒杯。空氣中彷彿帶著電，就像暴風雨來臨前。他心中的問題紛至沓來……

妳會認得我嗎？

妳會相信我嗎？

妳會愛我嗎？

他既害怕又興奮，感官變得敏銳，心跳怦然，最後終於轉向海倫娜。她感覺到了他的視線，也轉過頭，一雙碧綠眼眸看著他。

然後他說……

致謝

Jacque Ben-Zekry，我創作、生活（有時還是犯罪）的夥伴，若是沒有你的鼎力支持，我永遠無法完成此書。謝謝你，與我談論這個故事與人物多達上千次（經常是坐在我們最喜愛的酒吧）。謝謝你，偶爾當這本書支配了我們的生活，你能耐心以對，而且在編輯方面做出不可或缺的貢獻，使得此書在各方面更形完善。

David Hale Smith，我的忍者兼牛仔兼殺手經紀人，九年來始終是我最有力的擁護者。兄弟，我眞心感謝我的生命中有你。

接下來要留一小段篇幅給 Inkwell Management 家族——感謝 Alexis Hurley 將我的作品介紹給廣大群眾，感謝 Nathaniel Jacks 將合約作業處理得優異而細膩，也感謝 Richard Pine 穩穩地爲 Inkwell 這艘船掌舵。

Angela Cheng Caplan 與 Joel VanderKloot——我只能說身爲作家，能有你們這樣的隊友開著戰車直闖瘋狂的好萊塢，實在太幸運了。

我已經寫作很長時間，與 Crown 團隊合作可以說是最棒的出版經驗。主編 Julian Pavia、發行人 Molly Stern、Maya Mavjee、Annsley Rosner、David Drake、Chris Brand、Angeline Rodriguez，以及不同凡響的宣傳 Dyana Messina，你們眞的是頂尖中的頂尖。

另外要加倍感謝 Julian 不斷挑戰我，讓這個故事具備了它應有的大格局與驚奇性。這也是

讀者應有的權利。你爲了降伏這部小說所耗費的心力不亞於我，作家遇到這樣的編輯，夫復何求。倘若沒有你大無畏的編輯眼光，《記憶的玩物》將只是一具空殼。

英國 Pan Macmillan 出版社的 Wayne Brooks——在大西洋彼岸有你支持我的作品，我欣喜若狂。

Rachelle Mandik 爲最後定稿做了傑出的審稿工作。

南加大物理天文學系教授 Clifford Johnson 博士，爲最後完稿階段提供了寶貴意見。所有的錯誤、假設與瘋狂理論，都出自我一人。

這毫無疑問是我有史以來寫過最困難的一本書，在蒐集回饋意見時，也更史無前例地仰賴朋友。我要感謝一些寶貴的人成爲本書的美好註腳，也要向其他朋友與我深深敬仰的作家致意，書中還借用了其中一些人的名字，條列如下：

巴瑞・薩頓＝獨一無二的 Barry Eisler，他的註解鉅細靡遺，遠超過預期，在我最需要他的意見時，幫助我深入鑽研本書主題。

安・沃絲・彼得斯＝美麗又才華洋溢的 Ann Voss Peterson，她深思熟慮的精闢見解讓我的許多作品獲益匪淺，尤其是書中人物背後的動機。

海倫娜・史密斯＝活力充沛的英國驚悚作家 Helen Smith，附帶一提，她可是具有全世界最棒的「毀滅人性卡牌遊戲」朗讀聲音。

智雲・契爾柯佛＝Sean Chercover，我個人認識最有味道的作家，也是我最喜歡的人類之一。

馬可士・史萊德＝馬可斯・塞基（Marcus Sakey），與我一起腦力激盪的兄弟，寫作此書的過程中，有多處突破點都承蒙他大力相助。

阿莫・托爾斯＝Amor Towles，寫出《莫斯科紳士》（*A Gentlman in Moscow*）的天才作家，這是過去五年當中我最喜愛的一本書。

保羅・魏爾森醫師＝偉大的 F. Paul Wilson 醫師，科幻與恐怖小說大師，曾有喝蛇酒的習慣，後來戒掉了。

李德・金恩＝Reed Farrel Coleman，長島的黑色詩人，推理小說界親切和善的教父。

瑪麗・艾登＝Matt Iden，華盛頓特區的小說家，波傑（我的愛犬）的仰慕者，可能是華盛頓首都隊最死忠的球迷。

約瑟夫・哈特＝出色的科幻小說家兼明尼蘇達北部荒野之王 Joe Hart。

約翰・蕭＝「他媽的」Johnny Shaw，擁有已知宇宙中最美妙的眉毛，也是頂尖的犯罪小說家。

席拉・雷德林＝Sheila Redling，西維吉尼亞的傑出作家，也是我所認識最風趣的人之一。

蒂莫妮・羅迪蓋茲＝「很酷很酷的」Timoney Korbar，這群人當中唯一一個非小說家，但天生便是優秀的製作人／創作者，還是個萬能的代理人。

另外也衷心感謝 Jeroen ten Berge、Steve Konkoly、Chad Hodge、Olivia Vigrabs、Alison Dasho 與 Suzanne Blue，在我寫作過程中各個階段，不吝撥空給予回饋。

還要親親抱抱我那群光輝耀眼的孩子：Aidan、Annslee 和 Adeline。你們是我最大的靈感來源。

最後，二〇一二年的聖誕節前後，麻省理工學院兩位神經科學家Steve Ramirez 與 Xu

Liu，在老鼠大腦內植入了假記憶。海倫娜「記憶椅」的大致框架便是從他們這項驚人成就發想出來的。我深深感謝他們，也感謝所有科學家奉獻畢生心力、爲我們解開美麗的生命謎團。

Eurasian Publishing Group
圓神出版事業機構
用心與你對話・視野無限寬廣
寂寞出版社
Solo Press

www.booklife.com.tw　reader@mail.eurasian.com.tw

Cool 035

記憶的玩物

作　　者／布萊克・克勞奇（Blake Crouch）
譯　　者／顏湘如
發 行 人／簡志忠
出 版 者／寂寞出版社有限公司
地　　址／台北市南京東路四段50號6樓之1
電　　話／（02）2579-6600・2579-8800・2570-3939
傳　　真／（02）2579-0338・2577-3220・2570-3636
總 編 輯／陳秋月
資深主編／李宛蓁
責任編輯／朱玉立
校　　對／李宛蓁・朱玉立
美術編輯／林雅錚
行銷企畫／詹怡慧・黃惟儂・朱智琳
印務統籌／劉鳳剛・高榮祥
監　　印／高榮祥
排　　版／陳采淇
經 銷 商／叩應股份有限公司
郵撥帳號／ 18707239
法律顧問／圓神出版事業機構法律顧問　蕭雄淋律師
印　　刷／祥峰印刷廠
2019年9月　初版　2021年6月　3刷

定價 400 元　ISBN 978-986-97522-1-3　

　Printed in Taiwan

故事隨著鑽石一顆顆滾出，閃耀著，封存著，
一如時間封存在鑽石中，每一顆都凝結著光芒……
曾沉默的，如今開口細說從頭，
而刻意封存在石中的故事，終將破石而出。

——《挑戰莎士比亞 1：時間的空隙》

國家圖書館出版品預行編目資料

記憶的玩物／布萊克・克勞奇（Blake Crouch）著；顏湘如 譯.
-- 初版. -- 臺北市：寂寞，2019.09
384 面；14.8×20.8 公分. --（Cool；35）
譯自：Recursion
ISBN 978-986-97522-1-3（平裝）

874.57　　108012312